Club Noir

Emilia Jones

Club Noir

Erotischer Vampir-Roman

Plaisir d'Amour Verlag

1. Auflage: April 2006

2. Auflage: Juli 2008

Emilia Jones
CLUB NOIR
Erotischer Vampir-Roman

www.plaisirdamourbooks.com
info@plaisirdamourbooks.com
Plaisir d'Amour Verlag
Postfach 11 68
D-64684 Lautertal
Cover-Layout: Dody Klein (www.dquadr.at)
ISBN: 978-3-938281-19-2

Brüssel

Grau. So wirkte die Stadt auf Jesse, als sie ankam. Selbst die Häuser wirkten grau und auch der Mann an der Rezeption ihres Hotels.

Das war also Brüssel. Die Stadt, in der sie die nächsten Wochen verbringen sollte. Sie wusste so gut wie nichts über diesen Teil der Welt. Aber das war nicht weiter verwunderlich, denn sie empfand im Allgemeinen keine Freude daran, ihre Zeit an irgendeinem anderen Ort als ihrer Heimatstadt zu verbringen. Bilder oder gar Reiseführer von fremden Plätzen interessierten sie schlichtweg nicht.

Bisher hatte sie ihr Leben einzig und allein in London verbracht. Sie liebte diese aufregende und pulsierende Stadt. Dort war sie aufgewachsen und glücklich. Nur sehr widerstrebend war sie daher auf das Angebot ihres Arbeitgebers eingegangen, den Auftrag in Brüssel zu übernehmen. Doch letztendlich bot ihr dieser Einsatz ein gutes Ansehen, neue Erfahrungen und ganz bestimmt auch ein höheres Gehalt.

Nach einem kritischen Blick auf die Rezeption und in die Lobby stellte sie fest, dass ihre Firma sich ohne Zweifel um eine vornehme Bleibe für sie bemüht hatte. Offensichtlich wollten sie ihr den Aufenthalt so angenehm wie möglich gestalten. Dennoch konnte die junge Frau sich nicht auf Anhieb wohl fühlen.

Seufzend blickte sie noch einmal zurück durch die milchigen Glasscheiben der Eingangspforte. Vielleicht basierte ihre trostlose Stimmung auch auf diesem tristen, verregneten Tag.

Mit den Fingerspitzen fuhr sie sich über ihre kalte Wange und strich sich dabei eine Strähne des feuchten dunkelblonden Haares aus dem Gesicht. Sie trug es zu einem langen geflochtenen Zopf, der sich nun aufzulösen drohte.

Als sie sich wieder der Rezeption zuwandte, wirkte der Mann hinter dem Tresen schon freundlicher. Er lächelte ihr auffordernd zu. Auf eine merkwürdige Weise erinnerte er sie mit einem Mal an einen Süßwarenverkäufer, bei dem sie als Mädchen jeden Freitagnachmittag frisch gelieferte Erdbeer-Bonbons gekauft hatte.

Sie schüttelte diesen Gedanken ab, ehe er sie zu einem schelmischen Grinsen verleiten konnte.

Der Mann hatte unterdessen einen Aktenordner aufgeschlagen und darin zu blättern begonnen

„M. Rochelle" las sie seinen Namen auf einem kleinen goldenen Schild ab, das an seinem Jackett befestigt war.

„Bonjour, Monsieur Rochelle", begrüßte sie ihn höflich. Ihren großen Trolley, den sie die ganze Zeit hinter sich hergezogen hatte, stellte sie neben sich vor der Rezeption ab. Auch ihre große Umhängetasche ruhte nun ebenfalls auf dem Fußboden. Den Gurt hielt sie allerdings nach wie vor mit den Fingern umkrallt. „Mademoiselle …", der Mann betrachtete das Papier vor sich lange und eingehend, „Jesse Brown?" Er hatte Schwierigkeiten, ihren Namen auszusprechen, wirkte allerdings vollkommen überzeugend, als er nun zu ihr aufsah.

„Ja, das bin ich."

Erneut widmete er sich dem Papier und las weiter. „Ah, sie sind die junge Frau von Freshfour & Lowman. Sie werden also in unserer Galerie an der Ecke arbeiten."

Jesse nickte. Erstaunt stellte sie fest, wie sehr sie dieser Mann tatsächlich an den Süßwarenverkäufer erinnerte. Sein Lächeln wirkte offen und herzlich und es zeigte kleine Grübchen. Das spärliche Licht der Wandleuchter tauchte seinen Anzug in ein dunkles Blau und ließ seine rote Krawatte leuchtend hervorstechen. Er war nicht mehr der Jüngste, aber längst nicht das, was Jesse alt nennen würde. Sie schätzte ihn auf Mitte 50.

„Ihr Zimmer liegt in der zweiten Etage. Eine unserer komfortableren Suiten. Sie hat einen Kühlschrank und eine extra für Sie eingerichtete kleine Kochstelle. Da Sie länger bleiben, haben wir gedacht, Sie würden vielleicht Wert darauf legen."

„Das ist sehr nett von Ihnen. Vielen Dank." Jesse fühlte sich geschmeichelt. Die Freundlichkeit überraschte sie. Offensichtlich hatte sie ihr erster Eindruck über diese Stadt und ihre Bewohner doch getäuscht. Alles, was sie noch tun musste, war das Ausfüllen eines Formblattes mit ihren persönlichen Daten.

„202." Er schob ihr einen Schlüssel mit goldenem Kleeblatt-Anhänger über den Tresen zu. „Wenn Sie den Fahrstuhl nehmen, befindet sich Ihr Zimmer am Anfang des Flures auf der rechten Seite. Ich darf Ihnen nun also einen angenehmen Aufenthalt wünschen."

Jesse bedankte sich höflich. Sie nahm den Schlüssel an sich und wollte nach ihren Gepäckstücken greifen. Doch da stand bereits ein junger, kräftiger Mann neben ihr, der sich bereitwillig darum kümmerte. Er grinste sie an. Mit einem Kopfnicken deutete er in Richtung Fahrstuhl.

„Philippe wird Sie auf Ihr Zimmer begleiten", hörte sie den Mann an der Rezeption sagen. Im gleichen Moment hob der Genannte den Koffer und die Tasche vom Boden auf und schritt auf den Fahrstuhl zu. Dort drückte er auf dem Bedienungselement an der Wand die dafür in Frage kommende Taste in Form eines Pfeils, der sogleich zu leuchten begann, und auf der Anzeige darüber war abzulesen, dass ihr Transportmittel nicht mehr lange auf sich warten ließ.

Als Dank für die Hilfe drückte Jesse Philippe ein Trinkgeld in die Hand. Überschwänglich bedankte er sich mit einer Verbeugung. Er murmelte etwas auf Französisch – viel zu schnell – so dass Jesse nichts verstand. Mit einem fragenden Gesichtsausdruck blickte sie noch den Flur entlang, als Philippe schon längst wieder verschwunden war.

Dann endlich schloss sie seufzend ihre Zimmertür. Ihre Bleibe entpuppte sich als groß und gemütlich. Der Wohnbereich wies eine samtene, weinrote Sitzgruppe auf, in dessen Mittelpunkt ein runder Kirschholztisch stand. Die kleine Kochstelle befand sich in einer angrenzenden Nische mit einer Schiebetür davor. Der schönste Teil dieser Räumlichkeiten war jedoch zweifellos das großzügige Schlafzimmer mit Himmelbett. Eine zauberhafte, mit Ornamenten bestickte Decke und eine Vielzahl an Kissen lagen darauf.

Nachdem sie sich umgesehen hatte, fühlte sich Jesse schon ein ganzes Stück wohler. Sie war nun nicht mehr ängstlich, sondern zuversichtlich, dass sich der Aufenthalt in Brüssel doch noch angenehm gestalten würde.

Aber ehe sie ihren Koffer auspacken oder irgendetwas anderes tun wollte, meldete sich in ihr ein ganz anderes Verlangen. Eine heiße Dusche – das war es, wonach sie sich in diesem Augenblick sehnte. Sie konnte es kaum erwarten, die wärmenden Wassertropfen über ihren abgespannten Körper fließen zu lassen.

Ihre Kleidung legte sie Stück für Stück über die Lehne des Sofas. Frische Handtücher fand sie in einem Schrank im Bad und ein Bademantel hing an einem Haken an der gefliesten Wand. Die Dusche hatte eine moderne Glastür und einen großen geschwungenen Brausekopf. Sie musste auch nur kurz warten, bis das aufgedrehte Wasser warm wurde. Begierig trat sie darunter und ergab sich dem wohltuenden Schauer.

Eine knappe Viertelstunde ließ sie sich berieseln, ehe sie sich losreißen konnte und beschwingt in den Bademantel schlüpfte.

In ihr machte sich ein so wohliges Gefühl breit, dass sie sich gar nicht erst die Mühe machte, das warme Kleidungsstück wieder abzulegen und in etwas anderes zu schlüpfen. Dafür hätte sie sowieso zunächst ihren Koffer auspacken müssen und danach stand ihr im Moment einfach nicht der Sinn. Sie spürte eine angenehme Schwere in sich aufsteigen. Müde schlurfte sie zu dem Himmelbett. Ohne den bestickten Überwurf abzuziehen krabbelte sie darauf und ließ sich in der Mitte des Bettes einsinken. Beide Arme streckte sie nach den Kissen aus. Sie umarmte sie wie einen Geliebten. Nur wenige Augenblicke später schlief sie mit einem Lächeln auf den Lippen ein.

Als Jesse ihre Augen wieder aufschlug, neigte sich der Tag bereits dem Ende entgegen. Es dämmerte. Das schummrige Licht einer durch das Fenster scheinenden Straßenlaterne hüllte sie ein. Die

Schatten, die sanft über die Wände des Schlafzimmers huschten, wirkten gespenstisch.

Jesse fröstelte plötzlich. Sie zog die Beine an, die sich bis oberhalb der Knie von dem flauschigen Stoff des Bademantels befreit hatten. Wie Eisklumpen fühlten sich ihre Füße an. Auch ihre Finger waren kalt und so rieb sie sie aneinander, um sie aufzuwärmen.

Ihr Blick wanderte zur Digitalanzeige der Nachttischuhr. Kurz nach sechs Uhr am Abend – Zeit, sich etwas Wärmeres überzuziehen und einen ersten Spaziergang durch Brüssel zu starten. Nach ihrem Nickerchen war sie nun hellwach und unternehmungslustig. Sie wollte die Gegend erkunden, bevor sie am nächsten Tage anfangen würde zu arbeiten. Bisher kannte sie nicht einmal den Weg von dem Hotel zu ihrer Arbeitsstelle. Das sollte sie unbedingt frühzeitig auskundschaften!

Sie schob ihre Füße wieder vor, rutschte über das Bett und stellte sich auf die Beine. Genüsslich streckte sie sich einmal und zuckte dann aber wieder fröstelnd zusammen. Der Koffer stand noch im Wohnraum neben der Zimmertür. Mit nackten Füßen tapste sie dorthin. Ohne Umschweife öffnete sie ihr Gepäck gleich dort und kramte als erstes ein Paar dicke Socken hervor.

„Schon besser!“

Erleichtert stellte sie fest, wie ihr allein dadurch schon ein ganzes Stück wohliger wurde. Sie schlüpfte in ihre schwarze Spitzenunterwäsche, zog eine schwarze enge Hose und eine schicke rote Bluse darüber. Zufrieden betrachtete sie ihren schlanken wohlgeformten Körper in dem Ganzkörperspiegel, der neben der Tür hing. Sie machte einen Schmollmund. Wie sexy sie sich in diesem Augenblick fühlte! Ernüchtert stellte sie fest, dass sie schon sehr lange auf die Gesellschaft eines Mannes verzichtet hatte und wie sehr sie sich doch danach sehnte. Gerade jetzt, da sie mutterseelenallein in einer fremden Stadt zurechtkommen musste. Wie gerne hätte sie sich in beschützende, starke Arme sinken lassen, die Berührung fordernder Finger und leidenschaftlicher Küsse auf ihrer Haut gespürt.

Jesse seufzte schwermütig.

Ihre letzte ernsthafte Beziehung zu einem Mann lag schon beinahe ein ganzes Jahr zurück. Nick war ein wunderbarer Liebhaber gewesen. Verständnisvoll und einfühlsam. Obendrein las er ihr jeden Wunsch von den Augen ab und setzte ihn sofort in die Tat um – jedenfalls zu Anfang. Dann – sie wusste selbst nicht mehr genau, wie es dazu gekommen war – verbrachte er von Tag zu Tag mehr Zeit im Büro. Er arbeitete wie ein Wahnsinniger und Jesse war auch noch so naiv, ihm diese Arbeitswut abzunehmen. Tatsächlich vergnügte er sich aber mit einer jungen aufreizenden Kollegin. Im Vergleich zu Jesse war sie ein Kind. Nick fand jedoch Gefallen an ihr. Er verführte sie regelmäßig nach Büroschluss – auf dem Schreibtisch, dem Stuhl und dem bloßen Fußboden.

Viel zu spät hatte Jesse bemerkt, dass sie betrogen wurde. Sie erwischte ihn in flagranti, als sie ihn eines Tages überraschen wollte. Für seinen Geburtstag hatte sie etwas ganz Besonderes geplant. Einen Abend mit einem Fünf-Gänge-Menü in einem noblen Restaurant und einer anschließenden Gala-Vorstellung im Theater. Aber am Ende gipfelte dieser Abend in dem traurigsten Erlebnis ihres Lebens.

Sie hatte lange gebraucht, um über Nick hinwegzukommen. Tatsächlich war sie für die Annährungsversuche anderer Männer unempfänglich geworden. Eine Sache, die sie unbedingt ändern sollte.

Die Abenteuerlust ergriff von ihr Besitz. Ihrem geöffneten Koffer, mit den nun wild durcheinander liegenden Sachen, schenkte sie nur einen kurzen Blick. Natürlich wusste sie um ihr chaotisches Wesen. Auf der anderen Seite gab es hier niemanden, der mal eben bei ihr vorbeischauen und die Unordnung bemerken könnte. Achselzuckend stieg sie darüber hinweg und griff nach ihrer Lederjacke.

Ihre Entdeckungsreise durch Brüssel konnte beginnen!

Der Club

Sie lief ziellos durch die Straßen – auf der Suche nach nichts Bestimmtem und doch etwas Aufregendem. Zwar hatte sie sich vor der Abreise einen Reiseführer über Brüssel gekauft, dieser steckte jedoch wohlbehalten in einer Seitentasche ihres Koffers. Und genau da sollte er auch schön bleiben, entschied sie. Ihren Plan, zunächst den Weg zur Galerie zu erkunden, warf sie komplett über den Haufen. Stattdessen machte sie ganz andere Erkundungen. Nach einem kurzen Spaziergang erreichte sie die Börse, die sie umrundete und anschließend durch die Rue au Beurre ging, die sie direkt auf den Grand Place führte. Vor ihrer Reise hatte sie von einer Freundin gehört, dass dies der lebendige Punkt von Brüssel sein sollte. Aber angesichts der kühlen Frühlingstemperaturen fand sie nicht den belebten Platz vor, den sie sich eigentlich vorgestellt hatte.

Sie schritt über das weite Pflaster und bestaunte mit neugierigen Augen die eindrucksvollen Gebäude ringsum. Und ehe sie sich versah, landete sie in einer kleinen Seitengasse, die von Cafés und Restaurants beherrscht wurde. Durch die Fensterscheiben warf sie einen Blick auf die Menschen, die drinnen im Warmen saßen und glücklich ihre Mahlzeiten zu sich nahmen oder einfach nur ein Glas des einheimischen Bieres tranken.

Ein Lächeln umspielte ihren Mund. Allmählich begann sie, Gefallen an dieser Stadt zu finden. Ein Haus, abgedunkelt gelegen zwischen all den hell erleuchteten Lokalitäten, forderte nun ihre ganze Aufmerksamkeit. Die schwarzen Fensterläden waren nur ein winziges Stück geöffnet und gaben nur einen Spalt breit Einblick in ein undefinierbar rot leuchtendes Inneres.

Jesse beobachtete, wie eine Gruppe junger Männer und Frauen, allesamt vornehm gekleidet, von der anderen Seite der Straße her auf das Haus zugingen und darin verschwanden. Der Eingang blieb offen und eine Art Türsteher war nun zu erkennen. Er sah genau in Jesses Richtung. Viel mehr noch! Er fixierte sie eindringlich mit seinem Blick. Sie konnte gar nicht anders. Eine geradezu magnetische Anziehungskraft ging von diesem Haus aus. Es war vollkommen zwecklos, sich dagegen zu wehren. Sie musste dort hinein, aus welchem Grund auch immer.

Je näher sie dem Gebäude kam, umso deutlicher trat der Schriftzug über der Tür hervor. „Club Noir" stand dort. Ein Vergnügungsclub? Eine Bar? Sie wusste es nicht.

Als Jesse eintrat, spürte sie ein leichtes Unwohlsein in sich aufsteigen. Die Bar war düster, wie schon ihr Name angekündigt hatte. Ein schwaches rotes Licht deutete die Umrisse der vielen anwesenden Gäste an. Nur diejenigen, die sich in ihrer unmittelbaren Nähe befanden, konnte sie tatsächlich erkennen. Umrahmt wurde die merkwürdige Szenerie von dumpfen, in die Länge gezogenen Tönen, die wohl eine romantische Melodie wiedergeben sollten. Bei Jesse verursachten sie allerdings genau das gegenteilige Gefühl. Ein Schauer krabbelte ihr vom Nacken her den Rücken hinab.

Ganz langsam bahnte sie sich ihren Weg an die Theke, ohne dabei irgendjemanden allzu offensichtlich anzusehen. Sie hielt ihren Blick vielmehr verschämt zu Boden gerichtet, um kein Gespräch zu provozieren. Jetzt, da sie sich schon einmal in diese Lokalität gewagt hatte, wollte sie nicht wie ein verschrecktes Tier gleich wieder flüchten. Zumindest einen Drink würde sie nehmen, sagte sie sich selbst, und danach sofort gehen.

Wie in Trance erreichte sie einen freien Platz an der Theke. Ihre Finger krallten sich in die glatte, klebrige Oberfläche, als suchten sie dringend nach einem festen Halt. Unentschlossen betrachtete sie die Menschen rechts und links von sich – düstere Gestalten, die Jesse Angst einjagten.

Ihre Kehle fühlte sich seltsam trocken an. Sie drehte sich halb herum und wollte etwas zu trinken bestellen. Doch ehe sie sich auch nur an den Barkeeper wenden konnte, stellte dieser schon ein Glas mit rotem Inhalt vor ihr ab. Ein schwarzer Strohhalm steckte darin und reckte sich beinahe auffordernd in ihre Richtung.

„Eine Bloody Mary für Mademoiselle." Der schlanke Mann mit dem langen kastanienbraunen Haar zwinkerte ihr zu. Sein Lächeln war umwerfend und verschlug ihr die Sprache.

„Aber ich …"

„Spezialität des Hauses", fügte er erklärend hinzu, worauf er nur einen weiteren fragenden Blick von Jesse erntete. „Kommt von der Dame dort drüben." Er deutete auf eine Frau am Ende der Theke.

Sie entdeckte ein aufreizend gekleidetes Wesen, dessen schwarzes Lackoutfit allein durch einen unanständig tiefen Ausschnitt Aufsehen erregte. Mit ihren Armen, die auf der Thekenoberfläche ruhten, presste sie gegen ihre üppige Oberweite und brachte sie so noch um ein ganzes Stück mehr zur Geltung. Ihr helles, beinahe weißes Gesicht wurde von einer goldenen Lockenpracht umrahmt. Doch am meisten bestach sie mit ihren dunklen Augen, die Jesse in geradezu obszöner Weise musterten. Nun, da sich die Fremde vollkommener Aufmerksamkeit bewusst war, brachte sie ihre Zungenspitze ganz sacht zum Vorschein und fuhr sich damit genüsslich über die Oberlippe. Sie rekelte sich kurz, bevor sie sich lasziv vorlehnte und den Mund zu dem schwarzen Strohhalm ihrer eigenen Bloody Mary führte. Bewusst langsam saugte sie daran, ohne dabei den Augenkontakt zu Jesse abzubrechen. Im nächsten Augenblick trat erneut ihre Zunge hervor und fuhr den Halm hinab, spielte mit ihm und verfiel in ein sehnsuchtvolles Liebkosen. Die Blicke der Frau wurden eindringlicher. Sie zogen Jesse in ihren Bann und ließen sie in die Fänge eines ungewohnten Verlangens stürzen. Die Zeit schien still zu stehen und die Situation zu eskalieren, in der nur noch diese beiden Frauen eine Rolle spielten.

Doch plötzlich tauchte ein rothaariger Vamp auf, der die aufkeimenden Gefühle jäh zum Ersterben brachte. Sie war ebenso bleich und in Lack gekleidet wie ihre blonde Freundin. Ihre blutroten Lippen verzogen sich angriffslustig und brachten spitze, strahlend weiße Zähne zum Vorschein. Ein böses Funkeln trat aus ihren Augen und traf Jesse mit voller Wucht. Sie zuckte unwillkürlich zusammen. Bildete sie es sich nur ein oder hatte sie die Rothaarige soeben tatsächlich fauchen gehört?

Taumelnd musste sie sich an einem Barhocker festhalten. Verwirrt sah sie, wie die beiden Frauen am Ende der Theke laut auflachten und gleich darauf eng umschlungen aus ihrem Blickfeld verschwanden.

Was war das nur für eine merkwürdige Bar? Etwas Ähnliches hatte sie nie zuvor erlebt.

„So was machen sie öfter. Sie sollten sich nichts dabei denken", raunte ihr eine angenehme Stimme von der Seite zu.

Sie drehte sich halb um und fand sich einem attraktiven Mann in einem vornehmen Anzug gegenüber. Dunkelbraunes kurzes Haar umrahmte sein markantes Gesicht. Mit einem gewinnenden Lächeln brachte er sie dazu, sich nicht nur unwohl, sondern auch noch töricht zu fühlen. Das Blut schoss ihr in die Wangen. In diesem Moment war sie dankbar um das schummrige Licht.

„Sie sind neu hier, habe ich Recht?"

Jesse nickte.

„Ich bin Louis." Er streckte ihr die Hand entgegen, die sie nur zögernd annahm.

„Sie brauchen keine Angst vor mir zu haben. Ich beiße nicht. Jedenfalls nicht mehr heute Abend."

Seine Worte kamen ihr merkwürdig vor. Sie beschloss jedoch, nicht weiter darüber nachzudenken. Stattdessen legte sie endlich einen freundlichen Gesichtsausdruck auf. „Jesse. Ich bin gerade erst aus England hier angekommen."

„Freut mich, Ihre Bekanntschaft zu machen." Galant deutete er eine Verbeugung an.

Jesse lächelte nervös. Es hätte nur noch gefehlt, dass er ihr einen Kuss auf den Handrücken hauchte. Um ihn gar nicht erst auf falsche Gedanken zu bringen, entwand sie ihm ihre Hand und griff nach der Bloody Mary.

„Oh, nicht doch." Louis hielt sie am Arm, um sie am Trinken zu hindern. „Das sollten Sie nicht trinken. Das ist Gift für eine junge, hübsche Frau wie Sie."

„Was stimmt damit nicht?" Jesse war verwirrt.

„Es würde Sie nur schwindelig machen."

Sie verstand immer noch nicht. Das hielt Louis jedoch nicht davon ab, ein anderes Getränk für sie zu ordern. Mit dem Barkeeper wechselte er einen viel sagenden Blick, bevor dieser ein frisches Glas nahm und es füllte. Er holte weit aus, bevor er den Drink vor Jesse auf dem Tresen abstellte.

„Für die Lady." Wieder dieses Zwinkern. Jesse senkte den Blick. Am liebsten wäre sie Hals über Kopf aus dieser merkwürdigen Bar getürmt. Was hatte sie nur dorthin getrieben?

„Geht es Ihnen nicht gut?" Louis legte besorgt eine Hand auf ihren Arm. Sie spürte seine Berührung durch den sanften Druck. Es lag eine Art Erwartung darin, der Jesse nicht standhalten konnte.

„Könnten Sie mir wohl sagen, wo ich die Toilette finde?" Es war das Einzige, was ihr in diesem Moment in den Sinn kommen wollte.

„Die Toilette?" Er grinste. „Natürlich." Mit einem Augenzwinkern straffte er den Oberkörper und machte eine Kopfbewegung zur Seite. „Dort entlang. An den Tischen vorbei. Es ist nicht zu verfehlen."

Jesse glaubte einen schelmischen Unterton in seiner Stimme zu hören. Hatte er etwa ihre Verwirrung bemerkt? Oder gar den Argwohn, mit dem sie ihn und die anderen Gäste betrachtete? Doch sie bemühte sich inständig, all ihre Bedenken zu unterdrücken.

Sie hauchte ihm ein kaum hörbares „Danke" zu, bevor sie sich an ihm vorbeischob.

„Sie haben doch nicht vor, mich hier allzu lange alleine stehen zu lassen oder?" Sein Lächeln war wirklich unwiderstehlich. Aus irgendeinem Grund wollte sie sich jedoch nicht gänzlich auf seinen Charme einlassen. So schenkte sie ihm lediglich einen freundlichen Blick, dann wandte sie sich endlich ab und ging unsicheren Schrittes an den Tischen vorbei.

Tatsächlich war die Toilette nicht zu übersehen. Die dunkle Tür wirkte regelrecht schick, gerade so, als würde sie Einlass in eine ganz besondere Räumlichkeit bieten. In Augenhöhe prangte eine stilvolle Zeichnung einer leicht bekleideten Dame. Darunter stand in geschwungenen Lettern „Mademoiselle".

Jesse drückte die goldene Klinke hinunter und schob die Tür vorsichtig auf. Tatsächlich rechnete sie beinahe damit, jemanden zu stören, was ihr im nächsten Moment mehr als wahrscheinlich erschien. Sie hörte Geräusche. Ein Rascheln, eine hektische Bewegung und schließlich ein Poltern.

Wie angewurzelt blieb Jesse stehen und lauschte. Hatte sie sich vielleicht doch in der Tür geirrt? Aber nein! Sie schalt sich selbst einen Dummkopf. Fliesen zogen sich über den Fußboden und Wände und direkt neben ihr befanden sich zwei Waschbecken. Dann entdeckte sie jedoch etwas. Um die Ecke – drei, vier Schritte von ihr entfernt, hielt sich tatsächlich jemand versteckt. Nein, stellte sie fest, es waren sogar zwei Personen. Ihre Körper drängten sich hinter der schützenden Wand hervor, direkt in Jesses Blickfeld. Ein Mann, der eine Frau stürmisch gegen eine Toilettentür presste und sein Gesicht tief in ihrem üppigen Busen vergrub. Diese warf den Kopf in den Nacken und stöhnte lustvoll auf. Erstaunlich, wie graziös sie dabei wirkte. Ihre dunklen Locken waren zu einer kunstvollen Frisur hochgesteckt. Vereinzelte Strähnen hingen in die vornehmen Züge ihres blassen Gesichtes. Die Lippen, blutrot geschminkt, kräuselten sich voller Genuss.

Jesse blieb wie versteinert stehen und starrte das Paar an. Sie verfolgte, wie die Hände des Mannes gierig über den Körper der Frau glitten. Sein Gesicht kam zum Vorschein und sie sah, wie seine Zunge langsam von einer Brustwarze bis hinauf zu ihrem Hals fuhr. Ein wohliger Schauder machte sich in Jesse breit, gepaart mit einem Verlangen, das sie nie zuvor so intensiv gespürt hatte. Sie fasste sich an ihre Brust und begann wie selbstverständlich darüber zu streichen. Im nächsten Augenblick setzte das Rascheln aus. Jesse erschrak durch die plötzliche Stille. Ihr stockte der Atem. Für den Bruchteil einer Sekunde hatte sie nicht auf das Paar geachtet, sondern sich ganz und gar ihren eigenen lustvoll aufkeimenden Gefühlen hingegeben. Als sie nun wieder zu dem Paar sah, fing sie einen durchdringenden Blick des Mannes auf. Es hatte nicht den Anschein, dass ihm irgendetwas unangenehm wäre. Im Gegenteil. Von einer Unbeteiligten beobachtet zu werden, schien ihn sogar noch anzuheizen. Er genoss ihre Anwesenheit. Seine feurigen Augen stierten auf ihren Schoß. Er stöhnte ihr wollüstig zu. Erst da bemerkte Jesse erschrocken, dass ihre zweite Hand wie von selbst in der Spalte zwischen ihren Schenkeln fingerte. Und auch die vornehme Frau drehte ihr nun das Gesicht zu. Sie lachte. Jesse schoss das Blut in die Wangen. Sie fühlte sich entblößt. Was war nur los mit ihr?

Wie eine Furie wirbelte sie herum und stürzte aus der Toilette auf den Flur hinaus. Ein weiteres, eng umschlungenes Paar stand dort, mit dem sie um ein Haar zusammengestoßen wäre. Stolpernd fand sie an dem nächsten Türrahmen Halt.

„Tut mir Leid", stammelte sie. „Pardon."

Dann ging sie halb taumelnd an der Tischreihe vorbei zur Theke, wo Louis auf sie wartete. Sie bemühte sich zwar, eine unbekümmerte Miene aufzusetzen, aber sie war noch nie eine gute Schauspielerin gewesen. Louis musste ihren verstörten Gesichtsausdruck ganz einfach bemerken. Da war sie sich sicher. Er zog sie lächelnd an seine Seite. Ohne ein Wort zu sagen drückte er ihr einen Martini in die Hand. Augenzwinkernd stieß er mit ihr an. Und tatsächlich spürte sie, wie sie ruhiger wurde, als das Getränk ihre Kehle hinabrann.

„Sie gefallen mir."

Jesse heftete den Blick auf ihre Finger, die das nunmehr leere Glas umklammerten. Sie hatte Angst davor, ihm in die Augen zu sehen. Angst, dass er erkannte, welch ein Durcheinander in ihrem Inneren herrschte. Immer noch spürte sie dieses eigenartige Verlangen in sich.

Ganz sanft entwendete Louis Jesse das Glas aus der Hand und stellte es auf dem Tresen ab. Sie ließ sich von ihm führen, als hinge sie wie eine Puppe an Fäden – mit ihm als Spieler. Er nickte dem Barkeeper zu, der sich kurz hinüberlehnte und Louis etwas ins Ohr flüsterte. Außerdem tauschten ihre Hände etwas aus. Allerdings geschah der Vorgang so schnell, dass Jesse nicht erkennen konnte, um was es sich dabei handelte.

Er nahm sie an die Hand und führte sie durch die Menge. Plötzlich spürte Jesse alle Blicke auf sich brennen. Warum sie ein derartiges Interesse auf sich zog, wusste sie nicht. Es war ihr in diesem Moment auch nicht wichtig. Aus einem ihr selbst nicht verständlichen Grund wollte sie Louis folgen.

Sie durchquerten den Innenraum bis zu einem Gang, an deren Ende sie über eine Treppe in die zweite Etage gelangten. Vor ihnen lag nun ein langer Flur mit mehreren Türen zu beiden Seiten. Jesse kam der Gedanke, dass sich hier Gästezimmer oder ähnliches befinden mussten. Vielleicht handelte es sich bei dieser Lokalität um ein Hotel mit eigener Bar?

Louis zog unterdessen einen Schlüssel aus seiner Hosentasche. Überheblich grinsend ging er auf eine der Türen zu und öffnete sie. Dann wirkte er mit einem Mal wiederum sehr galant, als er ihr die Jacke abnahm. Sie spürte die Hitze in ihren Wangen. Was würde als nächstes geschehen?

Mit der Jacke über dem Arm machte Louis eine einladende Handbewegung. Offensichtlich erwartete er, dass Jesse mit ihm in das Zimmer ging. Sie rührte sich nicht von der Stelle, sondern warf lediglich einen Blick hinein. Dort erkannte sie einen von unzähligen Kerzen erleuchteten Raum. Lange, große Vorhänge zierten Wände und Fenster und umrahmten das wundervoll hergerichtete Bett. Rosenblätter lagen darauf und davor.

Jesse stieß ein Keuchen aus.

Erst jetzt dämmerte ihr, worauf sie sich da eigentlich eingelassen hatte. Dieser Mann verfolgte nur ein einziges Ziel und zwar, sie in sein Bett zu befördern. Obwohl sie sich noch vor gar nicht langer Zeit nach einer Situation wie dieser gesehnt hatte, konnte sie sich nun ganz und gar nicht damit anfreunden. Alles in ihr sträubte sich dagegen. Sie wollte sich umdrehen und davonlaufen. Genau das war auch ihr erster Reflex. Ungläubig schüttelte sie den Kopf und wich zurück.

Doch so leicht machte Louis es ihr nicht. Er griff nach ihren Händen und wirbelte sie herum, so dass sie ihm den Rücken zukehrte. Mit hartem Druck hielt er sie. Jesse glaubte, ihr versage der Atem und sie müsste im nächsten Augenblick ohnmächtig werden. Sie fühlte sich schwach – viel zu schwach, um sich gegen ihn zu wehren.

Dann ließ Louis jedoch ein klein wenig locker und ein kühler weicher Stoff glitt über ihren Nacken.

„Das ist echte Seide … fein gesponnen … blutrot …", hauchte er in ihr Ohr. Sie spürte seinen heißen Atem an ihrer Wange. Es war erregend und abstoßend zugleich. Wie konnte er sich nur erlauben, sie so zu behandeln!

Voller Empörung wollte sie sich ihm entziehen. Aber er gab sie nicht frei. Mit einer schnellen geschickten Bewegung zwirbelte er das Seidentuch zusammen und verband damit ihre Hände. Er zog so fest zu, dass der feine Stoff in ihre Haut schnitt.

„Au!", protestierte sie. „Sie tun mir weh! Hören Sie sofort auf damit oder ich schreie das ganze Haus zusammen!"

„Aber meine Liebe", genüsslich fuhr er mit einem Finger die Konturen ihres Gesichtes nach, „glaubst du nicht, dass ich mit derselben Leichtigkeit deinen Mund knebeln könnte?"

Schockiert starrte sie auf seine andere Hand, die sich überall an ihr vorzutasten begann.

„Wir könnten so viel Spaß zusammen haben. Du solltest dich nicht dagegen wehren."

Ganz nah zog er sie an sich heran. Seine Arme umschlangen ihren Oberkörper und eine Hand wanderte hinauf zu ihrer Kehle. Fest packte er sie am Kinn und zwang sie so zur Ruhe. Er machte eine kreisende Bewegung mit der Hüfte und Jesse konnte ganz deutlich spüren, wie sich sein erregtes Glied hart durch den Stoff zwischen ihre Pobacken presste. Sie fühlte sich betört und bedrängt zugleich. Ein Teil in ihr wollte sich der animalischen Lust hingeben, sich die Kleider vom Leib reißen und benutzen lassen. Doch auf der anderen Seite verabscheute sie seine Handlungsweise.

Er behandelte sie nicht mit der Sanftmütigkeit eines Liebhabers, sondern eher mit der Grobheit eines Vergewaltigers. Ja – wurde ihr in dem Augenblick bewusst – er würde sich nehmen, wonach ihm verlangte. Sie konnte sich ihm nicht entwinden. Ihre Schwäche lähmte sie bereits, als hätte sie keine Kontrolle mehr über sich. Was sollte sie nur tun?

„Ja, das gefällt dir, habe ich Recht?“, raunte er in ihr Ohr.

Seine freie Hand fuhr ihren Bauch hinab und griff schließlich in ihren Schritt. Viel zu fest drückte er zu. Einen Moment verharrte er dort – gierig – mit zuckenden Fingern, die es kaum erwarten konnten, weiter vorzudringen.

Jesse versuchte vergeblich den dicken Kloß in ihrem Hals hinunterzuschlucken. Ihre Augen füllten sich mit Tränen. Aber sollte sie ihm tatsächlich die Genugtuung geben und anfangen zu weinen? Sie bäumte sich auf, wollte sich ihm entwinden, doch dadurch brachte sie sich nur in eine noch prekärere Lage.

„Ah, ich verstehe.“ Louis lachte hämisch auf. „Du magst es auf die harte Tour.“

Schon wanderte seine Hand ein Stück ihre Hose hinauf und verfing sich in ihrer Bluse. Mit einem heftigen Ruck zerriss er den Stoff. Ihr schwarzer, mit Spitzen besetzter BH kam zum Vorschein. Eine Gänsehaut zog sich über ihren halbnackten Oberkörper.

Noch fester presste er sich von hinten an sie und ließ seine Hüfte in einer weiteren sanften Bewegung kreisen. Jesse rang mit sich selbst. Zu ihrem eigenen Entsetzen spürte sie, wie sich ein heißes Pulsieren in ihrem Unterleib ausbreitete.

„Ja … du willst es auch.“

Sie stöhnte auf. Verzweifelt. Da musste doch noch ein Funke in ihr sein, der sich ihm zur Wehr setzen konnte.

„Nein“, wimmerte sie schwach. „Nein, lass mich. Ich will nicht.“

„Oh, doch! Du willst … und wie du willst.“

Seine Zunge zog eine feuchte Spur über ihre Wange, ihren Hals und den Nacken. Es durchströmte sie heiß-kalt, als sie plötzlich spürte, wie er sich mit seinen Zähnen an dem Verschluss ihres BHs zu schaffen machte. Sie wollte schluchzen und schreien zugleich: Hör auf! Doch er verführte sie dazu, still zu halten wie ein Kaninchen in der Falle. Genau so fühlte sie sich. Hilflos dem Jäger ausgeliefert, bemüht darum, der Hitze in ihrem Schoß Einhalt zu gebieten.

Louis' Hand fuhr genüsslich in ihre Hose, als sich plötzlich ein Schatten über Jesses Gesicht legte. Atemlos blickte sie in die dunklen unergründlichen Augen ihres Gegenübers auf. Sie fühlte sich nackt und beschämt. Dieser Mann hätte sie nicht in einer solchen Lage erwischen sollen, obwohl sie nicht hätte sagen können, warum sie so empfand. Sie hätte froh sein sollen, dass endlich jemand auf dieses schändliche Treiben aufmerksam wurde. Doch anstatt ihn um Hilfe anzuflehen, senkte sie den Blick zu Boden.

Dass Louis von ihrem BH abließ und mit der Zunge wieder ihren Nacken hinauffuhr, nahm sie gar nicht mehr wahr. Die bloße Anwesenheit dieses fremden Mannes versetzte sie in eine unerträgliche Benommenheit. Die Wirklichkeit verschwamm und alles um sie herum fühlte sich nicht länger echt an. Alles – bis auf seine Augen. Aber sie sahen durch Jesse hindurch. Sie nahmen Louis ins Visier, der keine Anstalten machte, von seinem Opfer abzulassen

„Was soll das?" Die Stimme des Fremden durchschnitt die Stille wie ein scharfes Messer.

„Was soll was?" Louis knabberte an ihrem Ohrläppchen. Jesse zog die Schulterblätter zusammen. Die Hitze in ihrem Körper erlosch. Zurück blieb eine Kälte, die sie erstarren ließ.

„Du kennst die Regeln."

„Na und?" Mit einem spöttischen Lachen reagierte Louis auf die Zurechtweisung. „Ich werde sie trotzdem nicht gehen lassen!"

Seine Hand unter Jesses Kinn verstärkte den Druck. Sie schaffte es nicht länger, ihren Blick gesenkt zu halten. Louis presste ihren Kopf in eine unangenehme Haltung zurück. So war sie gezwungen, dem Fremden direkt ins Gesicht zu sehen. Voller Scham bemühte sie sich, die aufsteigenden Tränen fortzublinzeln.

„Offensichtlich befindet sich diese junge Dame nicht freiwillig in deiner Gesellschaft. Du wirst sie sofort loslassen!", befahl der Mann.

Louis lachte schallend auf. Er amüsierte sich so sehr, dass sein Körper sich förmlich schüttelte und in einem Vibrieren auf Jesse überging. Der Seidenschal, der ihre Hände zusammenhielt, löste sich. Sie drückte ihre Unterarme mit aller Kraft auseinander, so dass der

Stoff von ihr abfiel. Mit Hilfe ihrer Hände wollte sie sich nun von Louis' gewaltsamer Berührung befreien, doch er hielt sie mit einem äußerst starken Griff fest. Einzig der Druck unter ihrem Kinn schwand nun.

„Du kannst mir nichts befehlen – Andrew!" Wie eine bittere Pille spuckte er den Namen des Fremden aus.

„Du weißt genau, dass ich das kann." Sein Körper strahlte eine überlegene Ruhe aus. Langsam näherte er sich dem Paar. „Wenn du sie jetzt freiwillig gehen lässt, wird das keine Konsequenzen für dich haben. Wenn nicht …"

Ein merkwürdiges Geräusch vernahm Jesse in ihrem Nacken. Ein Zischen, ähnlich dem Fauchen einer angriffslustigen Katze. Die Situation verwirrte und beängstigte sie. Der fremde Mann – Andrew – schritt nun offensichtlich auf Louis zu, bereit, sich einer Konfrontation zu stellen.

„Was dann?"

Etwas Spitzes fuhr bedrohlich über Jesses Hals und schickte einen eisigen Schauder durch ihren Körper. Was war das? Ein Messer? Aber nein, redete sie sich selbst ein, es musste eine Sinnestäuschung sein, denn beide Hände von Louis hielten sie ja fest.

„Louis! Halt dich zurück!" Das Gesicht des fremden Mannes verzog sich nun vor Wut. Seine Augen blitzten wild auf. In ihnen lag etwas, dass Jesse zugleich Furcht einflößte, aber das sie auch anziehend empfand.

Ihr Herz setzte für einen Schlag aus, als er sie mit seinem Blick streifte. Im nächsten Augenblick wurde sie jäh in die Realität zurückgeschleudert. Louis riss brutal an ihren Armen. Er verdrehte sie und drückte so fest zu, dass sie glaubte, ihr Blutfluss würde unterbrochen werden. Eiseskälte schoss in ihre Fingerspitzen und ließ sie taub werden. Sie versuchte sich zu wehren. Ihre Bemühungen versagten jedoch kläglich. Er war einfach zu stark für sie.

„Was geht es dich an? Was kümmert sie dich?", fragte er Andrew herausfordernd. Er wollte sich nicht in die Schranken weisen lassen. „Geh und suche dir eine eigene Spielgefährtin! Die hier gehört mir!“ Grob schleuderte er Jesse herum. Seine Hände glitten gierig über ihre Taille und hinauf zu ihren kleinen festen Brüsten. Sie spürte, wie sich sein Glied nun zwischen ihre Schenkel presste. Er wollte sie besitzen. Auf der Stelle. Und er machte kein Geheimnis daraus.

„Du lässt sie sofort gehen!“, beharrte der Fremde. „Du kennst die Regeln. Also hör endlich auf mit deinen Spielchen!“

Louis bebte vor Erregung und Verlangen. Das war längst kein Spiel mehr für ihn. Er hatte seine Wahl getroffen. Jesse sollte seine Sklavin sein. Die Frau, die er entführen wollte in eine Welt, die sie niemals für möglich halten würde. Er konnte ihr so viel bieten. Sie befriedigen wie kein Mann zuvor.

Dann geschah alles so schnell, dass Jesse nicht recht wusste, was um sie herum passierte. Dunkelheit umfing sie. Das fauchende Geräusch erklang erneut, dieses Mal jedoch eindringlicher. Beängstigend. Alles in ihr zuckte zusammen und sie verkroch sich in eine Ecke, ohne zu wissen, wo sie sich befand.

Die Männer beschimpften sich mit Worten, die sie nicht verstehen konnte. Sie flüsterten, als würden sie sich gegenseitig verfluchen. Mehrmals polterte es. Der Boden, auf dem Jesse kauerte, erbebte. Die letzten Worte, die Louis schrie, hallten durch den Flur. Daraufhin herrschte Stille.

Weicher Stoff und ein vertrauter Geruch legten sich auf ihre Wange.

„Ihre Jacke“, hörte sie den fremden Mann mit seiner warmen Stimme sagen. „Die sollten Sie überziehen. Oder wollen Sie so durch den Club?“

Jesse sah an ihrem Oberkörper hinab. Ihre zerrissene Bluse hatte sie vollkommen vergessen. Erst jetzt fiel ihr auf, wie lächerlich sie aussehen musste – halbnackt und hilflos gegen die Wand gepresst.

Ungeschickt strauchelnd richtete sie sich auf. Sie bemühte sich, die Stofffetzen ihrer Kleidung zusammenzufügen. Doch vergebens! Ihre Bluse war nicht mehr zu retten.

Endlich griff sie dankbar nach ihrer Jacke, die Andrew geduldig hielt. Er beobachtete eingehend, wie Jesse damit ihre Blöße bedeckte.

„Danke", presste sie hervor.

„Immer wieder gern." Er grinste unverschämt – aber nur für einen kurzen Augenblick. Dann bot er ihr die Hand, um sie zu stützen. Zaghaft nahm sie seine Hilfe an. Seite an Seite schritten sie schweigend durch den langen, schwach beleuchteten Flur. Wohin Louis verschwunden war, wusste Jesse nicht. Sie wollte es auch gar nicht wissen. Bei dem Gedanken, er könne ihr erneut irgendwo auflauern, wurde ihr jedoch ganz mulmig zumute. Ihre Knie fühlten sich weich an.

„Ich werde Sie selbstverständlich nach Hause bringen", erriet Andrew ihre Befürchtungen.

Sie blickte ihn von der Seite an und versuchte einzuschätzen, ob sie ihm trauen konnte. Aber sein Gesicht wirkte wie eine verschlossene Tür. Nicht das Geringste war aus seinen Zügen zu lesen.

„Das ist sehr freundlich von Ihnen. Aber das ist wirklich nicht nötig. Ich kann sehr gut …" Jesse stockte. Sie konnte ihre eigenen Worte nicht begreifen. Warum sagte sie so etwas?

Andrew drehte sie halb herum, so dass sie sich direkt gegenüber standen. Er legte eine Hand unter ihr Kinn und hob es mit einer sanften, beinahe zärtlichen Geste an. „Sie können sehr gut auf sich alleine aufpassen? Das wollten Sie doch sagen oder?"

Jesse wollte etwas erwidern. Aber ihre Kehle war wie zugeschnürt. Sie konnte einfach nur stumm dastehen. Ihre Gedanken kreisten wild durcheinander. Dieser fremde Mann nahm sie mit seiner unglaublich betörenden Ausstrahlung schlichtweg gefangen. Seine Augen funkelten in einem geheimnisvollen dunklen Ton. Sie waren so tief und unergründlich wie ein Ozean. Er hatte ein feinkantiges Gesicht und halblanges schwarzes Haar. Der vornehme Anzug, den er trug, umschmiegte seinen Körper locker. Trotzdem verriet er eine gut gebaute Statur. Obendrein verströmte Andrew einen angenehmen Geruch, der sich wie Balsam auf Jesses Atemwege legte. Sie war versucht, sich ihm in die Arme zu werfen – und ihr wurde schwindelig bei dem Gedanken daran.

„Nein, keine Widerrede!“ Er fing sie auf, bevor sie sich geschwächt gegen die Wand lehnen konnte. „Ich werde Sie jetzt nach Hause bringen.“

Sie lächelte dankbar.

Jesse fühlte sich der Ohnmacht nahe. Die ganze Situation machte ihr mehr zu schaffen, als sie sich selbst eingestehen wollte. Sie war komplett verwirrt und wusste nicht mehr, was sie von dieser Stadt und ihren Bewohnern eigentlich halten sollte.

Andrew wiederum spielte den perfekten Gentleman. Er trug sie halb die Treppenstufen hinunter und legte den Arm um ihre Schulter, um sie vor den neugierigen Blicken der Club-Gäste zu schützen.

Draußen angekommen fröstelte Jesse, als Andrew sich wieder ein Stück von ihr entfernte. Seine Nähe war so angenehm gewesen. Bei ihm hatte sie ganz andere Gefühle als bei Louis. Andrew brachte sie dazu, sich wohlzufühlen. Dabei kannte sie diesen Mann gar nicht.

Er brachte sie zu einem schicken, nachtschwarzen Porsche. Jesse staunte nicht schlecht, als sie das Auto erblickte.

„Das ist Ihrer?“

„Natürlich.“ Er tat, als wäre das eine Selbstverständlichkeit. Lässig öffnete er die Beifahrertür und half ihr beim Einsteigen.

Jesse konnte es gar nicht glauben. Da hatte sie gerade ein wundervoller, gut aussehender Mann vor einem schändlichen Verbrecher gerettet und brachte sie nun auch noch in einem solch noblen Gefährt nach Hause – oder besser gesagt, zu ihrer vorübergehenden Bleibe.

Sie fühlte sich wie in einem Traum.

Andrew ließ sich neben ihr hinter das Lenkrad sinken und startete den Motor. Als sie diesen Mann so von der Seite betrachtete, spürte sie ein Kribbeln in der Magengegend. Er war zu gut, um wahr zu sein. Und genau das war der Punkt! Was trieb ihn selbst in diesen Club? Hatte er Louis nicht Befehle erteilen wollen? Die beiden mussten sich kennen – und vielleicht gab es da auch eine

Verbindung zwischen ihnen, die Andrew nicht mehr ganz so perfekt erscheinen lassen würde.

Ernüchtert rutschte Jesse tiefer in den Sitz.

„Wohin darf ich Sie bringen?“

„Rue du Béguinage.“

„Ah“, er nickte wissend, „dann wohnen Sie gewiss bei Marvin Rochelle.“

„Sie kennen ihn?“ Allmählich wurde Jesse misstrauisch. Was wusste sie schon von Andrew – und was wusste er von ihr?

Auf irgendeine unergründliche Weise schien er ihre Gedanken lesen zu können, denn er lächelte amüsiert. Er sah sich um und lenkte seinen Wagen aus der Parklücke.

„Wissen Sie“, er warf ihr einen kurzen Seitenblick zu, „Marvin ist ein alter Bekannter von mir. Er erwähnte vor ein paar Tagen, dass er eine junge Dame aus England erwartet, die in der Galerie Celeste arbeiten wird.“

„Und Sie wissen, dass ich diese junge Dame bin?“ Jesse kniff die Augen zu schmalen Schlitzen zusammen. Sie funkelte ihn an – wie eine Katze, bereit, ihre Krallen auszufahren.

„Nun, Sie sind ohne Zweifel Engländerin, wie ich Ihrem Akzent entnehmen darf.“

Darauf fiel ihr partout keine passende Erwiderung ein. Sie wandte sich ab und starrte schweigend durch die Windschutzscheibe. Ihre Zweifel mochten an den Haaren herbeigezogen sein, soviel gestand sie sich ein. Aber ob sie ihm wirklich über den Weg trauen wollte, konnte sie noch nicht entscheiden.

Je länger die Stille um sie herum anhielt, umso eingeengter fühlte sie sich in dem Porsche. Sie wollte aussteigen, um Andrew nicht mehr so dicht bei sich zu haben und sehnte sich dennoch nach seinen Händen auf ihrem Körper. Plötzlich tanzten die wildesten Fantasien durch ihre Gedanken und Jesse fühlte sich nicht in der Lage, dagegen anzukämpfen. Ein leises enttäuschtes Seufzen kam über ihre Lippen, als der Wagen anhielt. Sie hatte das Seufzen nicht verhindern können und Andrew war es offensichtlich nicht entgangen. Trotzdem entstieg sie dem Wagen ohne Umschweife und verabschiedete sich. Viel zu kurz, wie sie sich im Nachhinein vorwarf.

Aber vielleicht war es auch besser so.

Vampir-Spiele

Die Uhr zeigte kurz vor Mitternacht, als Andrew den Club wieder betrat. Zu dem Zeitpunkt steuerten die Ereignisse regelmäßig auf ihren Höhepunkt zu. Die Geisterstunde brachte die Gäste dazu, in explosionsartige Ekstase zu verfallen.

Viele Tische im Innenraum wiesen Stangen auf, die durch die Platte hindurch vom Boden bis zur Decke reichten. Die runde Fläche, an denen meist ein oder zwei Männer saßen, bot gerade so viel Platz, dass eine Frau – ohne hinunterzustürzen – ihren erotischen Tanz darauf vollführen konnte.

Andrew erkannte sofort, dass sich die Mädchen schon bereit gemacht hatten. Ihre Haare waren toupiert, fransig und hochgesteckt und ihre Gesichter grell geschminkt. Sie taten das für die anwesenden männlichen Clubmitglieder, die für sie eine befremdliche Art hatten. Niemand aber hatte ihnen bisher verraten, dass Vampire keinen Wert auf übermäßige Schminke legten, am allerwenigsten auf bleiche, puppenhafte Angesichter. Es war den Vampiren vollkommen egal, denn sie wollten nur das Leben in den Frauen sehen, den Blutfluss fühlen, der sie durchströmte.

Ein Mädchen im rosa Korsett und weißen Strapsen schob sich Andrew vor die Nase. Kokett schlug sie die Augen auf. Eine Hand legte sie auf seine Schulter, während sie mit der anderen über seinen Oberkörper fuhr und mit kreisenden Hüftbewegungen in die Knie ging. Sie machte einen Satz nach vorn, presste sich an ihn, so dass sie selbst schwer zu atmen begann. Es musste eine völlig neue Erfahrung für sie sein. Andrew hatte sie noch nie gesehen - und es kam so gut wie nie vor, dass ihm ein Gesicht entging.

Er lächelte auf sie hinab. Ein dummes, naives Mädchen! Sie wusste noch nicht, auf was sie sich da einließ. Er hätte sie auf der Stelle packen und flach legen können. Allerdings regte sich in ihm nicht das geringste Verlangen, sie zu berühren.

Aus dem Augenwinkel erhaschte er den Blick einer alten Bekannten. Cecile lehnte in aufreizender Pose an der Wand. Sie trug ein knappes rotes Lackkostüm mit passenden Stiefeln. Ihre langen blonden Locken trug sie offen unter einem schwarzen Hut. Die Zeiten, in der diese Frau sich allen Vampiren angeboten hatte, waren längst vorbei. Hugo legte seine beschützenden Arme um sie. Halb so alt wie Andrew glaubte er bereits, seine Gefährtin für die Ewigkeit gefunden zu haben. Allerdings ließ er Cecile auf den ersehnten Biss warten.

Das Mädchen in dem rosa Korsett hatte unterdessen begonnen, die Knöpfe von Andrews Hemd zu öffnen. Sie küsste die nackten Stellen seiner Brust, die zum Vorschein kamen.

Andrew legte den Kopf schief und warf Cecile einen fragenden Blick zu, die das Paar amüsiert beobachtete.

Dann stieß sie sich von der Wand ab und zog das erkundungsfreudige Mädchen von ihm zurück.

„Das ist Leandra. Meine Schwester."

Mit formvollendeter Bewegung lehnte Andrew sich vor und hauchte einen Kuss auf Leandras Handrücken. „Es freut mich, Ihre Bekanntschaft zu machen."

Das Mädchen lief auf der Stelle puterrot an und wusste vor Scham nicht, wo sie hinsehen sollte.

Zu gerne hätte er belustig aufgelacht. Aber das hätte sie nur noch mehr eingeschüchtert. Daher strich er ihr lediglich sanft über das Haar und brachte sein Gesicht ganz dicht an ihr Ohr. „Keine Angst. Ich werde dir nichts tun." Dann drehte er sie herum, so dass sich ihr Blick auf die vielen anderen Vampire richtete. „Suche dir einen von ihnen aus. Ich bin für heute schon vergeben."

Cecile hob eine Augenbraue.

Andrew verstand selbst nicht, warum er so reagierte. Leandra war wirklich sehr hübsch und machte obendrein einen verführerisch unschuldigen Eindruck. Es musste eine Freude sein, sich mit ihr zu vergnügen, ihr Lust und Schmerz aller Arten der Leidenschaft zu zeigen. Dennoch spürte er bei ihrem Anblick nicht das geringste Verlangen nach derlei Spielen. Es gab eine andere, die seine Gedanken und Empfindungen beherrschte.

„Cecile“, er lächelte ihr zu, „du kennst dich aus. Zeig ihr, wie es läuft.“

„Wie es läuft?“

Andrew ließ die beiden Mädchen und den verdutzt dreinblickenden Hugo stehen. Doch Cecile holte ihn schnell ein und ergriff energisch seinen Arm.

„Was soll das?“

Ihn traf ein wütendes Aufblitzen ihrer Augen, als er sich umwandte.

„Was stimmt nicht mit ihr? Warum lässt du sie stehen – wie eine Aussätzige?“

Andrew packte sie bei den Schultern und versuchte sie ruhig zu stellen. „Es hat nichts mit ihr zu tun. Sie ist zauberhaft. Aber wie ich ihr schon sagte, bin ich heute vergeben.“

„An wen?“

„Das geht dich nichts an. Und jetzt geh und amüsier dich mit Hugo!“

Damit schüttelte er sie endgültig ab. Ohne Umschweife durchquerte er den Innenraum des Clubs und ging schließlich durch eine Seitentür, deren Beschilderung auf einen Privatraum hinwies.

Andrew befand sich nun in der „Roten Zone“. Dabei handelte es sich um einen Teil des Clubs, den nur Auserwählte und Eingeladene betreten durften. Die zwei Vampire im Eingangsbereich machten deutlich, dass sie jeden unbefugten Eindringling ohne Zögern hinausbefördern würden. Andrew jedoch nickten sie freundlich zu. Er war einer der Auserwählten. Einer der wenigen, der sämtliche Winkel des Hauses zu jeder Zeit betreten durfte. Denn Andrew war der älteste und mächtigste Vampir von ihnen.

Durch das Grinsen eines der anderen Vampire bemerkte Andrew, dass die Knöpfe an seinem Hemd noch immer offen standen. Er schloss sie mit einem viel sagenden Lächeln, bevor er durch einen Samtvorhang in den Innenraum trat.

Was er nun sah, war nicht mehr als der alltägliche Anblick. Heute konnte er allerdings keine Vorfreude und den gewohnten Trieb in sich empfinden.

Sie spielten ihr Lieblingsspiel. Die meisten Vampire kosteten ihre Erhabenheit in vollen Zügen aus und die Menschen ließen es sich als ihre ergebenen Diener gefallen. Auch Andrew kannte diesen Genuss. Schon oft hatte er Frauen in eine brutale Ekstase versetzt.

An diesem Tag verspürte er allerdings wenig Lust auf die üblichen Spielchen. Sein Verlangen projizierte sich einzig und allein auf die Frau, die ungewollt in die Fänge von Louis geraten war – Jesse. Er wollte sie! Er musste sie ganz einfach besitzen!

Nie zuvor hatte ihn sein inneres Feuer so sehr zu verschlingen gedroht. Doch diese Frau fachte es noch stärker an, selbst wenn er nur an sie dachte.

Alice kam torkelnd auf ihn zu. Sie stolperte und fiel ihm in die Arme. Glucksend krallte sie sich an seinem Hals fest. Sie trank jedes Mal zu viel. Irgendwann würde es mit ihr ein schlimmes Ende nehmen. Im Alkoholrausch gab sie ihr Blut viel zu leichtfertig ab. Manchmal an zwei oder drei Vampire, nur um ihr eigenes sexuelles Verlangen zu stillen.

Es gab wohl keinen im Club, mit dem sie noch nicht verkehrt hatte. Aber Andrew wollte diese leichte Dirne in dieser Nacht auf gar keinen Fall anrühren.

„Warum so schüchtern?“ Sie grinste verheißungsvoll und ehe Andrew sich versah, machte sie sich auch schon an den Knöpfen seines Hemdes zu schaffen. Genau wie Leandra, nur wesentlich ungenierter und fordernder. Gierig leckte sie über seine nackte Haut. Trotz ihres betrunkenen Zustandes richtete sie sich gekonnt auf und schlang eines ihrer langen Beine um seine Hüfte.

„Komm schon! Besorg es mir gleich hier.“

Ihr knapper Minirock rutschte immer weiter hinauf, je enger sie sich an Andrew schmiegte. Und plötzlich half sie mit einer Hand nach und zog ihn über ihren Po, womit sie jedem der Anwesenden zeigte, dass sie nichts darunter trug.

An jedem anderen Tag hätte es Andrew in einen Rausch versetzt. Nun aber betrachtete er ihre offenherzige Darbietung eher nüchtern. In ihm regte sich nichts – außer Abscheu und Widerwillen. Diese Frau erschien ihm so billig und abgedroschen, dass er ihr nicht einmal mehr in die Augen sehen konnte. Er wandte das Gesicht ab. Ihre Küsse und Berührungen erwiderte er mit kalter Teilnahmslosigkeit. Sie bemühte sich vergeblich um seine Gunst. Als letzte Möglichkeit sank sie schließlich auf die Knie und nestelte an dem Reißverschluss seiner Hose.

„Alice!“ Mit festem Griff hielt Andrew sie von ihrem Vorhaben ab. „Heute nicht.“

Elendig fiel sie in sich zusammen und mit der Stirn am Boden begann sie verzweifelt zu schluchzen. Dann rollte sie sich herum. Mit aufgebäumtem Oberkörper blieb sie auf dem Rücken liegen. Ihr Rock war zu einem dicken Wulst um ihre Hüfte gerollt und gab den Blick auf ihre Scham frei. Willig spreizte sie die Beine. Und während die Tränen aus ihren Augen traten, glitten ihre Finger hinab, um die weichen Lippen zu streicheln.

Ihr Anblick löste in Andrew Mitleid aus. So jämmerlich bog sie sich dort vor seinen Füßen, voller Verlangen nach Befriedigung. Ein Gefallen, den er ihr nicht tun konnte.

Nie wieder würde er sie berühren, dessen war er sich in diesem Augenblick sicher. Kurz verharrte er und starrte sie an. Dann wandte er sich ab. Er wollte gehen.

„Wie ungewöhnlich.“ Eine Hand legte sich auf seine Schulter. Lange, schmale Finger bohrten sich in sein Fleisch. „Wie soll ich das nur deuten? Unser Ladykiller überlässt diese Dame einfach sich selbst?“

Andrew schlug die Hand beiseite, drehte sich herum und sah dem anderen direkt in die Augen. Vincent stand vor ihm. Ein junger Vampir, der allgemein bekannt dafür war, kein Kostverächter zu sein.

„Wenn du sie nicht willst …?" Sein Grinsen wirkte wie eine düstere Grimasse.

„Bitte!" Andrew machte eine einladende Geste in die Richtung von Alice. „Bedien dich. Ich habe keinen Bedarf."

„Du bist ein Narr, ein williges Opfer wie sie einfach abzulehnen."

Andrew blieb regungslos. Er hielt Vincents stummer Herausforderung stand. Die Luft zwischen ihnen wurde dicker, bis sie kurz davor war, Feuer zu fangen. Der Schritt zu einer Eskalation war nicht mehr groß. Doch Vincent bemerkte schnell, dass Andrew nicht nachgeben würde. Und auf eine handfeste Auseinandersetzung mit diesem mächtigen Vampir wollte er es einfach nicht ankommen lassen.

„Du willst sie wirklich nicht?" Vincent senkte demütig den Kopf, als würde er auf eine Erlaubnis warten.

„Das sagte ich bereits."

Für ihn war die Angelegenheit damit erledigt. Vincent zögerte nicht länger, sondern stürzte sich wie ein wildes Tier auf Alice. Seine Hände zerrten an ihrem Oberteil, bis eine ihrer Brüste wie ein überreifer Apfel aus dem Ausschnitt kullerte. Der Nippel stellte sich steil auf, als seine Zunge gierig darum zu kreisen begann.

Alice fügte sich widerstandslos. Ihr rechtes Bein schob sich über seinen Po. Sie wollte ihn. Sie wollte den Vampir.

Wie von selbst öffnete sich Vincents Hose. Seine Hände fuhren unter ihren Oberkörper und brachten sie in die richtige Position. Ohne Vorwarnung drang er in sie ein. Er stieß grob zu, so dass Alice erschrocken keuchte. Für einen kurzen Augenblick klärte sich ihr von Alkohol geschwängertes Gemüt. Ihre Augen traten ungläubig hervor. Aber das schmerzhafte Gefühl, gewaltsam genommen zu werden, schwand schnell dahin. Sie ergab sich seinem Rhythmus. Stöhnend und keuchend verlangte sie nach mehr.

Die spitzen Eckzähne traten aus Vincents leicht geöffnetem Mund hervor. Noch zögerte er. Seine Hände glitten über ihren halbnackten Körper. Viel zu fest drückten seine Fingerspitzen auf ihre Haut. Sie hinterließen brennende rote Male. Aber das war Alice egal. Gelähmt vor Lust ertrug sie jeglichen Schmerz. Sie genoss ihn regelrecht und

Vincent wurde dadurch nur noch mehr angeheizt. Immer heftiger wurden seine Stöße. Der zierliche Frauenkörper vibrierte bereits unter ihm. Dann war auch er schließlich so weit. Seine spitzen Zähne versanken in ihrem Hals. Ein kräftiger heißer Blutschwall schoss ihm entgegen.

Für einen Vampir gab es nichts Köstlicheres, als den lustvoll erhitzten Lebenssaft, der freiwillig gegeben wurde.

Vincent sog lange an ihr. Beinahe überschritt Alice die Grenze zum Tod. Ihr Körper hing bereits schlaff in seinen Armen. Dann löste er sich jedoch. Sein Kopf sauste mit einem heftigen Ruck in die Höhe, als müsse er sich mit aller Macht zurückhalten. Grummelnd blickte er auf die verlockende samtweiche Haut. Die Knospe an ihrem blanken Busen ragte noch immer steil auf. Ihr Kopf hingegen kippte zurück, die Augen waren verdreht und der Mund geöffnet wie bei einem Fisch auf dem Trockenen.

„Was hast du vor? Willst du sie umbringen?“ Andrew kniete sich neben Vincent zu Boden. „Oder am Ende noch zu einer von uns machen?“ Schweigend hatte er das Schauspiel verfolgt. Es widerte ihn an, wie der junge Vampir mit seinem Opfer umsprang. Er war zu gierig und unbekümmert. Er scherte sich nicht darum, ob die Menschen nach den Orgien noch eine Überlebenschance hatten.

„Alice?“ Vincent schnaufte verächtlich. „Nein. Sie ist nicht mehr als eine billige Nutte.“ Damit überließ er sie sich selbst. Wie ein nasser Sack fiel sie der Länge nach auf den Boden. Mit einem schwachen Aufzucken ihrer Lebensgeister winkelte sie die Beine an. Ein Arm bewegte sich langsam über ihr Gesicht und verharrte in einer Position, die ihren Busen wenigstens um ein Stück bedeckte. Sie bot einen skurrilen und abschreckenden Anblick.

„Erbärmlich.“ Nichts weiter als dieses Wort hatte Vincent für sie übrig, als er sich nun erhob und seine Kleidung richtete.

Andrew hätte ihm am liebsten ins Gesicht geschlagen. Aber er hielt sich zurück. Setzte sich ein Vampir für ein Opfer ein, würde er von niemandem im „Club Noir“ dafür Verständnis ernten. Sie alle waren nur dort, um ihre sexuellen Phantasien auszuleben. So waren die Vampire. Die Schicksale der Menschen interessierten sie nicht.

Es war das erste Mal, dass Andrew Mitleid für die Menschen empfand. Kopfschüttelnd richtete er sich wieder auf. Er musste hart sein und den anderen einen gefühlskalten Eindruck vermitteln. Sie durften keine Zweifel an seiner vampirischen Stärke und Skrupellosigkeit hegen.

Schon im nächsten Moment näherte sich eine weitere Schönheit – Michelle. Mit ihrem schwarzen Minikleid und den rot schimmernden kinnlangen Locken trat sie einfach über die am Boden liegende Alice hinweg.

„Mich würdest du doch nicht einfach so liegen lassen?“ Herausfordernd stützte sie die Hände in die Hüften und sah ihn an.

Andrew wusste, dass er sie nicht auch noch abweisen konnte. Es würde Gerede geben. Vermutlich hatte es bereits begonnen. Erst Leandra, dann Alice und nun stand Michelle vor ihm. Sie alle forderten ausgerechnet jetzt etwas von ihm.

Er besiegte seinen Widerwillen und packte sie um die Taille. Glückselig schmiegte sie sich an seine Brust. Ihre Fingerspitzen fuhren hinauf über seinen Nacken und verkrallten sich in seinem Haar. Sie wartete.

„Lass uns von hier verschwinden“, raunte er ihr zu.

Am allerwenigsten wollte er unter den anderen bleiben. Er führte sie aus dem Raum, geradewegs in sein privates Zimmer.

Michelle ließ die Tür hinter sich ins Schloss fallen. Seufzend lehnte sie sich mit dem Rücken dagegen, die Brust weit vorgestreckt. Endlich! Sie war mit Andrew ganz allein in diesem Raum. Ihre Genugtuung darüber konnte sie kaum verbergen. Sie schüttelte sich ihre Locken ins Gesicht, um das verschmitzte Grinsen nicht so offensichtlich zu zeigen. Ihre grünen Augen blitzten Andrew neckisch zwischen dem Vorhang aus Haaren zu.

Doch im selben Moment stellte sie ernüchtert fest, dass er sie keines Blickes würdigte. Vollkommen unbeteiligt kehrte er ihr den

Rücken zu. Er stand am Fenster und sah hinaus auf die von bunten Lichtern erhellte Straße. Ein weiterer Seufzer kam über ihre Lippen, dieses Mal jedoch keineswegs lustvoll. Sie stieß sich von der Tür ab und stolzierte mit wiegenden Schritten auf das Bett zu. Dort ließ sie sich fallen. Sie versank in dem blutroten Satin-Bezug, rekelte und streckte sich. In einer aufreizenden Position verharrte sie, starrte den Mann an, der offensichtlich keine Notiz von ihr nehmen wollte.

„Andrew, warum kommst du nicht zu mir?"

Er drehte sich um. Michelle hoffte so sehr, dieselbe Begierde in seinem Gesicht lesen zu können, die sie in sich spürte. Aber sein Gesicht blieb ausdruckslos.

Beinahe wirkte er gezwungen, wie er nun auf sie zukam. Wortlos setzte er sich neben sie aufs Bett und griff nach ihrer rechten Hand. Er war nicht zärtlich, wie sie es von ihm kannte, sondern grob. Sie wand sich unter seiner Berührung und richtete sich halb auf.

„Du tust mir weh!"

Wie in Trance sah er ihr in die Augen, gerade so, als hätte er ihre Worte nicht verstanden. Er rückte ein Stück weiter auf sie zu. Der Satin raschelte. Sein fester Griff lockerte sich und seine Finger strichen nun sanft über ihren Unterarm. Er beugte den Kopf hinab und küsste sie auf den Handrücken.

„Ah …" Sie schnurrte wie ein Kätzchen. „Schon besser."

Gerade wollte sie sich zurücklegen, als sie spürte, wie sein Druck sich erneut verstärkte. Mit beiden Händen hielt er ihren Unterarm und verbiss sich darin. Er saugte gierig. Wie ein wildes Tier hatte er von seiner Beute Besitz ergriffen.

Michelle stieß einen spitzen Schrei aus. Sie zog an ihrem Arm. Doch sein Griff war viel zu fest. Hilflos strampelte sie mit den Beinen, bis sie sich schließlich so weit verdrehen konnte, um einen Tritt auf ihn abzuzielen. Mit einem dumpfen Fluch ließ Andrew von ihr ab.

Seine Lippen waren blutverschmiert. Michelle konnte die spitzen Eckzähne erkennen, die wie gefährliche Waffen aus seinem leicht geöffneten Mund ragten. Zum ersten Mal erschauderte sie bei diesem Anblick. Sie war entsetzt. Welch ein Monster saß ihr da gegenüber!

Mit versteinerter Miene richtete er sich auf. Er griff in die Innenseite seines Jacketts und brachte ein Bündel Scheine hervor, das er achtlos auf das Bett warf.

Schockiert betrachtete Michelle das Geld. Es war mehr als das Doppelte des gewöhnlichen Preises. Sie musste schlucken. Tränen traten ihr in die Augen und sie musste darum kämpfen, sich zu beherrschen.

„Was soll das, verdammt noch mal?“, herrschte sie ihn an.

Andrew stand längst wieder am Fenster und starrte hinaus.

„Ich weiß nicht, was du willst. Es ist mehr, als du dir verdient hast.“

Seine frostige Art widerte sie an. Von aufkeimender Wut getrieben wäre sie am liebsten explodiert. Was bildete sich dieser Vampir eigentlich ein? Dass er sie einfach so benutzen konnte? Ihr Blick fiel auf das Geld. Ja, gestand sie sich ein, genau das musste er denken.

„Ich bin nie wegen des Geldes zu dir gekommen. Das weißt du!“

„Natürlich. Das habe ich immer gewusst.“ Er schüttelte den Kopf. „Ich hätte dich nicht mit aufs Zimmer nehmen dürfen.“

„Andrew.“ Sie konnte die Tränen kaum noch zurückhalten. Seine Ablehnung schmerzte sie so sehr. Unbeholfen kroch sie vom Bett, stellte sich auf die Füße und wollte zu ihm. Aber bevor sie auch nur einen Schritt tun konnte, drehte er sich erneut zu ihr und befahl ihr mit seinem Blick auf grausame Art genau dort zu bleiben, wo sie war.

Innerlich flehte sie ihn an. Sie wäre vor ihm auf die Knie gefallen, hätte er sie nur gelassen.

„Arme Michelle. Du liebst mich. Das solltet du nicht tun.“

„Aber warum nicht? Warum willst du mich nicht mehr?“ Der Knoten platzte plötzlich und Tränen rannen über ihre Wangen. Sie schluchzte, während sie nach den richtigen Worten suchte. „Du liebst mich doch auch! Wir könnten für immer zusammen sein. Ich würde bei dir bleiben. Du hast die Macht dazu. Warum kannst du es nicht endlich tun?“

„Für immer?“ Andrew stand vor ihr und betrachtete sie voller Mitleid. „Was weißt du schon von der Ewigkeit, dass du dich so sehr nach ihr sehnst?“

Michelle keuchte. Sie wollte einfach nicht wahrhaben, was er da sagte. Das war nicht der Vampir, den sie zu kennen glaubte.

„Ich weiß genug von der Ewigkeit. Ich kenne dich.“

Seinen Biss und die blutverschmierten Lippen hatte sie gänzlich vergessen. Stattdessen wollte sie ihm in ihrer blinden Verliebtheit Verständnis entgegenbringen. Sie griff nach seiner Hand und schmiegte ihre Wange dagegen. Erneut begann sie wie eine Katze zu schnurren. Aber Andrew zeigte keinerlei Regung. Er blieb kalt.

„Geh!“, sagte er. „Lass mich allein!“

Augenblicklich entzog er ihr seine Hand. Er packte sie bei den Schultern und stellte sie auf die Füße. Die Geldscheine sammelte er von dem Satinlaken auf und drückte sie der verwirrten Michelle in die Hände.

„Du schickst mich wirklich weg?“

„Geh einfach!“

Draußen stand Michelle enttäuscht vor der verschlossenen Tür zu Andrews Zimmer, hob eine Hand und war versucht zu klopfen – um noch einmal Einlass zu erbitten. Aber sie wusste, dass es für sie keine Aussicht auf Erfolg gab. Ihr geliebter Vampir würde nicht einmal reagieren.

Sie betrachtete das Geld in ihren Händen. Es war tatsächlich mehr, als er oder irgendein anderer in diesem Club ihr jemals gezahlt hatte.

Während sie langsam dicht neben der Wand entlang schlich und sich von Andrews Zimmer entfernte, zählte sie gedankenverloren die Scheine nach.

„Er ist großzügig.“

Michelle hielt inne. Sie spähte durch die Dunkelheit des Flures. „Wer ist da?“ Das war eine Sache, die sie im Umgang mit Vampiren hasste, denn ganz im Gegensatz zu den Menschen bereitete es den Vampiren keine Schwierigkeiten, in der Finsternis zu sehen.

„Ein Freund." Auffordernd legte sich eine Hand auf ihre Schulter. Sie war kalt und Michelle zuckte unweigerlich zusammen. Erschrocken schnellte sie herum.

„Louis."

Sie sah das Lächeln in seinem Gesicht, so warm, dass sie ihm am liebsten in die Arme gesunken wäre. Sein Anblick, der auf sie in diesem Moment so überaus stark und männlich wirkte, ließ sie schwach werden.

„Und ich habe mich immer gefragt, warum du ihn uns anderen vorziehst. Jetzt ist mir einiges klar."

„Nein, das siehst du falsch", protestierte Michelle. Sie griff abrupt nach seiner Hand, als er Anstalten machte, wieder zu verschwinden. „Es ist nicht wegen des Geldes."

„Ach so." Louis hob eine Augenbraue. Er näherte sich ihr so schnell, dass ihr der Atem stockte. In ihr keimte bereits ein erwartungsfrohes Prickeln auf, noch bevor er sie auch nur berührt hatte.

„Dann siehst du also mehr in ihm. Du bist in ihn verliebt." Sein Blick durchdrang sie.

Michelle konnte ihm kaum Stand halten. Sie kam sich wie ein törichtes junges Mädchen vor. „Nein …", stotterte sie hilflos, „ich bin nicht verliebt … was für ein Unsinn!"

Ja, es war unsinnig, ein unsterbliches Wesen zu lieben. Zumindest war sie bemüht, sich genau das einzureden. „Er hat nur …" Sie überlegte kurz. „Er hat meine Bedürfnisse einfach nicht befriedigt, wenn du verstehst, was ich meine."

Louis musterte sie misstrauisch. „Warum sollte er dir dann so viel Geld geben?"

„Vielleicht, um ihn nicht zu verraten?" Michelle staunte über ihre eigenen Worte, ließ sich aber nichts anmerken.

„Schweigegeld also?", fragte Louis interessiert nach.

Nun hatte sie seine volle Aufmerksamkeit. Er witterte eine Gelegenheit, sich an Andrew zu rächen – und genau das wollte er.

Er konnte es sich auf keinen Fall entgehen lassen, diese einfältige Dirne für seine Zwecke zu benutzen. Mädchen wie sie waren leicht zu beeinflussen. Schon wanderte seine Hand über ihren Nacken und legte sich um ihre Schultern.

„Ich könnte mir vorstellen, dass du etwas nachzuholen hast." Wie selbstverständlich küsste er sie, biss verspielt in ihre Unterlippe und neckte sie mit der Nasenspitze.

„Ja, das habe ich wirklich", hauchte sie ihm in ihrem Gefühlsrausch entgegen. Sie schloss die Augen und ließ sich in seine Arme sinken. Der Boden unter ihren Füßen verlor sich. Louis hatte sie wie ein kleines Kind aufgehoben. Er trug sie in den nächsten Raum. Kerzen erhellten ihn. Sie verströmten einen Duft von Rosen und Jasmin und betörten Michelles Sinne.

Ihr Körper wurde auf kühlen Satin gebettet. Mit einem einzigen Riss befreite Louis sie von ihrem schwarzen Mini-Kleid. Entsetzt wollte sie aufbegehren, doch Louis presste sie mit sanfter Gewalt zurück.

„Es hat mir nicht gefallen", sagte er zwischen zwei Küssen. „Ich kaufe dir ein Dutzend neue Kleider. Oder Hunderte … wenn du willst …"

Seine Zunge fuhr an ihrem Hals entlang, weiter hinab über ihre Brust, bis seine Lippen eine Knospe umschlossen. Er sog zunächst vorsichtig daran, wurde jedoch von Sekunde zu Sekunde gieriger.

Glückselig stöhnte Michelle auf. An ihr Kleid verschwendete sie keinen Gedanken mehr. Sie wollte nur noch spüren und genießen, was Louis mit ihr anstellte. Er befreite sie von den Stofffetzen, hob ihren Körper halb vom Bett und entledigte sie auch ihres BHs. Danach widmete er sich ihren wohlgeformten Beinen, die in schwarzen Strümpfen steckten. Seine Zähne durchbohrten den Spitzenbesatz, der ihre Oberschenkel umschmeichelte. Er zog ihr die Strümpfe langsam nacheinander aus. Ihre feinen Härchen stellten sich zu einer angenehm kribbelnden Gänsehaut auf.

Louis setzte sich auf. Lächelnd blickte er sie an, während sein rechter Zeigefinger von ihrem Brustansatz bis zu ihrem Tanga rutschte. In der linken Hand hielt er die Strümpfe. Michelle wurde ganz schwindelig, als sie durch sein knapp geöffnetes Hemd seinen nackten muskulösen Oberkörper blitzen sah. Sie konnte nicht anders. Sie musste ganz einfach danach greifen und den störenden Stoff von ihm streifen. Das Hemd fiel nun lose von seinen Schultern.

Er ergriff ihre erkundungsfreudigen Hände und legte sie hinter ihren Kopf. Zwischen seinen Fingern drehte er ihre Strümpfe nun hin und her. Er rollte sie, und ehe sie sich versah, schlang er sie bereits um ihre Handgelenke, die er an die schwarz lackierten Eisenstäbe des Bettgestells knotete.

Obwohl Michelle protestieren wollte, hatte er ein leichtes Spiel mit ihr. Mit einem Grinsen auf den Lippen rutschte er wieder in Richtung ihres Tangas. Viel zu schnell streifte er ihn über ihren Po, an ihren Beinen entlang über ihre Fußspitzen. Achtlos warf er das winzige Bekleidungsstück hinter sich.

Er küsste kurz ihre Scham, bevor er ihren Körper nach oben hinauf zu erkunden begann.

„Du musst etwas für mich tun." Seine Hände, die gerade noch sanft ihre Brüste massiert hatten, pressten sich nun mit heftigem Druck auf sie. „Versprich mir, dass du alles für mich tun wirst! Und ich …" Er ließ locker und seine Zungespitze berührte ganz leicht eine ihrer Brustwarzen. „Ich werde dir mehr davon geben … viel mehr …"

„Was soll ich für dich tun?", fragte Michelle wie in Trance. In diesem Moment hätte sie ihm jeden Wunsch erfüllt, nur um ihre Befriedigung zu erreichen. Ihr Schoß bäumte sich ungeduldig auf. Sie spürte sein erregtes Glied dagegen stoßen. Überrascht fragte sie sich, wann er sich seiner Hose entledigt hatte.

Doch der Moment verflog viel zu schnell. Louis trieb sie in den Wahnsinn. Rasend vor Lust wollte sie ihre Hände frei bekommen. Vergebens! Er hatte sie viel zu fest an die Eisenstäbe gebunden. Hilflos sank sie in die Kissen zurück. Warum quälte er sie so?

„Du wirst mir Informationen besorgen", sagte er, während sich seine Hände verspielt ihren Oberkörper hinab arbeiteten.

„Alles!", stöhnte sie auf. „Bitte ..."

Sie flehte.

Endlich! Sein warmer Atem streifte ihre Schenkel. Langsam, auf jede Bewegung bedacht, schoben sich seine Hände unter ihren Po und kneteten ihre Backen. Er zwang sie dazu, sich zu entspannen. Loszulassen und sich ihm vollkommen hinzugeben. Seine Zunge durchfuhr die auf ein schmales Dreieck gestutzten Haare und massierte ihre Lippen mit leichtem Druck, tauchte in sie hinein und wieder auf.

Michelle stöhnte wild. Ein ekstatisches Gefühl wuchs in ihr heran, das in einer Explosion der Sinne gipfeln wollte. Doch Louis hielt sie zurück. Er quälte sie noch immer.

Ihr Po senkte sich wieder. Louis entzog ihr plötzlich seine Hände und schob seinen Oberkörper auf ihre Höhe. Er verharrte einen Moment, in dem sie unter ihm fordernd zu zucken begann. Grob pressten seine Beine ihre Schenkel auseinander. Aber das störte sie in diesem Augenblick nicht im Geringsten.

Erneut näherte sich sein Glied ihrem Schoß. Sie richtete sich auf, streckte sich ihm entgegen, bereit, ihn ganz in sich aufzunehmen.

„Schhhhh …“, machte er, als sie vor Lust zu wimmern begann. Er fuhr mit seinem Zeigefinger über ihren Mund. „Nicht so ungeduldig.“

Michelle war nicht in der Lage, ihre Begierde in Worte zu fassen. Alles, was sie ausstieß, klang nach zusammenhanglosen Lauten, die Louis mit einem gewinnenden Lächeln quittierte. Er sah, wie ihre Hände unnachgiebig gegeneinander rieben und sich zu befreien versuchten. Hätte er sie mit einem richtigen Strick zusammengebunden, wären sie längst wund gescheuert.

„Alles zu seiner Zeit.“ Er genoss seine Überlegenheit über alle Maßen. Wie eine Sklavin unterwarf sie sich ihm – und er musste sie einfach mit Küssen und kurzen Berührungen weiter hinhalten. Für ihn gab es keine Eile, den Höhepunkt zu erreichen. Er konnte warten und im Anblick ihrer wollüstigen Erregung schwelgen.

Noch ein Stück rutschte er hinauf, brachte ihre Schenkel dabei noch weiter auseinander. Sie winkelte ihre Beine an. Ihre Füße verließen den Halt auf dem Bett. Michelle streckte sie und glitt mit den Sohlen auffordernd über den Rücken von Louis.

Entgegen ihrer Hoffnung drang er noch immer nicht in sie ein. Sein hartes Geschlechtsteil legte sich auf ihren Unterleib. Er bewegte sich auf und ab, schob sich immer höher. Mit einem Mal bemerkte sie, wie ihre Beine wieder nach unten gepresst wurden. Er war nun direkt über ihr und sein Glied zwischen ihren Brüsten. Voller Genuss rieb er sich an ihr. Dabei überließ er es jedoch Michelle, lustvoll zu stöhnen. Sie wand sich unter ihm. Noch eine ganze Weile musste sie ausharren, bis Louis ihrem Drängen nachgab.

Schnell glitt er abwärts und gelangte mit einem so heftigen Stoß in sie, dass sie aufschrie. Ihre Finger krallten sich um die Eisenstäbe, an die ihre Hände mit den Strümpfen festgezurrt waren.

Seine eindringlichen Bewegungen fühlte sie wie ein Donnergrollen durch ihren Körper strömen. Es übertraf alles, was sie bisher erlebt hatte. Louis trieb sie in ein wollüstiges Schmerzempfinden. Ihr Becken verkrampfte sich. Sie konnte sich weder bewegen, noch sich entwinden. Allein zum Stillhalten war sie fähig.

Er benutzte sie. Ihren angespannten Körper ignorierend presste er sich immer wieder gegen sie. Seine Hände quetschten ihre Brüste. Er leckte und sog an ihr wie ein wildes Tier. Keuchend richtete er sich auf, streckte seinen Rücken durch und warf den Kopf in den Nacken. Rasender Wahn ergriff Besitz von ihm. Noch stärker und schneller fuhr er auf und ab. Und als er seinen Kopf wieder senkte, sah Michelle mit geweiteten Augen seine spitzen Eckzähne aufblitzen. Wie Messer sausten sie auf sie nieder und bohrten sich direkt in ihren Hals.

In diesem Moment explodierte etwas in ihr. Voller Verzücken wurde sie der bebenden Welle in ihrem Unterleib gewahr. Wieder und wieder erschauderte sie, bis sie zuckend und kraftlos in sich zusammensackte.

Nur verschwommen erkannte sie die Konturen von Louis' Gesicht. Er küsste ihre Scham, ihren Bauch und die Brüste. Plötzlich war er ganz sanft. Seine Zunge hinterließ eine Spur auf ihrem Oberkörper. Dann widmete er sich noch einmal ihrem Hals. Er saugte einen letzten Schluck von ihr, liebkoste die kleine Wunde und ließ Michelle am Ende in einen Schlummer der Erschöpfung entschwinden.

In den Fängen des Vampirs

Jesse tat die Nacht über kaum ein Auge zu. Die vergangenen Ereignisse gingen ihr einfach nicht aus dem Kopf. Das erste Mal schreckte sie kurz nach dem Einschlafen wieder auf, weil sie meinte, die Hand von Louis an ihrer Kehle zu spüren. Die Erinnerung daran genügte, um ihr die Luft zum Atmen zu nehmen. Sie schaltete überall in ihren Räumlichkeiten die Lichter an und gründlich untersuchte sie jede noch so winzige Ecke. Aber da war nichts.

Nur wenig beruhigt kuschelte sie sich erneut in ihr Bett. Erst als sie das Bild von Andrew vor ihrem inneren Auge sah, fühlte sie sich entspannter. Er war ihr so nah, hob sie auf und hielt sie in seinen starken Armen. Doch dann trug er sie durch den langen Flur des „Club Noir".

„Nein, nicht da lang …", murmelte Jesse im Halbschlaf.

Andrew ging mit ihr direkt auf die Tür von Louis zu. Mit einem Fuß stieß er sie auf. Der Duft von Rosenblättern stieg ihr in die Nase. Kerzen brannten überall. Sie spürte die Wärme in sich aufsteigen, obwohl es nichts weiter als ein Traum war.

Als nächstes wurde sie von Andrew in roten Satin gebettet. Seine Finger glitten sanft über ihren Körper und Küsse bedeckten ihre Haut. Ihr war kühl und als sie an sich hinabsah, bemerkte sie, dass sie lediglich ihre schwarze Spitzenunterwäsche trug.

Andrew saß mit einem Mal am Rande des Bettes und beobachtete sie schweigend. Hinter ihm tauchte noch jemand auf. Louis! Jesse stockte vor Schreck der Atem. Ungläubig musste sie zusehen, wie beide Männer sich über sie hermachten.

Mit einem Keuchen fuhr Jesse hoch. Sie klammerte sich hilflos an ihre Bettdecke. Die Bilder in ihrem Kopf verschwanden allmählich. Ihr Blick klärte sich. Sie hatte nur geträumt. Dennoch war ihr alles so real erschienen. Ängstlich schlang sie die Arme um ihren Oberkörper. Sie wusste, dass es albern war, trotzdem blieb sie ab diesem Moment hellwach und lauschte jedem noch so schwachen Geräusch.

Dementsprechend unausgeschlafen fühlte sie sich, als sie ihren ersten Arbeitstag in der Brüsseler Galerie antrat.

Eine freundliche ältere Dame im olivgrünen Kostüm nahm sie in Empfang. Sie stellte sich als Christine Demier, die stellvertretende Leiterin der Galerie, vor. Der Mund der Dame stand seit Jesses Eintreffen keine Sekunde still. Ununterbrochen plapperte sie über die Gemälde, das Wetter und ihr eigenes Empfinden.

Jesse ging dazu über, von Zeit zu Zeit zu nicken, hörte aber schnell nur noch mit halbem Ohr zu.

Gedankenverloren betrachtete sie, wie die Bilder ihres Londoner Arbeitgebers an den Wänden angeordnet waren. Es erstaunte sie, welche Mühe sich die Angestellten mit der Dekoration und der Beleuchtung gegeben hatten. Alles wirkte perfekt aufeinander abgestimmt und in gewisser Weise vollkommen.

„Ah, es sind wahre Schmuckstücke, die Bilder von diesem Weurwin … oder wie hieß er doch gleich?“ Madame Demier blickte ihre junge Kollegin unverwandt von der Seite an.

„Mademoiselle Brown?“

Jesse erschrak, als ihr gewahr wurde, dass sie angesprochen, aber nicht gleich reagiert hatte. „Worthing“, presste sie mit einem entschuldigenden Blick hervor, „der Name des Künstlers ist Joaquin Worthing. Er ist noch recht unbekannt.“

Madame Demier winkte ab. „Das wird sich ganz gewiss schnell ändern. Kunstkenner der ganzen Welt gehen hier tagtäglich ein und aus. Sie werden schon sehen.“

„Ja.“ Jesse nickte höflich.

„Aber kommen Sie. Nun zeige ich Ihnen erst einmal Ihr Büro.“ Sehr geschäftig machte sich Madame Demier davon, so dass Jesse Schwierigkeiten hatte, ihrem zügigen Schritt zu folgen. „Wir haben ein nettes kleines Zimmer für Sie. Es wird Ihnen gefallen.

Vielleicht wollen Sie ja am Ende gar nicht mehr zurück in Ihre verregnete Heimatstadt." Sie zwinkerte.

„Oh, das ist sehr nett." Jesse blieb freundlich, obwohl es sie störte, dass jemand ihr geliebtes London einfach nur verregnet nannte. Als wäre es die einzige Eigenschaft, mit der diese Stadt verbunden werden konnte.

Die Frau führte sie durch den ganzen langen Ausstellungsraum, bis sie eine einfache Holztür erreichten, die in ein winziges Zimmer führte. Es sah aus wie eine Abstellkammer, die vorübergehend leer geräumt und zurecht gemacht worden war. Die Einrichtung wirkte äußerst spartanisch. Sie bestand aus einem Tisch mit einer Leselampe darauf, einem Stuhl sowie einem Rollcontainer mit drei Schubladen, nicht zu vergessen einem geflochtenen Papierkorb. Dennoch war Jesse dankbar, einen eigenen Arbeitsbereich zu haben. Die meiste Zeit würde sie wohl sowieso in dem Ausstellungsraum verbringen.

„Ah!", merkte Madame Demier plötzlich auf. „Ich habe völlig vergessen – in wenigen Minuten wird eine Gruppe hier eintreffen, die sich die Bilder von Monsieur ...", sie überlegte kurz, „Weurwin ansehen möchte. Arbeitskollegen von meinem Mann. Allesamt Bankangestellte. Sie sind doch vorbereitet?"

„Sicher", sagte Jesse kleinlaut, was ganz und gar nicht der Wahrheit entsprach. Sie war nur schlecht vorbereitet – kannte gerade mal die Namen von Joaquin Worthings Bildern. Für die Bedeutungen und Preise musste sie sich ihrer Notizen bedienen, die sie wohlbehalten in ihrer Tasche bei sich trug.

„Dann kann es ja gleich losgehen. Kommen Sie. Kommen Sie." Madame Demier klatschte in die Hände und trieb Jesse wieder aus ihrem kleinen Zimmer hinaus.

Es war der Startschuss für eine äußerst langwierige und anstrengende Präsentation vor einem kritischen Publikum von absoluten Kunstbanausen.

Trotz der ersten schwierigen Führung gewöhnte sich Jesse bald an ihr neues Umfeld. Madame Demier hatte mit den Kunstkennern, die in der Galerie ein und aus gingen, nicht übertrieben. Im Laufe des Tages hatte Jesse kaum die Gelegenheit, sich eine Pause zwischendurch zu gönnen. Bis in die Abendstunden blieb sie auf den Beinen und wiederholte immer und immer wieder die gleichen Worte. Erst kurz vor Schließung kam sie zur Ruhe.

Sie verharrte vor einem der Bilder von Worthing. Der Knotenpunkt der Liebe. Ein ungewöhnliches Gemälde eines Liebespaares. Neugierig betrachtete sie den grotesk dargestellten Mann, wie er den zierlichen Frauenkörper mehr mit seinen Haaren als mit seinen Armen umschlang. Aus irgendeinem Grund musste sie dabei an Andrew denken, diesen unglaublich gut aussehenden Mann, nach dessen Nähe sich alles in ihr sehnte. Unsinn, redete sie sich ein und schüttelte den Kopf.

Als sie plötzlich die Anwesenheit eines anderen hinter sich spürte, zuckte sie zusammen. Die Härchen in ihrem Nacken stellten sich auf. In ihrer Magengegend begann es zu kribbeln, noch ehe sie sich umdrehte.

Jesse sah ein Feuer in den Augen des Mannes auflodern. Es ging ihr durch Mark und Bein. Sie spürte, wie etwas nach ihrem Körper griff. Es nahm sie gefangen und ließ sie nicht mehr entkommen – aus dem Sog der unbändigen Gefühle. Die entflammte Leidenschaft lähmte sie vollkommen und hinderte sie daran, auch nur einen klaren Gedanken zu fassen. Aber das wollte sie auch gar nicht. Sie wollte sich fallen lassen – sich ihm mit Haut und Haaren hingeben. Ganz und gar ihm gehören.

Endlich fühlte sie auch die ersehnte Berührung auf ihrer Haut. Sie schickte ihr einen wohligen Schauder über den Rücken. Ihr Körper bäumte sich zu ihm auf, sie reckte ihr Kinn, damit er sie zärtlich am Hals liebkosen konnte.

Im nächsten Moment erstarrte sie. Sie sah in das lächelnde Gesicht von Andrew, der ihr mit verschränkten Armen gegenüber stand und sie mit seinen Blicken durchbohrte.

„Sind das die Bilder aus England?“

Jesse musste um Fassung ringen. Was war geschehen? Hatte sie etwa gerade mit offenen Augen geträumt?

Plötzlich glaubte sie, erneut eine kühle Hand an ihrer Kehle zu spüren und eine zweite, die sich langsam an den Knöpfen ihrer Bluse zu schaffen machte.

Energisch zwang sie sich zur Ruhe, bemüht darum, die Gedanken an den vergangenen Abend abzuschütteln.

„Ja, das sind sie." Mit einem gezwungenen Lächeln auf den Lippen sah sie ihn an.

Da stand er in seinem vornehmen schwarzen Anzug und strahlte eine beinahe unnatürliche Überlegenheit aus. Seine halblangen schwarzen Haare fielen ihm locker ins Gesicht und seine Augen waren so tief und dunkel wie ein unergründlicher See.

„Mister …?"

„McCloud", stellte er sich galant vor. „Aber bitte nennen Sie mich doch Andrew."

„Andrew." Sie konnte nicht verhindern, dass ihr eine leichte Röte in die Wangen schoss. Dieser Mann hatte sie mit Spitzenunterwäsche und zerrissener Bluse in den Armen eines Wildfremden gesehen. Was musste er nur von ihr denken?

„Sie interessieren sich für Kunst?"

„Natürlich." Er trat näher an das in Blautönen gehaltene Gemälde direkt vor Jesse. „Sehr sogar. Ich besitze viele Bilder. Originale von Chagall und Franz Marc. Dieses hier hat einen ähnlichen Stil wie Marc."

„Ja." Jesse sah verwirrt von ihm zu dem Gemälde. Sie fragte sich, ob sein Interesse ehrlich oder einfach nur vorgetäuscht war. Seinem Vergleich konnte sie allerdings nicht widersprechen.

„Der Name des Künstlers ist Joaquin Worthing. Er ist noch jung, aber das internationale Interesse an seinen Werken wächst."

„Ein aufsteigender Stern am Künstlerhimmel." Andrew nickte. „Ich habe über ihn gelesen. Schade, dass seinen Bildern hier noch nicht so viel Aufmerksamkeit geschenkt wird." Nun wandte er sich ihr zu und sah sie auffordernd an. „Steht es noch zum Verkauf?"

Sie nickte. „Sie überlegen tatsächlich, das Bild zu kaufen?"

„Warum nicht?" Sein selbstbewusstes Auftreten war beinahe schon widerwärtig. Trotzdem raubte es Jesse den Atem. Noch nie zuvor hatte ein Mann ähnliche Gefühle in ihr erregt.

„Es ließe sich gut in meine Sammlung einfügen. Ich nenne ein großes Gemäldezimmer mein Eigen. Vielleicht sollten Sie es sich bei Gelegenheit ansehen und die Werte für mich bestimmen?" Er grinste.

Nervosität ergriff von ihr Besitz. Deutlich spürte sie, wie ihre Handflächen zu schwitzen begannen. Unschlüssig, wie sie sich verhalten sollte, ging sie auf Angriff über. „Sie spielen mir doch etwas vor!", unterstellte sie ihm. „Was wollen Sie wirklich? Erzählen Sie mir nicht, dass Sie nur an dem Gemälde interessiert sind." Dieser Ausbruch war heftiger, als sie es beabsichtigt hatte. Im selben Augenblick kam sie sich ungeheuer albern vor. Doch sie konnte die Worte nicht mehr zurücknehmen und Andrew stand nur da und starrte sie belustigt an. Zu allem Überfluss begann er auch noch zu lachen. Am liebsten wäre Jesse auf der Stelle vor Scham im Boden versunken. Andererseits machte seine Reaktion sie auch unglaublich wütend. Gerade wollte sie erneut ansetzen, da hob er zu ihrer Überraschung beschwichtigend die Hände.

„Nein, hören Sie … Sie haben Recht. Es geht mir nicht nur um das Bild. Ich bin an viel mehr interessiert."

„Oh." Jesse tat überrascht. Sie zwang sich dazu, ihm nicht ins Gesicht zu sehen.

„An was dachten Sie?", fragte sie nun sehr schüchtern.

„Das wissen Sie nicht?" Er musterte sie eingehend. Sie konnte seinen Blick eindeutig auf ihrem Körper spüren. Wie der sanfte Hauch einer Berührung glitt er über sie hinweg.

„Ist das nicht offensichtlich?"

Plötzlich war er ihr so unglaublich nahe. Sie schloss die Augen und atmete seinen angenehmen Geruch ein. Ein Arm legte sich sanft um ihre Hüfte. Er zog sie zu sich heran. Wohlige Wärme breitete sich in ihr aus. Sie war gefangen in einem Moment der vollkommenen Glückseligkeit. Erst ein Kribbeln im Nacken ließ sie wieder aus ihrer Starre erwachen.

Voller Erwartung wollte sie ihm ihr Gesicht zuwenden, seine Lippen auf ihren spüren. Doch sogleich stellte sie erschrocken fest, dass er noch immer zwei Schritte weit von ihr entfernt stand. Seine Hand ruhte nicht auf ihrer Hüfte. Und auch die imaginäre Wärme verflog jäh. Hatte sie sich diese Gefühle etwa nur eingebildet? Ihre Sinne hielten sie zum Narren.

„Alles in Ordnung?“ Andrew sah sie besorgt an. Nichts an seiner Miene verriet, dass er gerade etwas Ähnliches gespürt hatte.

„Ja, sicher“, log Jesse. Verwirrt strich sie sich eine widerspenstige Haarsträhne hinters Ohr. Die Situation war ihr unangenehm. Sie hatte sich selbst nicht unter Kontrolle und das beunruhigte sie.

„Es ist schon spät. Wir schließen gleich“, versuchte sie abzulenken.

„Dann haben Sie sicher nichts gegen einen Drink?“

„Oh, ich weiß nicht. Eigentlich …“

„Nein.“ Nun kam er ihr tatsächlich nahe und es hatte den Anschein, als wollte er nach ihrer Hand greifen. „Bitte kein ‚Eigentlich'.“ Sein Blick ruhte auf ihr. Streichelte sie. Doch die erwartete Berührung blieb aus. Stattdessen zog er sich unvermittelt wieder zurück. „Einen harmlosen Drink können Sie mir doch nicht abschlagen. Schließlich habe ich Sie gerettet. Das haben Sie doch nicht etwa vergessen?“

Der Charmeur in ihm hatte sich von einem Moment zum anderen in einen überheblichen Casanova verwandelt. Schamesröte schlich sich nun mit aller Gewalt in Jesses Wangen. Wie ein junges, hilfloses Mädchen biss sie sich auf die Unterlippe. Natürlich erinnerte sie sich sehr genau daran, dass dieser Mann sie gerettet hatte. Erneut fühlte sie sich vor ihm entblößt.

Sie war nach wie vor bemüht, seinem Blick auszuweichen. Ihm in die Augen zu sehen glich einem sündhaften Vergehen. Sie hatte Angst davor, sich in ihrer Tiefe zu verlieren.

„Nun sagen Sie schon ja. Lassen Sie mich nicht im Regen stehen.“

Jesse lächelte hilflos. „Na gut … einverstanden.“ Wie hätte sie sich auch gegen ihn wehren können? Ihr Innerstes schrie förmlich danach in seiner Nähe bleiben zu dürfen. Ihr Körper verzehrte sich nach dem seinen. Es war wie ein Tagtraum. So unbegreiflich schön, dass es kaum wahr sein konnte.

„Aber nur ein Drink“, wiegelte sie schnell ab, um nicht noch tiefer in den Sumpf der Versuchung zu geraten.

Für einen kurzen Moment überfiel Jesse der Gedanke, Andrew würde sie in den „Club Noir“ ausführen wollen. Zu ihrer Erleichterung stellte sie allerdings schon kurze Zeit später fest, dass sein Ziel eine ganz andere Lokalität war. Ein vornehmes Restaurant. Als sie die anderen fein angezogenen Gäste erblickte, fühlte sie sich hoffnungslos falsch gekleidet.

„Andrew.“ Sie hielt ihren Begleiter am Arm zurück. „Wir können doch nicht … ich meine, ich kann doch nicht so …“ Mit einer ungeschickten Geste machte sie ihn auf ihre Garderobe aufmerksam.

Doch er zeigte ihr nur sein unbekümmertes Lächeln. „Sie sehen hübsch aus, so wie Sie sind. Wir wollen doch nur einen Drink nehmen.“

„Aber die anderen Gäste …“

„Interessieren mich nicht“, stellte er mit Nachdruck fest. „Sie sind es, die meine vollkommene Aufmerksamkeit hat.“

Jesse spürte, wie ihr Herz schneller zu schlagen begann. Es klopfte ihr bis zum Hals. Sie wollte Andrew auf der Stelle in die Arme fallen, ihn halten und küssen. So zu tun, als wäre nichts weiter, kostete sie einiges an Selbstbeherrschung.

Im nächsten Moment wurde ein Kellner auf sie aufmerksam. Er begrüßte sie freundlich und wies ihnen einen Platz in einer verträumten Nische am Fenster zu. Ein dreiarmiger Kerzenleuchter stand in der Mitte des Tisches, dessen Kerzen der Mann sogleich entzündete. Jesse hatte alle Mühe, der romantischen Stimmung nicht zu erliegen.

Andrew hingegen wusste um seine Wirkung und kostete die Situation vollkommen für sich aus.

Er bestellte eine Flasche des besten Rotweins des Hauses und sah Jesse beim Anstoßen so tief in die Augen, dass ihr allein dadurch schwindelig wurde.

„Sie sind also ganz alleine von London hierher gereist, um die Ausstellung in der Galerie durchzuführen?", begann Andrew das Gespräch.

Jesse nickte zaghaft. „Ja. Es ist eine gute berufliche Möglichkeit für mich. Außerdem scheint Brüssel eine interessante Stadt zu sein."

Völlig unerwartet fuhr seine rechte Hand über den Tisch und legte sich auf ihre, mit der sie sich energisch an ihr Weinglas klammerte. Sogleich spürte sie, wie sie sich unter seiner Berührung entspannte.

„Und gibt es da jemanden, der in London auf sie wartet?"

Jesse legte den Kopf schief. Sollte sie ihm schon derart persönliche Dinge aus ihrem Leben verraten? Ehe sie sich jedoch dafür oder dagegen entscheiden konnte, kam bereits eine impulsive Antwort über ihre Lippen.

„Nein, da gibt es schon lange niemanden mehr."

„Das tut mir Leid." Er wirkte ehrlich betroffen. Dennoch erkannte Jesse ein Lächeln, das sich in seinen Zügen verbarg. „Aber ist es nicht auch eine glückliche Fügung?"

Jesse verstand nicht. Zaghaft blinzelte sie ihm entgegen, was ihn nur dazu veranlasste, sich noch ein weiteres Stück zu ihr vorzubeugen.

Er hob ihre Hand zu seinem Mund und hauchte einen sanften Kuss darauf.

Ein wohliges Gefühl breitete sich in ihrer Magengegend aus, als Andrew ihr so unverhofft nahe kam. Sein warmer Atem streifte ihre Haut nur allzu deutlich und für einen kurzen Moment schloss sie die Augen.

Mit einem zitternden Luftzug erwachte sie wieder aus ihrer Starre. Was war da gerade mit ihr geschehen? Es musste eine Art Zauber sein, mit dem dieser mysteriöse Mann sie belegt hatte.

„Was tun Sie nur mit mir?"

„Nichts, was Sie nicht auch wollen, Jesse."

Sein Lächeln und seine Berührungen waren warm. Es tat ihr gut. Schon lange hatte sie sich nicht mehr so wohl gefühlt wie in seiner Gegenwart. Trotzdem wehrte sie sich mit aller Macht gegen diese Empfindungen. Sie wusste rein gar nichts über diesen Mann. Was er in diesem zweifelhaften Club gewollt hatte, blieb ihr noch immer verborgen. Womöglich war er ein wohlhabender feiner Herr, der sich dort amüsierte und die Frauen reihenweise verführte.

Jesse heftete den Blick auf ihr halb geleertes Glas. Nervös griff sie danach und trank in winzigen Schlucken von dem köstlichen Wein. Sie lehnte sich zurück, entzog sich so seiner Hand, die von ihr Besitz ergreifen wollte. Mit einem überheblichen Schmunzeln quittierte Andrew ihren Rückzug. Er würde sie nicht so leicht entkommen lassen. Doch bislang setzte Jesse alles daran, sich ihm zu entwinden.

„Ich sollte jetzt wirklich gehen. Es ist schon spät."

Sie wollte aufspringen, ohne seine Antwort abzuwarten.

„Warum so eilig?", hielt er sie zurück. „Der Abend ist noch lang."

„Nicht für mich. Ich muss morgen früh raus."

Sie zwang sich dazu, ihn nicht anzusehen. Krampfhaft ignorierte sie die flüchtigen Gesten, mit denen er versuchte, sie zu becircen. Ohne weitere Umschweife stand sie schließlich auf und war schon im nächsten Moment an dem Garderobenständer. Es erschien ihr unmöglich, doch Andrew war genau neben ihr und half ihr galant in die Jacke. Er sagte kein Wort, sondern begleitete sie einfach wie ein Schatten hinaus. Die Situation verwirrte sie. Konsequent machte sie sich auf den Weg, hielt allerdings erschrocken innen und wandte sich noch einmal zu dem Restaurant um.

„Ich … Sie … ich meine, wir haben gar nicht bezahlt", stotterte sie nun vollkommen verlegen.

„Machen Sie sich darüber mal keine Gedanken."

Seine Hand schloss sich um ihren Arm. Er führte sie schweigend durch die Straßen, bis sie jene Straße erreichten, in der Jesses Hotel lag.

„Hat Ihnen schon mal jemand gesagt, dass Sie ein ganz bezauberndes Lächeln haben?“ Diese Worte von ihm kamen vollkommen unerwartet und aus dem Zusammenhang gerissen.

Jesse blieb wie angewurzelt stehen. Sie war viel zu verschüchtert, um ihm nun direkt ins Gesicht zu blicken. „Nein“, hauchte sie nur. Das hatte tatsächlich noch nie jemand zu ihr gesagt. Natürlich hatte sie zeit ihres Lebens die eine oder andere männliche Bekanntschaft gemacht. Zuletzt Nick, bei dem sie anfangs geglaubt hatte, den Richtigen gefunden zu haben. Allerdings stellte sich diese Annahme als absolute Fehlinterpretation heraus. Die große Liebe – der Mann, der genau das hätte sagen sollen – schien bislang so unglaublich fern zu sein.

„Das ist wirklich traurig.“ Er schob eine Hand unter ihr Kinn und brachte sie mit sanftem Druck dazu, ihn doch anzusehen.

„Sie haben ein bezauberndes Lächeln.“

Ohne dass es ihr tatsächlich bewusst wurde, zogen sich ihre Mundwinkel zu den Seiten hoch. Sie strahlte ihn geradezu an. Er erwiderte es mit einem kurzen Auflachen, dann ließ er jedoch abrupt von ihr ab.

Jesse stand dort wie ein begossener Pudel und starrte ihm Löcher in den Rücken. Spielte er mit ihr? Es war ihr peinlich, dass sie auf sein Kompliment wie ein liebeskrankes Huhn reagiert hatte. Womöglich tat er das andauernd – jeder x-beliebigen Frau den Hof zu machen.

Sie biss die Zähne zusammen und zwang ihre Füße wieder vorwärts zu gehen. Er schlenderte lediglich langsam dahin, und so fiel es ihr leicht, ihn einzuholen.

„Sie glauben mir nicht?“, fragte er, ohne sie dabei anzusehen.

Jesse war verwirrt. „Wie meinen Sie das?“

„Sie glauben mir nicht, dass Sie bezaubernd sind, weil es Ihnen nie zuvor gesagt wurde.“

„Lassen Sie das!“ Sie erschrak selbst, wie wütend er sie in diesem Moment machte. Er brachte sie dazu, unhöflich zu werden.

„Ich wollte Sie nicht reizen.“

Darauf erwiderte sie nichts.

Sie erreichten den Eingang des Hotels und Jesse kramte in ihrer Handtasche nach dem Zimmerschlüssel. Ihr entging der auffordernde Blick nicht, den Andrew auf sie gerichtet hielt. Doch sie schwor sich, dass sie in keinem Falle schwach werden und ihn mit hinein bitten würde.

„Danke für den netten Abend", presste sie mühsam hervor.

Warum konnte er nicht einfach gehen?

„Sie wollen mich also wirklich nach Hause schicken?"

Jesse hielt zögernd inne. Ihre Hand hatte den Schlüssel in der Tasche längst gefunden und umschlossen. Aber der nächste Schritt fiel ihr so unsagbar schwer. Das Verlangen in ihr wuchs unaufhaltsam – seitdem Andrew die Galerie betreten hatte. Im Laufe des Abends war es für sie beinahe unerträglich geworden, ihn auch nur anzusehen. Hin und her gerissen wagte sie kaum zu atmen. Ihr wurde schwindelig. Sie musste sich entscheiden.

„Nein", kam es wie von selbst über ihre Lippen. Mit großen Augen sah sie zu ihm auf, erschrocken über ihre eigenen Worte. Hatte sie das gerade gesagt? Forderte sie ihn tatsächlich dazu auf, nicht zu gehen, sondern in ihrer Nähe zu bleiben?

„Nein?"

Er trat einen weiteren Schritt auf sie zu. Mit einer Hand stützte er sich nun an der Wand hinter ihr ab. Sie war gefangen. Hilflos ließ sie die Tasche sinken und lehnte sich zurück.

„Nein", wiederholte sie, „ich meine … doch … Sie sollten besser gehen." Mit einem hastigen Nicken wollte sie ihrer Aussage noch mehr Ausdruck verleihen, was ihr allerdings gründlich misslang.

Andrew blickte sie mit einem wissenden Grinsen an. Und plötzlich spürte sie, wie seine freie Hand sanft über ihre Wange und eine Haarsträhne hinter ihr Ohr strich. Ein wohliges Prickeln legte sich auf ihre Haut. Sein warmer Atem vermischte sich mit ihrem. Sie schloss die Augen, als wartete sie auf einen wunderbaren Traum.

Ganz leicht reckte sie ihm das Gesicht entgegen. Ihre Lippen öffneten sich einen winzigen Spalt.

Obwohl ihr Verstand sich gegen ihn wehren wollte, genossen all ihre Sinne den erlösenden Kuss. Zunächst vorsichtig tastend steigerte sich Andrews Liebkosung in eine Forderung nach mehr. Seine Zunge spielte mit der ihren, umkreiste sie, zog sich zurück und streifte ihre Lippen.

Er ließ abrupt von ihr ab, sah sie an und beobachtete, wie sie ungläubig die Brauen zusammenzog.

„Sie sind also wirklich der Meinung, dass ich besser gehen sollte?“

Jesses Finger verkrallten sich in ihrer Tasche. Sie schüttelte den Kopf. Natürlich wollte sie nicht, dass er ging! Aber er machte es ihr auch nicht leicht. Er quälte sie auf eine sanfte und gleichzeitig so hinterhältige Art. Wieder von ihr zurückgewichen, ließ er den Moment der Berührung viel zu flüchtig erscheinen.

„Sag es mir“, forderte er sie auf. „Bitte mich darum.“

„Was?“

Sie erwachte aus ihrem Traum und starrte Andrew ungläubig an, als er sich Stück um Stück von ihr entfernte. Flehend streckte sie eine Hand nach ihm aus. Doch alles, was sie erntete, war kühle Abweisung. Jesse erkannte, dass es nur diesen einen Weg gab.

„Bitte!“

Er legte den Kopf schief und wartete ab.

„Bleib bei mir. Lass mich nicht alleine.“

„Ist es wirklich das, was du willst?“

Zögernd kam er wieder auf sie zu. Erneut spürte sie die Wärme und Erregung, die er in ihr auslöste.

„Ja. Geh nicht. Bitte.“

Seine Arme schoben sich um ihren Leib. Plötzlich waren seine Hände überall. Magie. Es glich einem Zauber, wie er sie berührte. Seufzend ließ sie sich fallen.

Doch bevor Andrew seine Liebkosungen ausdehnte, trat er ein weiteres Mal von ihr zurück. Er betrachtete sie mit prüfendem Blick. Alles an ihr flehte ihn an. Sie verzehrte sich nach ihm.

„Komm mit mir, mein bezaubernder Engel.“

Es war längst um sie geschehen. Er hätte sie überall hinführen können. Tatsächlich ging er mit ihr ins Hotel. Den freundlich lächelnden Monsieur Rochelle nahm Jesse allerdings nur am Rande wahr.

„Bonsoir, Marvin“, grüßte Andrew ihn.

„Ah, bonsoir, Andrew. Welch Freude, dich zu sehen.“ Er winkte ihnen freudig zu, während Andrew Jesse an der Rezeption vorbei in den Fahrstuhl schob.

Als sich die Tür schloss, spürte sie seine Küsse auf ihrem Hals und Dekolleté. Die oberen beiden Knöpfe ihrer Bluse sprangen wie von selbst auf. Ein erfrischender Hauch fuhr über ihre Haut hinweg. Sie lehnte sich zurück und genoss seine forschen Erkundungen.

Den leisen Ton, der anzeigte, dass sie ihre Etage erreicht hatten, überhörte Jesse. Andrew sorgte dafür, dass sie den Boden unter den Füßen verlor. Er trug sie aus dem Fahrstuhl in ihr Zimmer. Wie er an ihren Schlüssel gelangte und die Tür öffnete, wusste sie nicht. Es war ihr auch vollkommen gleichgültig. Solange er nur nicht damit aufhörte, sie zu verführen.

Er brachte sie in ihr Schlafzimmer, wo er sie vorsichtig in die weichen Kissen gleiten ließ. Seine geschickten Hände befreiten sie schnell von der Kleidung, so dass sie nur in Unterwäsche und Nylon-Strümpfen vor ihm lag.

Ausgiebig musterte er ihren schlanken, wohlgeformten Körper. Viel zu lange stand er regungslos vor ihr und ließ sie warten. Sie begann bereits zu frösteln.

„Dir ist doch nicht etwa kalt?“, scherzte Andrew. Wie ein Tiger auf Beutezug kroch er über sie. Mit feurigen Augen sah er sie an.

„Nur ein wenig.“

Jesse wagte kaum zu atmen. Ihre Hände lagen reglos hinter ihrem Kopf. Andrew strich mit seinen Fingerspitzen ihre Arme entlang und löste damit einen wohligen Schauder nach dem anderen aus.

„Dann sollte ich schnell etwas dagegen unternehmen.“

Er küsste sie auf die Wange und die Augenlider, die sie aufseufzend schloss.

„Es sei denn …“, hielt er inne, „du willst es nicht.“

„Warum sollte ich es nicht wollen?“ Sein Zögern machte sie halb wahnsinnig vor Lust.

„Immerhin wolltest du mich noch vor wenigen Minuten einfach so wegschicken.“

„Nein … nein.“ Sie schüttelte schwach den Kopf. „Ich wollte die ganze Zeit, dass du bei mir bleibst.“

In ihre Arme kehrte die Lebendigkeit zurück. Sie senkten sich auf Andrew. Ihre Finger glitten über seinen Hinterkopf, den Nacken hinab und legten sich mit sanftem Druck auf seinen Rücken. Sie wollte sich viel enger an ihn schmiegen. Ganz selbstverständlich brachte sie ihre Schenkel auseinander und umschlang Andrew mit ihren Beinen.

Er wartete grinsend ab. Während sie schon halbnackt unter ihm lag, trug er noch seine volle Montur.

„Das ist nicht fair“, beschwerte sie sich bei ihm und ging dazu über, an seinem Jackett zu nesteln. Sie schob es halb über seine Schultern, knöpfte sein Hemd auf und reckte sich voller Anstrengung hinauf, um den Geschmack seiner freien Brust zu kosten.

„So gierig, mein bezaubernder Engel?“ Er lachte.

Mit langsamen Bewegungen befreite er sich von seinem Jackett und ließ es neben dem Bett zu Boden gleiten. Seine unergründlichen Augen hielt er dabei stets achtsam auf Jesse gerichtet.

Staunend betrachtete sie seinen Körper, der sich ihr nach und nach immer deutlicher und verführerischer darbot. Sie fragte sich, wie alt Andrew wohl sein mochte, aber sie konnte es sich nicht beantworten. Sein Körper war durchtrainiert. Muskulös, aber nicht übertrieben, sondern wunderbar wohlgeformt.

Er hatte zudem so eine ruhige Art an sich, dass seine bloße Berührung ihr das Gefühl vermittelte, dass ihr nichts und niemand etwas anhaben könnte.

Er umschlang sie heftig, drückte sie an sich und blieb dabei doch so sanft, dass sie sich seufzend an ihn lehnte. Gemeinsam setzten sie sich auf. Jesses Finger fuhren über Andrews nackten Oberkörper.

Er war merkwürdig kühl, was sie nur dazu animierte, ihn immer weiter und immer mehr zu streicheln, zu liebkosen und ihren erhitzten Körper an den seinen zu pressen. Er hatte die Glut in ihr zum Ausbruch gebracht. Nun wollte sie ihm ein Stück davon zurückgeben.

Aber Andrew überließ ihr die Kontrolle nicht. Mit einem einzigen schnellen Griff löste er ihren BH. Er schob Jesse von sich, um sie ganz zu betrachten. Sie fiel zurück in die Kissen, bereit, sich alles von ihm gefallen zu lassen, was er nur mit ihr anstellen wollte. Ihre Brustwarzen stellten sich steil auf. Sie signalisierten ihm nur allzu deutlich, wie bereit sie war.

Seine Beine rutschten ein Stück zurück. Er fuhr der Länge nach über Jesse. Seine Hände blieben an ihrem Slip hängen, den er mit hinabzog. Im nächsten Moment arbeitete er sich auch schon wieder hinauf. Ihre Beine massierend und küssend erweckte er in ihr die angenehmsten Gefühle.

Als er ihrem erwartungsfreudigen Schoß ganz nahe war, bäumte sie sich vor Erregung auf. Sie schob ihn leicht mit einem Bein an. Jetzt wollte sie ihn in sich spüren. Noch länger zu warten, erschien ihr unerträglich.

Doch er machte sich offensichtlich einen Spaß aus diesem Spiel. Er rollte sich ganz einfach zur Seite, rückte weiter hinauf und legte sich neben sie. Schweigend sah er sie an. Ihr gequälter Gesichtsausdruck bereitete ihm einen unbeschreiblichen Genuss.

„Du bist nicht nur gierig, sondern noch ungeduldig dazu."

Sein Zeigefinger legte sich auf ihre sinnlichen Lippen. Ganz leicht öffnete sie den Mund und saugte an seinem Finger. Ihre Zunge stieß gegen ihn. Schnell fuhr sie leidenschaftlich an ihm entlang, sog daran. Jesse wollte sich vorbeugen und sich mit ganz anderen Körperteilen von Andrew beschäftigen. Doch er drückte sie wieder zurück.

Die Spitze seines Zeigefingers fuhr über ihren Bauch, umkreiste mehrmals ihren Nabel, bevor sie den Weg an der Lende entlang zu ihrem Schoß fand. Er streichelte über ihre Scham, berührte neckisch ihre Klitoris, bevor er in sie eintauchte. Sachte bewegte er sich in ihr, bis sie ihre Beine spreizte und sich ihm vollkommen öffnete.

Er bewegte sich dichter auf sie zu. Der letzte Rest Stoff wich wie durch Zauberhand von seinem Körper. Jesse wusste nicht, wie er es anstellte, doch er schien ein Meister in diesen Dingen zu sein. Während sie gerade noch seine Finger an ihren Schamlippen spürte und ihn neben sich wähnte, war es im nächsten Augenblick schon seine Zungenspitze, die sie in Entzücken versetzte. Sie kreiste in ihr, zuckte vor und zurück. Jesse glaubte, vor Lust vergehen zu müssen.

Bevor sie jedoch den Höhepunkt erreichen konnte, fuhr Andrews Zunge durch die kurzen gekräuselten Haare auf ihre Brüste zu. Sein Mund umschloss eine Brustwarze und saugte sich daran fest. Er knabbert mit seinen merkwürdig spitzen Zähnen an ihr. Aber er war dabei sehr vorsichtig.

Jesse konnte sich nun einfach nicht mehr zurückhalten. Sie wand sich ungeduldig unter ihm. Ihre Hände drückten sich verlangend gegen seinen Rücken.

Dann spürte sie plötzlich etwas Hartes an ihrem Unterleib. Sein Glied ruhte für einen kurzen Moment auf ihrem Schoß, bevor Andrew sich und Jesse mit einer schnellen Bewegung in die richtige Position rückte. Sie stöhnte lustvoll auf, als er in sie glitt. Ganz tief nahm sie ihn auf und versank in den Wellen seines Rhythmus. Er wurde schneller, fordernder.

Jesse war kaum mehr ihrer Sinne mächtig. Sie klammerte sich an ihn, krallte ihre Fingernägel so fest in seine Haut, dass sie fürchterliche Striemen hinterließen. Das Pulsieren in ihrem Unterleib stieg immer und immer höher und gipfelte schließlich in einer unglaublichen Explosion.

Es durchfuhr sie heiß und kalt zum gleichen Zeitpunkt. Sterne tanzten vor ihren Augen. Ganz leicht spürte sie die letzten vorsichtigen Bewegungen von Andrew, ehe er sich aus ihr zurückzog.

Zufrieden und erschöpft sank Jesse tiefer in die Kissen ein. Sie drehte sich auf die Seite, klammerte sich weiter an Andrews Oberkörper, der so gut und extrem männlich roch. Mit einigen zärtlichen Küssen in den Nacken schickte er sie in einen wundervollen Schlaf.

Allein

Andrew betrachtete Jesse lächelnd.

Sie schlief tief und fest, versunken in den Empfindungen, der mit ihm erlebten Liebesnacht. Einmal seufzte sie sehnsuchtsvoll auf und suchte nach seiner Nähe und Wärme. Da glaubte er, sie wäre erwacht. Doch schon im nächsten Augenblick lag sie wieder ganz ruhig da.

Sie sah wirklich aus wie ein Engel mit dem blonden Haar und den zarten und weichen hellen Gesichtszügen. Gedankenverloren glitten seine Finger über ihren nackten Rücken. Er hätte noch stundenlang so neben ihr liegen und sie einfach nur ansehen können. Aber es war ihm unmöglich. Die Nacht verging viel zu schnell. Es würde nicht lange dauern, da bräche schon der Morgen an. Er konnte nicht bei ihr bleiben. Er musste gehen, wenn er sich nicht selbst in Gefahr bringen wollte. Der erste Strahl der aufgehenden Sonne würde sein Ende bedeuten. Und um Jesse von diesen Dingen zu erzählen, war es zu früh.

Ganz langsam zog er seinen linken Arm unter ihrem Oberkörper hervor. Sie hatte die ganze Zeit darauf gelegen. Sicher war es für ihn unbequem gewesen, so zu verharren. Ihr warmes Gewicht auf sich zu spüren, machte jedoch alle unangenehmen Situationen wieder gut.

Einen letzten Kuss hauchte er ihr auf die Stirn, bevor er sich ankleidete. Er bedauerte es, sie so zurückzulassen und konnte nur auf ihr Verständnis hoffen, wenn sie sich erneut begegneten.

„Heute Abend“, flüsterte er ihr sein Versprechen zu.

Als Erwiderung stieß Jesse ein leises Seufzen aus. Ihre Arme umschlangen das Kissen, auf dem er gerade noch gelegen hatte. Sie presste es ganz fest an sich.

Wie würde sie wohl reagieren, wenn sie erfuhr, wer Andrew tatsächlich war?

Als er nun aus ihrem Zimmer schlich, fühlte er sich wie ein Dieb. Er konnte es sich selbst nicht erklären, aber diese Frau weckte in ihm ein bisher unbekanntes Verlangen. Da gab es ein tieferes Gefühl – etwas, das vorher nicht da gewesen war.

Nachdenklich verließ er das Hotel, strich wie ein Wegelagerer durch die Straßen, bis er den Hintereingang des „Club Noir“ erreichte. Dort gingen die Vampire zu solch frühen Stunden ein und aus.

„Du kommst spät.“ Jacques musterte Andrew verächtlich. Er war der Wächter des Clubs. Nur er allein wusste, wer sich im Inneren aufhielt und wer zu spät oder gar nicht zurückkehrte.

Andrew bedachte ihn mit einem finsteren Blick. Er schwieg, darauf wartend, dass Jacques ihm aus dem Weg ging. Doch dieser rührte sich keinen Zentimeter.

„Na ja“, setzte er wieder an, „beinahe zu spät. Die Sonne geht gleich auf. Was, wenn ich dich nicht mehr hineinlasse?“ In seiner Stimme lag eine gespielte Herausforderung. Natürlich meinte er das, was er da sagte, keineswegs ernst. Allerdings war Andrew ganz und gar nicht zum Scherzen aufgelegt. Er spürte deutlich, dass er sich viel zu lange draußen aufgehalten hatte. Er war müde.

„Es wäre keine Mühe für mich, dich zu beseitigen.“

Jacques starrte ihn an. „Das würdest du doch nicht tun?“ Ein Schatten von Angst legte sich über sein Gesicht. Menschlicher Angestellter eines Vampirs zu sein erforderte ganz bestimmt eine gewisse Portion an Mut. Doch bisher hatte Jacques diese Wesen der Nacht niemals fürchten müssen.

„Komm schon, Andrew, das meinst du doch nicht ernst“, versuchte er zu scherzen. „Wie lange kennst du mich? Du weißt, ich würde nie …“

„Geh mir aus dem Weg oder ich beiß dir die Kehle durch!“ Wutfunken tanzten in Andrews Augen. Er wollte hinein. Nur hinein! Es war ihm vollkommen egal, was der minderwertige Mensch eigentlich gemeint hatte.

Jacques wollte zur Seite ausweichen, doch im selben Moment spürte er den groben Handgriff des Vampirs, der ihn gegen die Wand presste. Andrews Gesicht war so nahe, dass er dessen Atem auf seiner Haut spüren konnte.

„Heb dir solche Späße für jemand anderen auf!“

Jacques sah zur Seite. Er wagte kein Wort mehr zu sagen. So hatte er Andrew noch nie zuvor erlebt. Erst als der Druck auf seine Brust schwand, rührte er sich wieder. Er drehte den Kopf, gefasst darauf, dem Vampir erneut in die Augen zu blicken.

Doch der war längst fort und das nächtliche Schweigen hüllte ihn ein, als hätte diese Begegnung niemals stattgefunden.

„Der Letzte“, atmete Jacques erleichtert auf. Alle anderen Vampire befanden sich bereits in ihren Zimmern, Kammern oder sonstigen, eigens erschaffenen Ruhestätten im Club. Mehr Aufregung konnte und wollte er auch nicht ertragen. Er schloss die Pforte und erklärte somit das Ende dieser Nacht. Nun würde auch er sich endlich seinem wohlverdienten Schlaf widmen können.

„So was, so was“, vernahm Jacques plötzlich eine weitere vertraute Stimme.

Erschrocken ließ er von der Pforte ab. Hatte er ihn übersehen? Wie konnte das möglich sein! Doch gleich darauf erkannte er, dass dieser Vampir sich längst im sicheren Inneren befand und nur noch einmal neugierig hinauslugte.

Louis lehnte ihm gegenüber neben der Tür, die in einen geheimen Flur führte. Sein dunkelbraunes Haar hing ihm ins Gesicht und verbarg so ein gutes Stück seiner verwegenen Miene.

„Ausgerechnet Andrew ist der Letzte?“

„Ja, so ist es.“ Jacques hielt den Kopf gesenkt. Er wollte keinen neuen Ärger.

„Und das kommt dir nicht merkwürdig vor?“

„Doch, natürlich, aber …“ Nie zuvor hatte er im Gespräch mit einem Vampir so sehr gezittert. Unbändige Angst ergriff von ihm Besitz. Es schüttelte ihn bei dem Gedanken daran, wie es sich wohl anfühlen würde, von einem wie ihnen blutleer gesaugt zu werden.

„Jacques, mein Lieber.“ Louis beugte sich zu ihm vor und legte eine Hand mit festem Druck auf dessen Oberkörper. Immer stärker schob er ihn gegen die kalte Steinwand.

„Du willst doch sicher, dass wir auch weiterhin Freunde bleiben, habe ich Recht?“

Jacques nickte verzweifelt.

„Dann wirst du schön aufpassen, wann unser guter Andrew in Zukunft den Club verlässt und wieder zurückkehrt. Am besten, du findest auch gleich heraus, wo er sich in der Zwischenzeit aufhält. Das wirst du doch sicher hinkriegen oder?“

„Sicher.“

Louis verschwand so schnell, wie er aufgetaucht war. Kraftlos rutschte Jacques an der Wand hinunter in die Knie. Von einem Vampir ausgesaugt zu werden hätte kaum schlimmer sein können, als dessen Bedrohungen und Forderungen über sich ergehen zu lassen. Wie war er nur jemals auf die Idee gekommen, den Job als Wächter anzunehmen!

Er verharrte in dieser Position am Boden so lange, bis sich die ersten Strahlen der Morgensonne an den Häuserdächern brachen. Erst dann wagte er es, sich aufzurichten und die Pforte zu schließen.

Jesse erwachte mit einem wohligen Gefühl in der Magengegend. Mehr noch. Sie befand sich in einem Zustand vollkommener Glückseligkeit. Mit geschlossenen Augen kuschelte sie sich tiefer in die weichen, warmen Kissen hinein. Ihre Hand glitt über das Laken und suchte die Berührung mit dem Mann, der sie in dieser Nacht in die wunderbarsten Träume geschickt hatte.

Doch da war nichts.

Ihre Fingerspitzen tasteten ins Leere. Die Stelle ihres Bettes, an der sie Andrew vermutet hatte, fühlte sich kalt und allein gelassen an. Sie öffnete die Augen. Tatsächlich lag er nicht mehr neben ihr. Auch als sie sich umdrehte, entdeckte sie nur die Leere ihres Schlafzimmers.

„Andrew?“, flüsterte sie.

Das Kinn hoch reckend erhob sie ihre Stimme: „Andrew?“

Lauschend verharrte sie. Nichts. Allem Anschein nach hatte er sich einfach klammheimlich aus dem Staub gemacht.

Sie fühlte sich so unglücklich, dass sie am liebsten zu weinen angefangen hätte.

Sie saß inmitten ihres Bettes, das ihr mit einem Mal so unglaublich groß vorkam. Viel zu groß für sie allein. Sie zog die Beine ganz nah an ihren Oberkörper und wickelte die Decke eng um sich. Wie ein Vorhang, der die grausame Welt aussperren sollte, fielen ihr die Haare vors Gesicht.

Doch die Erinnerung an die gemeinsame Nacht mit Andrew trieb die Hitze in ihre Wangen. Immer wieder sah sie sich in seinen Armen liegen. Sein nackter Körper beugte sich über den ihren. Nicht einen Fleck ihrer bloßen Haut ließen seine Hände aus. Heiße Küsse brannten auf ihrem Leib. Sie spürte die Zungenspitze, die sie zwischen ihren Schenkeln kitzelte. Es überfiel sie wie ein Fieber. Sie konnte sich nicht dagegen wehren. Ihre eigenen Finger glitten von ihren Schultern über ihre Brüste, streichelten über die Knospen, die sich hart aufstellten, und fuhren hinab zu ihrem Schoß.

„Andrew?“, fragte sie in die Stille hinein.

„Warum hast du mich verlassen? Wo bist du?“

Sie fühlte die leichte Nässe ihrer Schamlippen. Wie von selbst glitt ihr Zeigefinger von unten wieder hinauf und verharrte auf dem Punkt oberhalb von ihnen, dessen Berührung einen wohligen Schauder durch ihren Körper schickte.

Seufzend fiel sie zurück in die Kissen. Sie schlug die Augen auf, drehte den Kopf zur Seite und streckte erneut eine Hand zu der Stelle aus, wo Andrew gelegen hatte.

Kälte.

Fröstelnd zog sie die Schulterblätter zusammen. Sie erschrak über sich selbst, wie sehr sie sich nach einem Mann verzehrte, den sie kaum kannte.

„Mademoiselle Brown? Sie scheinen heute ein wenig abgelenkt zu sein.“

Madame Demier betrachtete sie mit einem sehr ungeduldigen Blick. Mit mehreren unauffälligen Gesten hatte sie bereits versucht, die Aufmerksamkeit der jungen Kollegin auf sich zu ziehen. Aber diese schien vollkommen in ihren Gedanken versunken zu sein. Erst jetzt, da sich Madame Demier direkt neben ihr aufbaute, wurde Jesse aufmerksam.

„Pardon, Madame, ich verstehe nicht?“ Jesse bemühte sich, ehrlich verlegen zu wirken. Zwar war sie sich keiner Schuld bewusst, gegenüber Madame Demier würde sie jedoch keinerlei Widerspruch wagen.

„Haben Sie denn nicht bemerkt, dass der Herr dort schon seit einer halben Stunde eines der Bilder bewundert? Vielleicht will er es kaufen.“ Madame Demier sprach in einem leisen zischenden Tonfall, einer verärgerten Schlange gleich.

Jesse machte großen Augen. Den Mann hatte sie tatsächlich nicht bemerkt.

„Geht es Ihnen nicht gut?“

Die Stimmung der stellvertretenden Galerie-Leiterin schlug so schnell um, dass es die junge Frau verwirrte. Besorgt legte Madame Demier eine Hand auf Jesses Schulter und beäugte sie eingehend. „Sie sind blass.“

„Oh, nein. Es geht mir gut. Wirklich. Sie müssen sich keine Sorgen machen.“

Damit schob sie die Hand von ihrer Schulter und wandte sich schließlich ab.

Der Mann lächelte ihr bereits zu. Und während Madame Demier ihr kopfschüttelnd nachsah, widmete Jesse ihre Aufmerksamkeit voll und ganz dem Interessenten.

„Bonjour, Monsieur.“

„Mademoiselle.“ Der Mann trug eine Melone, die er nun abnahm, um Jesse in sehr höflicher Weise zu begrüßen. Er war ein vornehmer Herr im besten Alter. Sein graumelierter Anzug wirkte edel und perfekt angeglichen an die feinen grauen Strähnen, die sich durch sein ansonsten dunkelbraunes Haar zogen.

„Ich muss zugeben, dieses Bild hier hat es mir angetan.“ Er sah es nochmals an, als wollte er es mit seinem Blick liebkosen. Seine Augen leuchteten.

Bevor Jesse etwas erwiderte, betrachtete sie erst ihn und dann das Kunstwerk. Es handelte sich um das Liebespaar in Blau. Die beiden eng umschlungenen Körper mit den langen verknoteten Haaren, an denen schon Andrew Gefallen gefunden hatte. Wie ehrlich war sein Interesse an dem Bild gewesen? Und würde sie ihn überhaupt wieder sehen, nachdem sie an diesem Morgen so ganz alleine in ihrem Bett aufgewacht war? Er hatte sie verlassen. Zurückgelassen wie eine Dirne von der Straße.

Plötzlich verzerrte sich die Zeichnung vor ihren Augen. Traurigkeit und Wut mischten sich in ihr und sie wusste nicht, welchem dieser beiden Gefühle sie sich mehr hingeben wollte.

Ihre Hände ballten sich zu Fäusten. Wie versteinert wirkten ihre Gesichtszüge nun. Eine Veränderung, die auch dem Kaufinteressenten nicht verborgen blieb.

„Ich bitte um Verzeihung, Mademoiselle." Er starrte sie irritiert an. „Stimmt etwas nicht?"

Alles in Jesse zog sich wie in einem Krampf zusammen. Sie musste einmal tief durchatmen, bevor sie in der Lage war, eine Antwort zu formulieren. „Nein. Es ist alles in Ordnung."

Doch sie entspannte sich nur langsam. „Bitte entschuldigen Sie. Ich war unhöflich."

„Oh." Er lächelte sie an. „Das ist mir gar nicht aufgefallen."

„Sie interessieren sich also für ‚Den Knotenpunkt der Liebe'?", lenkte sie das Gespräch in eine geschäftlichere Bahn.

Der Mann nickte zustimmend. „Ja, ein wirklich interessanter Name für eine interessantes Bild. Ich habe schon viel über den Künstler gelesen."

„Tatsächlich?" Das wunderte Jesse. Diese Ausstellung diente im Grunde dem Zweck, den Bekanntheitsgrad des Künstlers Joaquin Worthing außerhalb von London zu steigern. Sie hatte nicht damit gerechnet, ihr Ziel so schnell zu erreichen.

„Ja. Ich muss zugeben, ich fröne einer gewissen Sammelleidenschaft, was die Werke junger Künstler angeht. Erst vor kurzem bin ich in Paris gewesen und konnte zwei außergewöhnliche Bilder von Maxime Clereu erwerben."

Auch dieser Name war Jesse nicht unbekannt. Stilistisch verfügte die Künstlerin sogar über mehr Ausdruckskraft als Joaquin Worthing.

„Es ist immer wieder schön, einem Kunstkenner wie Ihnen zu begegnen."

Der Mann fühlte sich geschmeichelt, was er auch vollkommen unverblümt zeigte.

„Nun ja", nahm er den Faden wieder auf, „dieses Gemälde wäre natürlich eine wahre Bereicherung für meine Sammlung."

„Ich verstehe." Jesse nickte ihm zu. Er forderte eine Entscheidung von ihr, um die sie mit sich selbst ringen musste.

„Ich würde das Bild gerne an Sie verkaufen", begann sie zögernd. „Bei Ihnen wäre es gut aufgehoben. Da bin ich mir sicher. Allerdings gibt es noch einen anderen Interessenten."

Entgegen Jesses Befürchtung reagierte der Mann jedoch in keiner Weise überrascht oder gar verärgert. Im Gegenteil. Er winkte sogar recht gelassen ab.

„Ach, wissen Sie, das ist längst kein Grund, alle Hoffnung aufzugeben. Andere Interessenten sind für mich keine neue Herausforderung."

Er betrachtete die geschwungenen schwarzen Linien auf dem blauen Grund. In Gedanken zog er jede einzelne von ihnen nach, nur um sie sich einzuprägen.

„Ich möchte ein Angebot abgeben", sagte er schließlich mit fester Stimme, als wäre das Gemälde längst in seinen Besitz übergegangen. „Und Sie entscheiden am Ende, an wen Sie verkaufen."

Bereits in diesem Augenblick war Jesse klar, dass sein Angebot kaum zu überbieten sein würde. Er musste vermögend sein und daran gewöhnt alles zu bekommen, wonach ihm verlangte. Trotzdem lächelte sie ihm freundlich zu und vollführte eine angedeutete Verbeugung.

„Natürlich. Folgen Sie mir doch bitte, um die Papiere auszufüllen."

„Mit dem größten Vergnügen." Er zwinkerte ihr zu.

Falsches Spiel

Den Rest des Tages fiel es Jesse erheblich leichter, ihre Gedanken nicht abschweifen zu lassen. Sie ignorierte jeden noch so kleinen Funken, der ihre Sehnsucht nach Andrew erneut entfachen konnte. Die Verzweiflung der verlassenen Geliebten rückte in den Hintergrund. Stattdessen kümmerte sie sich wie nie zuvor um die Besucher der Galerie. Sie redete und informierte, gab Auskünfte und stellte sich jeglichen Fragen. So sehr vertiefte sie sich in ihre Arbeit, dass Madame Demier in begeistertes Staunen für ihre junge Kollegin ausbrach.

„Meine Liebe“, sagte sie später am Tag, „ich weiß Ihren Einsatz wirklich zu schätzen, aber denken Sie nicht, dass wir allmählich Feierabend machen sollten? Ich würde die Galerie für heute gerne schließen.“ Mit Jacke und großem Hut auf dem Kopf stand sie vor Jesse. In der einen Hand hielt sie einen Regenschirm, den sie offensichtlich als Spazierstock benutzte, und in der anderen klimperte ihr enormer Schlüsselbund.

Jesse musste sich eingestehen, dass sie bei den Bemühungen, ihre Gedanken im Zaum zu halten, sämtliches Zeitgefühl verloren hatte.

Es dämmerte bereits, als sie die Galerie verließ. Sie ging die Treppenstufen zur Straße hinab und hielt – unten angekommen – kurz an, um ihre lange taillierte Lederjacke zuzuknöpfen.

Madame Demier trippelte neben ihr, wartete allerdings nicht, sondern ging winkend weiter. „Bonsoir, Mademoiselle Brown. Bis morgen.“

„Ja, bis morgen“, gab Jesse leise zur Antwort – eher sich selbst als Madame Demier. Denn diese verschwand so geschäftig, dass sie sie sowieso nicht mehr gehört hätte.

Nun, da sie ganz alleine auf dem Bürgersteig stand und von der feuchten, kühlen Luft des Abends eingehüllt wurde, fühlte sie sich schrecklich verlassen. Sie kannte niemanden in dieser fremden Stadt. Zudem quälte sie die Frage, warum Andrew in der letzten Nacht gegangen war, ohne sich zuvor von ihr zu verabschieden.

Womöglich würde sie nur durch einen erneuten Besuch im „Club Noir“ eine Antwort darauf erhalten. Aber ebenso gut könnte sie sich lächerlich machen, wenn sie ihn dort zur Rede stellte. Sie schluckte einen dicken Kloß in ihrem Hals hinunter. Ihr Verstand sagte ihr, dass sie ins Hotel gehen und gar nichts unternehmen sollte. Am Ende siegte allerdings ihr Verlangen, erfüllt von der Sehnsucht, Andrews Berührungen erneut auf ihrer Haut zu spüren.

Unschlüssig stand Jesse in der von bunten Lichtern erleuchteten Seitenstraße. Vor vielen Türen der Restaurants standen die Kellner und bemühten sich, Gäste anzulocken. Doch Jesse reagierte gar nicht auf deren aufdringliche Gesten. Sie hatte nur Augen für den im schwachem rötlichem Schein liegenden Eingang des „Club Noir“. In verschnörkelten Buchstaben thronte der Name am oberen Türrahmen. Sollte sie sich einen Ruck geben und erneut hineingehen? Aber sie konnte den Gedanken nicht ertragen, Andrew nicht zu finden – oder schlimmer noch – von ihm abgewiesen zu werden. Sie rang mit sich selbst und wollte schon wieder kehrtmachen, als die Tür knarrend aufschwang. Jesse versuchte ins Innere zu spähen, erkannte jedoch nichts als Dunkelheit darin.

Schließlich gab sie sich einen Ruck. Was sollte auch passieren? Sie würde hineingehen, einen Drink nehmen und wenn sie genügend Mut aufbrachte, nach Andrew suchen. Dieser aufdringliche Louis würde sie doch bestimmt kein zweites Mal belästigen.

Alle Zweifel über Bord werfend, trat Jesse auf den Eingang zu. Er wirkte längst nicht so einladend oder anziehend wie bei ihrem ersten Besuch. Die schwach beleuchtete und verlassene Tür machte eher einen abweisenden Eindruck. Trotzdem schob sie sich durch den offenen Spalt hindurch und tauchte erneut in die mit Rauch geschwängerte Atmosphäre ein.

Die dröhnende Musik klang viel zu laut. Mit dumpfen Pochen schlug sie Jesse aufs Gemüt und vernebelte ihre Sinne. Frauen in aufreizenden Lack- und Lederkostümen drängten sich an ihr vorbei. Sie kicherten aufgeregt, bevor sie in einer Seitentür verschwanden. Ein hoch gewachsener, äußert attraktiver Mann war ihnen in einigem Abstand mit langsamen Schritten auf den Fersen. Er blieb stehen und musterte Jesse eingehend, bevor er den Frauen durch die Tür folgte.

Das Dröhnen setzte plötzlich aus. Stattdessen spielte nun eine sanfte, helle Musik auf.

Ganz wohl war Jesse nicht, doch sie bahnte sich tapfer ihren Weg durch den belebten Innenraum, stets nach Andrew Ausschau haltend.

Der langhaarige Barkeeper erkannte sie sofort wieder. Er trug eine goldene Weste, die mehr von seinem durchtrainierten Oberkörper zeigte, als sie verdeckte. Einem heißblütigen Verführer gleich lehnte er sich über den Tresen in ihre Richtung vor.

„Hübsche Lady." Er zwinkerte genau wie bei ihrem ersten Besuch. „Wieder ganz allein hier?"

Sie ignorierte die Frage. Nachdem sie sich noch einmal kurz umgesehen hatte, beugte auch sie sich näher zu ihm. „Können Sie mir sagen, wo ich Andrew finde?"

„Andrew?" Angewidert verzog er das Gesicht, um gleich darauf mit dem Kopf zu schütteln. „Nein, heute Abend habe ich ihn noch nicht gesehen. Tut mir wirklich sehr Leid."

Aus irgendeinem Grund glaubte sie nicht, dass er die Wahrheit sagte. Sie betrachtete ihn kritisch, beschloss allerdings, die Sache auf sich beruhen zu lassen.

„Einen Martini, bitte", sagte sie.

„Sofort." Und tatsächlich stand das Getränk im selben Augenblick vor ihrer Nase.

„A votre santé!" Eine aufreizend gekleidete Rothaarige stieß unverhofft mit ihr an. Sie lehnte sich seitlich auf die Theke. Ihre Augen blitzten auf. Um den Zeigefinger ihrer einen Hand wickelte sie eine Strähne ihres lockigen Haares. Mit der anderen hielt sie das Glas an ihren grinsenden Mund.

„Ich habe Sie hier doch schon mal gesehen."

Jesse versteifte sich. Am liebsten hätte sie diese aufdringliche Person einfach ignoriert.

„Ja. Gestern", sagte sie stattdessen, ohne die Frau anzusehen.

„Hmmm …", machte die und genehmigte sich einen weiteren Schluck ihres Getränks. Voller Genuss fuhr sie dann mit der Zungenspitze über ihre feuchten Lippen. Neckisch reckte sie sich Jesse entgegen.

„Aber gestern sind Sie nicht alleine gewesen."

Jesse zuckte entgeistert zurück. Jetzt hatte die Rothaarige doch ihren Blick auf sich gezogen. Sie lächelte äußerst selbstgefällig.

„Und er hat Sie sogar nach Hause gebracht."

„Was soll das? Was wollen Sie von mir?"

Die Frau verzog schmollend den Mund. Sie leerte ihr Glas mit einem Zug und schob es über die Thekenoberfläche von sich.

„Vielleicht wollte ich nur mit Ihnen plaudern."

Beleidigt wandte sie sich ab und wollte gehen. Aus einem Impuls heraus sprang Jesse ihr jedoch hinterher und hielt sie am Arm zurück.

„Warten Sie! Es tut mir Leid. Das habe nicht so gemeint. Es ist nur …"

„Ach so." Die Rothaarige zog belustigt eine Augenbraue hoch. „Sie wissen noch nicht, wie das hier im Club läuft."

Jesse starrte sie irritiert an. Sie verstand nicht, was in diesem Club wie laufen sollte. Erst als sie nun aufsah und etwas genauer durch den Innenraum spähte, bemerkte sie, dass sich die anwesenden Frauen ausnahmslos in knappe und sexy Outfits hüllten. Jede von ihnen zeigte mehr Haut als Jesse. Zwischen all den anderen musste sie wie eine verkalkte Gouvernante wirken.

„Eigentlich suche ich Andrew", bemühte sie sich aus dieser unangenehmen Situation zu befreien. „Sie wissen nicht zufällig, wo ich ihn finde?"

„Doch." Die Rothaarige spielte erneut mit einer Haarsträhne. „Zufällig weiß ich das."

Jesse starrte sie gebannt an. Warum verriet sie es ihr dann nicht auch, sondern amüsierte sich vielmehr bei diesem merkwürdigen Spiel, das sie trieb?

Sie lachte auf. „Kommen Sie." Geschwind fasste sie Jesse bei der Hand und zog sie mitten durch den Raum, so dass viele der Gäste auf die beiden Frauen aufmerksam wurden und ihnen nachschauten. Sie kamen in den Gang, den Jesse bereits an der Seite von Louis durchschritten hatte. Bei dem Gedanken daran durchfuhr sie ein eiskalter Schauder. Nicht zum ersten Mal an diesem Abend fragte sie sich, was sie hier eigentlich tat.

Dann ließ die Rothaarige mit einem Mal von ihr ab.

„Sehen Sie die Tür dort?"

„Mit dem goldenen Schild?"

„Genau."

Sie schob Jesse in die Richtung und war selbst im Begriff, in einer anderen Seitentür zu verschwinden.

„Aber da steht ‚privat'."

„Ich dachte, Sie suchen nach Andrew."

Jesse nickte.

„Dann werden Sie ihn dort finden."

Mit diesen Worten schlüpfte die Rothaarige in einen Raum, aus dem sanfte Musikklänge und der Duft von Lavendel auf den Flur drangen. Kurz erklang ein belustigtes Lachen. Dann wurde es still um Jesse. Das Treiben der Clubgäste schien meilenweit von ihr entfernt.

Nur zaghaft setzte sie einen Fuß vor den anderen. Unschlüssig blieb sie vor der Tür stehen. Woher sollte sie wissen, ob Andrew tatsächlich dahinter auf sie wartete? Es wäre ganz bestimmt klüger, wenn sie jetzt ging. Sie drehte sich halb herum und starrte in den Flur. Fußboden und Wände waren mit einem dunklen Rot verkleidet. Von der Decke hingen kleine kugelförmige Leuchten, die nur einen schwachen Lichtschein boten.

Sie gab sich einen Ruck. Ohne weiter darüber nachzudenken, klopfte sie an die Tür.

Es dauerte nur wenige Augenblicke, da erklang von drinnen auch schon eine unfreundliche Stimme, die Jesse zusammenfahren ließ.

„Herein!“

Nun gab es kein Zurück mehr. Sie konnte nicht fassen, wie sehr sie mit einem Mal zu zittern begann. Aber sie wollte mutig sein, drückte die Klinke hinunter und trat ein.

Da saß er – in einem hohen Sessel – die Arme gebieterisch auf den Lehnen ruhend. Er wirkte anmutig wie eine Statue.

Um ihn herum standen vier weitere Männer. Sie konnten ihre Neugier, was diesen unverhofften Besuch anging, kaum verbergen. Was Jesse jedoch am meisten schockierte, war die Frau, die Andrew zugewandt am Schreibtisch lehnte. Sie trug ein durchsichtiges weißes Spitzenhemd. Ihre schlanken Beine steckten in einer Netzstrumpfhose und mit einem Fuß fuhr sie gerade genüsslich über Andrews Oberschenkel. An dem Verschluss seiner Hose verharrte sie sekundenlang, bevor sie sich provozierend zu Jesse umwandte.

Andrew schob den Fuß beiseite und erhob sich. Er ignorierte die dreisten Annäherungsversuche des leicht bekleideten Mädchens.

Nun wandte er sich eindeutig an Jesse. Sie erschauderte bei dem Anblick, den er ihr bot.

„Warum hast du mich hier aufgesucht?“ Wut sprach deutlich aus seinen dunklen Augen. Er funkelte sie wild an. Die Sanftmut und Zärtlichkeit, die sie in der letzten Nacht durch ihn erfahren hatte, existierten nicht mehr. Es versetzte ihr einen Stich direkt ins Herz. Sie spürte, wie es ihren Körper eiskalt durchfuhr und ihr die Kehle zuschnürte. Ängstlich wich sie zurück.

„Ich dachte nur …“

Ja – was hatte sie gedacht? Wieder und wieder hämmerte diese Frage auf ihr Gemüt und zwang sie beinahe in die Knie. Ihre zitterige Gestalt suchte nach einem festen Halt. Immer weiter ging sie rückwärts durch die Tür zurück.

Sie hatte gedacht – gestand sie sich ein – Andrew würde sie mit offenen Armen empfangen. Seinen Körper glücklich an den ihren schmiegen und mit ihr in eine Wunderwelt der ekstatischen Gefühle versinken.

Genau das war es, was sie wollte! Der Wirklichkeit entfliehen und stattdessen in den starken und beschützenden Armen dieses Mannes liegen. Aber warum verhielt er sich mit einem Mal so abweisend? Sie konnte nicht verstehen, was sich in der kurzen Zeit zwischen sie gestellt hatte. Den Gedanken, sie wäre nicht mehr als ein einfacher One-Night-Stand für ihn gewesen, verdrängte sie. Das konnte unmöglich sein! Niemals hätte sie sich so sehr getäuscht. Da war ein Funke in seinen unergründlichen Augen gewesen, der von Zutrauen gesprochen hatte. Sie musste nur genau hinsehen, um ihn erneut zu entdecken.

Aber alles, was sie in diesem Moment erkannte, sprach von grausamer Kälte. Sie wand sich unter den Blicken der Anwesenden, die plötzlich auf ihr brannten. Jeder von ihnen starrte sie an und keiner machte dabei einen freundlichen Eindruck.

„Es tut mir Leid“, stammelte Jesse. „Ich wollte nicht stören.“

Sie machte auf dem Absatz kehrt und stürmte so schnell hinaus, wie sie nur konnte. Das Lachen der anderen hallte ihr noch bis hinaus auf die Straße in den Ohren. Wie hatte sie nur so dumm sein können?

Tränen rannen über ihre Wangen, als sie den Bürgersteig entlanglief. Sie wollte fort – einfach nur fort – und Andrew niemals wieder sehen!

„Das hast du gut gemacht, mein braves Schmusekätzchen.“

Louis belohnte Michelle mit eingehenden Streicheleinheiten. Triumphierend und belustigt hatte er verfolgt, wie Jesse aus dem Club gestürmt war. Sie musste furchtbar enttäuscht von ihrem Geliebten sein. Wie unglücklich, dass sie ihn ausgerechnet in einer solch prekären Lage erwischt hatte.

„Mehr hast du mir nicht als Dank zu bieten?“ Enttäuscht spielte Michelle mit den Fingern in seinen Haaren. Sie zog einen Schmollmund, als er sie nun anblickte.

„Oh“, er schlang Besitz ergreifend seine Arme um sie, „warte ab. Ich habe dir noch weitaus mehr zu bieten.“

Wie er nun seinen Mund zu einem diabolischen Lächeln verzog, blitzten seine spitzen Eckzähne auf. Sie fuhren über Michelles Schulter, ihren Hals hinauf bis zum Ohrläppchen, an dem er zu knabbern begann. Er hatte ihre Haut nur ganz leicht angeritzt, so dass sich eine kaum sichtbare Spur darauf abzeichnete. Winzige Perlen traten hervor, für ein menschliches Auge nicht zu erkennen, für einen Vampir jedoch äußerst verlockend. Gierig leckte seine Zunge das wenige Blut auf. Es schmeckte so köstlich süß. Ihn verlangte es nach mehr. Augenblicklich!

„Stille meinen Hunger, mein Kätzchen, und ich stille deinen.“

Er hauchte ihr einen verheißungsvollen Kuss in den Nacken.

Wie elektrisiert presste sie sich ihm entgegen. Ihr Schoß begann hitzig zu pochen, als sie sein hartes Glied durch den Stoff spürte. Wollüstig stöhnend beugte sie den Oberkörper ein Stück nach hinten. Mit einem Arm fuhr sie über ihren Kopf und befreite diese Seite des Halses vom Haar. Sie bot sich ihm an und Louis benötigte keine zweite Aufforderung, um sich zu nehmen, wonach es ihm verlangte.

Seine Zähne versenkten sich in ihr. Er biss animalisch zu und saugte gierig. Michelle konnte gar nicht genug von seinen harten und wilden Berührungen bekommen. Sie schob ein Bein über seinen Po, klammerte sich fester an ihn. Es war ein gefährliches Spiel, das sie da trieb. Sie wanderte auf einem schmalen Grat zwischen Leben und Tod. Für Louis wäre es ein leichtes gewesen, sie in den dunklen Abgrund hinabzuziehen. Es war ihr Glück, dass er von seinem neuen Spielzeug noch lange nicht genug hatte.

Dennoch hielt es ihn nicht davon ab, von ihr so viel Blut zu trinken, bis sie schwach in seinen Armen zusammensank. Die Glieder hingen kraftlos an ihr. Sie war nur noch dazu in der Lage, ein glückliches Seufzen von sich zu geben, als Louis seine Zähne zurückzog. Seine Zunge leckte über die zwei kleinen Wunden. Dann fuhr er weiter, küsste ihre Halsbeuge und widmete sich schließlich ihren Brüsten. Mit wenigen Handgriffen hatte er sie von dem lästigen Stoff befreit.

Michelles Wahrnehmungen schrumpften auf ein Minimum zusammen. Ihr Blick war verschwommen. Sie empfand die Grobheit, mit der Louis sie behandelte, nicht. Rücksichtslos schaffte er auf seinem Schreibtisch Platz und legte ihren Körper darauf ab. Er öffnete seine Hose nur so weit wie nötig. Dann fuhr er mit den Armen unter Michelles Po, drückte ihre festen runden Backen und nahm ihren Schoß mit einem ruckartigen Vordringen in Besitz. Er bewegte sich schnell und tief in ihr. Sie rutschte auf der Tischplatte hin und her, ihre Haut scheuerte darauf. Aber das spürte sie gar nicht. Alles, was sich in ihr ausbreitete, war das lüsterne Empfinden, immer mehr und immer stärker von ihm genommen zu werden. Sie schrie vor Wollust auf.

Andrew hatte selten so viel Selbstbeherrschung an den Tag legen müssen wie in jenem Moment. Tief in seinem Inneren fühlte er die Qualen, die Jesse in ihm auslöste. Er wollte ihr auf der Stelle nacheilen. Aber er konnte nicht. Die Club-Mitglieder hatten ihn bereits fest ins Visier gefasst. Schon seit einer ganzen Weile herrschten Rivalitäten unter ihnen. Vor allem durch Louis. Je mächtiger er wurde, umso stärker lehnte er sich gegen Andrew auf. Bislang hatte er es nicht geschafft, genügend Verbündete auf seine Seite zu ziehen. Würden die anderen jedoch eine Schwäche in Andrew erkennen, hätte Louis ein leichteres Spiel.

„Wer war das?“ Vincent, einer der Anwesenden, bedachte ihn mit einem durchdringenden Blick. Aufmerksam verfolgte er jede noch so kleine Regung von ihm.

Doch Andrew hatte nicht vor, der Neugier des anderen Vampirs ein Festmahl an spektakulären Einzelheiten zu servieren. Er wahrte seine versteinerte Miene und hielt sich auch mit Auskünften bedeckt.

„Ein Spielzeug." Er winkte ab.

„Nur ein Spielzeug?" Vincent lachte und die anderen stimmten mit ein, vor allem das halbnackte Mädchen. Sie amüsierte sich so sehr, dass ihre prallen Brüste verführerisch auf und ab hüpften. Dieses Spiel erregte Vincent. Unmerklich schob er sich weiter vor und starrte gierig auf ihren Leib. Andrews neues Spielzeug wäre in den Hintergrund geraten, hätte Pascal, ein weiterer Vampir, den Faden nicht wieder aufgenommen.

„Dein Spielzeug scheint mehr von dir zu erwarten, als du ihr gibst."

Andrews Augen blitzten gefährlich durch den abgedunkelten Raum. Die Gefühle in ihm drohten überzukochen. Er musste sich wirklich zurückhalten!

„Dann ist sie ein dummes Ding!" Tatsächlich schaffte er es, seiner Stimme eine gehörige Portion an Gleichgültigkeit zu verleihen.

„Wenn du es sagst." Pascal schmeichelte ihm mit einem unaufrichtigen Lächeln. „Pass auf, dass du dich nicht auf etwas einlässt, was dir schaden könnte."

„Und du solltest aufpassen, dass du dir nicht meinen Kopf zerbrichst!" Andrews scharfer Tonfall schien die Luft zu zerschneiden. Er lehnte sich drohend auf Pascal zu. Dieser wich sogleich unterwürfig zurück. Keinesfalls wollte er es auf eine handfeste Auseinandersetzung mit Andrew ankommen lassen.

„Natürlich", presste er hervor. „Verzeih mir. Ich wollte nicht anmaßend sein."

„Natürlich nicht", knurrte Andrew. Er war längst nicht besänftigt. Die ganze Situation wuchs ihm über den Kopf. Warum fühlte er sich mit einem Mal so grausam verwirrt? Er kannte derlei Gefühle nicht. Er wusste nicht mit ihnen umzugehen. Bisher war er immer der starke und mächtige Anführer gewesen, der in absolut jeder Situation einen kühlen Kopf bewahrte. Jesse hatte neue, unbekannte Regungen in ihm ausgelöst.

Er fluchte leise, als er sich in seinen Stuhl zurücksinken ließ.

Das Mädchen im Spitzenhemd stellte sich erneut in aufreizender Pose vor ihm auf. Ihre tiefschwarzen Haare fielen lang und glänzend nach vorn über ihre Schultern. Sie legten sich in neckischen Kringeln um die kaum verhüllten Brüste.

Vincent hatte sich mittlerweile knapp hinter Andrew geschlichen. Er betrachtete die wohlgeformten Rundungen des Mädchens mit glänzenden Augen. Jeder im Raum konnte sein Verlangen regelrecht spüren.

Andrew hingegen blieb ungerührt. Er wollte das alles einfach nur schnell hinter sich bringen. Sophia – das Mädchen – hatte um eine Art Vorstellungsgespräch gebeten. Eine ihrer Freundinnen besuchte regelmäßig den „Club Noir“ und nannte mittlerweile einen der Vampire ihren festen Freund.

„Bemüh dich nicht länger um mich.“ Andrew schenkte Sophia einen teilnahmslosen Blick.

Sie erschrak. Augenblicklich fühlte sie sich entblößt und versuchte mit den Händen, ihren Körper so gut wie möglich zu bedecken. Die Worte des Vampirs vermittelten ihr den Eindruck, als würde er sie für den Club tatsächlich ablehnen. War sie etwa nicht hübsch genug? Nicht frivol genug?

„Soll das heißen …?“, stotterte sie.

„Andrew!“ Vincent krallte seine Finger auffordernd in die Stuhllehne. Die Gier sprühte förmlich aus ihm heraus.

„Ich bin nicht blind.“ Ganz langsam wandte sich Andrew ihm zu. „Sie kann gleich damit anfangen, in unserem Club aktiv zu werden. Ich kann mich wohl darauf verlassen, dass du ihr dabei behilflich sein wirst?“ Er erhob sich und rückte seinen Anzug zurecht.

Sophia glotzte ihn ungläubig an, während Vincent bereits nach ihrer Hand griff und sie ungestüm an sich riss.

„Komm mit mir, mein hübsches Kind“, säuselte er und kostete mit der Zunge den Geschmack ihrer Haut. „Ich zeige dir den Club … und noch viel mehr …“

Verlangen

Schnell hatte Andrew der Zusammenkunft der Vampire ein Ende bereitet. Nachdem Vincent sich dem neuen Mädchen des Clubs angenommen hatte, gab es keinerlei Redebedarf mehr. Pascal verkniff sich eine weitere Anspielung oder die Frage, wohin Andrew denn so dringlich wollte. Niemand stellte sich ihm in den Weg, als er mit eiligen Schritten den Club verließ. Lediglich ein wachsames Augenpaar blitzte oben durch eine der Fensterscheiben auf, als der nachtschwarze Porsche ansprang und vom Hof fuhr.

Andrew hatte nur ein einziges Ziel vor Augen. Jesse! Sie war alles, an was er denken konnte. Die ungewöhnliche Situation im Club musste sie völlig aus der Bahn geworfen haben. Er hoffte inständig, dass sie ihm seine kühle Abweisung verzeihen würde.

Er parkte den Wagen direkt vor dem Hoteleingang, sprang hinaus und gelangte mit einer Geschwindigkeit an die Pforte, die ein menschliches Auge kaum wahrzunehmen vermochte. So heftig keimte das Verlangen in ihm auf, dass er sich nicht um seine ungewöhnliche Wirkung auf die Sterblichen scherte. Als es ihm nun bewusst wurde, wandte er sich zurück und blickte die Straße hinab. Doch offensichtlich hatte es niemand bemerkt. Er musste vorsichtiger sein!

Es quälte ihn, seine Schritte zu verlangsamen. Der Moment, in dem er den Eingangsbereich des Hotels durchquerte, zog sich ewig dahin. Marvin stand allein an der Rezeption und warf ihm ein gewohnt freundliches Lächeln zu. Andrew nickte knapp, bevor er in dem Lift verschwand. Dieses verdammte Transportmittel benötigte viel zu lange, um die Türen zu schließen. Es bewegte sich kaum. Er musste viel Geduld aufbringen, bevor das erlösende Klingeln ertönte und er sich auf dem Flur in der zweiten Etage befand.

Er spürte Jesses Nähe bereits so deutlich, dass es ihn regelrecht elektrisierte. Eine ganz andere, nie gekannte Art von Hunger ergriff von ihm Besitz. Der Augenblick, in dem er die Tür, die er mit der ihm eigenen Leichtigkeit öffnete, drohte ihn zu überwältigen. Ihr süßer Geruch strömte ihm entgegen. Er hing unverkennbar in den Räumen.

Andrew zwang sich zur Ruhe, als er die Tür nun ganz sanft wieder hinter sich schloss und sich der Frau näherte, die er so sehr begehrte. Wie ein Häufchen Elend saß sie inmitten ihres hübschen Himmelbettes. Ein kostbarer Schatz. Wilde Sehnsucht kämpfte gegen seine Vernunft. Er wollte sie an sich reißen, sie spüren und berühren.

Er tauchte ganz plötzlich in der Tür auf. Wie ein Geist. Sie hatte weder ein Klopfen noch sein Eintreten gehört. Alle Farbe wich aus ihrem Gesicht. Einen unendlich langen Moment starrte sie ihn nur an, doch dann erwachten ihre Lebensgeister von neuem. All die Vorwürfe, die sie ihm entgegenschleudern wollte, traten zu Tage.

„Geh weg! Rühr mich ja nicht an!“ Sie schrie vor Zorn. Die aufkeimenden Tränen unterdrückend, wandte sie ihm den Rücken zu. Ihr ganzer Körper zeigte ein deutliches Signal von Abwehr.

„Was fällt dir ein, hierher zu kommen?“

„Jesse.“ Er streckte eine Hand nach ihr aus. Als er jedoch sah, wie sie allein durch die Vermutung, dass er sie berührte, zusammenzuckte, hielt er inne.

„Gib mir wenigstens die Chance, es dir zu erklären.“

„Was gibt es da zu erklären? Du hast mich benutzt. Und ich war auch noch so dumm, es nicht zu merken. Ich habe gedacht, da wäre mehr.“

„Das war es auch.“ Er ließ alle Vorsicht außer Acht und ergriff sie bei den Schultern. Ganz fest hielt er sie, so dass sie leise zu wimmern begann. „Wie könnte ich dir jemals so etwas antun? Dich benutzen?“ Sanft drehte er sie herum. Sie fühlte sich zu schwach, um Widerstand zu leisten.

Mit zärtlichen Küssen bedeckte er ihr Gesicht. „Niemals könnte ich das … hörst du?“ Seine Lippen und seine Zunge waren so vollkommen damit beschäftigt, jeden Zentimeter ihrer Haut zu erkunden, dass Jesse sich nur wenig wehren konnte.

„Du warst vorhin im Club so anders, so kalt“, wisperte sie unter seinen Berührungen. Seine Hände ruhten längst nicht mehr auf ihren Schultern, sondern glitten erkundungsfreudig über ihren Oberkörper.

„Und dieses Mädchen …“

„Sophia“, verriet Andrew ihr den Namen.

Nun ließ er wieder von ihr ab und Jesse bedauerte es beinahe, ihn auf das Mädchen angesprochen zu haben. Sie sehnte sich so sehr nach seiner Wärme und den Gefühlen, die er in ihr auslöste. Obwohl sie noch immer wütend auf ihn war, konnte sie ihr Verlangen nach ihm nicht unterdrücken.

Er fing ihren Blick auf, bevor er weitersprach.

„Sie ist eine Angestellte des Clubs.“

„Wie meinst du das? Eine Angestellte?“

„Eine Tänzerin. Eine Verführerin … nenn es, wie du willst. Dir wird sicherlich aufgefallen sein, dass der Club hauptsächlich von Männern besucht wird. Sie kommen wegen der Mädchen dorthin. Und mit Sophia musste ich ein Gespräch führen. Sie ist neu bei uns.“

„Aber sie hat …“, Jesse wusste nicht, wie sie es ausdrücken sollte. Es war ihr unangenehm, ihn darauf anzusprechen. Dennoch wollte sie wissen, was zwischen ihm und dieser Angestellten Sophia tatsächlich lief. „Ihr Fuß … ich meine, sie wollte ganz sicher etwas von dir.“

Jetzt fasste er sie mit einer Hand am Kinn und brachte ihr Gesicht ganz nahe an das seine.

„Was immer sie auch von mir wollte, der Punkt ist doch, dass ich es ihr nicht gegeben habe.“

Jesse wurde von einer unbändigen Hitze erfasst. Ihr Puls raste und wohlige Schauer rannen ihren Rücken hinunter. Sie spürte, wie Andrews Finger sacht und doch fordernd unter ihren Pullover glitten.

Obwohl sie sich gegen seine Berührungen wehrte, spürte sie ein schmerzliches Verlangen in sich aufsteigen. Ihr Begehren war ebenso groß wie seines. Sie wand sich. Sollte sie es ihm wirklich so leicht machen?

„Sie hat dich mit ihrem Fuß berührt … dort …“ Ihr versagte der Atem. Andrew wirkte so überaus männlich. Durch das weiße Hemd zeichnete sich sein athletischer Oberkörper verführerisch ab. Zudem brachte sein betörender Duft sie beinahe um den Verstand.

„Wo berührt, Jesse?“ Er hauchte seine Worte an ihre Wange. Sie erschauderte voller Begierde.

„Zeig es mir“, forderte er sie auf und presste ihre Handflächen gegen seine Brust. Ganz langsam schob er sie hinab, bis Jesse den Weg alleine fand.

Ihre Fingerspitzen stießen gegen den sanften Flaum, der sich unter dem Stoff seiner Hose verbarg. Der Verschluss gab nach und sie konnte tiefer hinein. Zunächst vorsichtig, doch dann immer drängender massierte sie sein erigiertes Glied. Sie war überrascht, welche Zügellosigkeit plötzlich von ihr Besitz ergriffen hatte.

Mit einem leisen Stöhnen legte Andrew seinen Kopf in den Nacken. Obwohl ihre Berührungen zögerlich waren, genoss er sie. Er spürte die Unerfahrenheit und die Scheu, die allmählich von ihr abfielen.

Das Verlangen brannte in ihm. Gierige kleine Flammen züngelten auf und verschlangen seinen Verstand. Er konnte keinen klaren Gedanken mehr fassen. Er wollte es auch gar nicht! Einzig die Hitze, die von ihm Besitz ergriffen hatte, wollte er auskosten. Die Frau in seinen Armen sollte in glühenden Wellen der Leidenschaft versinken. Sich ihm vollkommen hingeben. Ihm gehören. Für den Augenblick mit ihm gemeinsam verbrennen. Er fasste sie um die Taille, hob ihren Körper sanft an, um ihren Pullover und ihre Hose abzustreifen. Sie trug darunter lediglich einen Hauch von einem Slip. Andrew musste bei der Feststellung grinsen. Neckend spielte seine Zunge mit ihren Brustwarzen.

Doch auch Jesse erkundete seinen Körper weiter. Viel zu hektisch bemühte sie sich, ihn von der Kleidung zu befreien. Es war nicht leicht für sie, denn er hatte sie so sehr in Besitz genommen, dass er ihr kaum Bewegungsspielraum schenkte. Ihre Finger zitterten ein wenig, als sie endlich den letzten Knopf seines Hemdes geöffnet hatte. Atemlos betrachtete sie die muskulös ausgeprägte Form seines

Körpers. Sie schob sich unter ihm hinweg, wollte ihn mit sanfter Gewalt zur Seite drängen, um seine Brust mit ihren Lippen zu berühren. Doch er lachte leise auf und brachte sie mit einer geschickten Drehung in die Bauchlage. Hilflos lag sie unter ihm und spürte, wie der dünne Stoff des Slips langsam ihren Schoß verließ.

Andrew küsste sie auf ihren verführerisch runden Po, bevor er sich wieder über sie streckte und mit den Händen ihren Rücken entlangfuhr. Er zeichnete jede einzelne Kontur ausführlich nach.

Jesses Herz klopfte zum Zerspringen. Er hielt sie hin, kostete jede Sekunde ihres Begehrens genüsslich aus.

Sanft massierten seine Finger ihre Schulterpartie, ihren Nacken und schoben schließlich ihr dichtes langes Haar zur Seite. Sein Mund legte sich auf ihren Hals, während sie spürte, wie sein hartes Glied ganz leicht gegen ihr Gesäß stieß. Hitze breitete sich in ihrem Unterleib aus. Zudem fühlte sie eine schwache Feuchte zwischen ihren Schenkel, die sie noch gegeneinander gepresst hielt. Doch jetzt konnte sie es nicht mehr länger aushalten. Sie stützte sich auf ihren Unterarmen ab, hob die Brust an und bog ihre Beine ein Stück auseinander. Andrew reagierte sofort darauf und rutschte etwas hinab. Eine seiner Hände glitt über ihre Schulter, streifte ihren Arm und schloss sich schließlich Besitz ergreifend um ihre Brust.

Jesse wollte sich wieder umdrehen, aber Andrew drängte sie dazu, genau in dieser Position zu verharren. Plötzlich glitt auch seine andere Hand unter ihren Oberkörper. Er fuhr an ihr hinauf und brachte sie auf die Knie. Seine Beine drückten ihre noch mehr auseinander, bis sich ihm ihr Schoß offen darbot.

„Was tust du?“ Jesse fühlte sich unsicher und in der Falle. Er hatte die Kontrolle übernommen, brachte sie in erotische Stellungen, die ihr die Glut in die Wangen trieben. Sie konnte sich kaum bewegen, sondern war vollkommen seinen Verführungskünsten ausgesetzt. Es brachte sie um den Verstand. Eine ungeahnt heftige Lust stieg in ihr auf, als sie nun wieder sein Glied spürte, dass sich über ihren Po schob und an ihren feuchten Schamlippen entlangfuhr.

„Vertrau mir, es wird dir gefallen, mein Engel“, hauchte er.

Seine Zunge streichelte ihre Wange. Er liebkoste sie bemüht vorsichtig, während die Gier und das Verlangen allmählich so stark in ihm wurden, dass er kaum noch klar denken konnte. Die animalischen Instinkte in ihm drängten sich mit aller Gewalt an die Oberfläche, doch er gebot ihnen Einhalt. Langsam schob er sich vor und tauchte in Jesse ein.

Ihr Körper erschauerte heftig. Verzückt stöhnte sie auf, als er immer tiefer in sie eindrang. Er verharrte kurz, schlang dann die Arme fest um sie, hielt sie, während er begann, sich auf und ab zu bewegen. Jesse verschmolz in seinem Rhythmus. Sie spürte ein Pochen in sich, gepaart mit heißer Lust. Auffordernd stieß sie mit ihren Backen gegen seinen Unterleib, um ihn anzuspornen. Doch er bewegte sich nur ein ganz klein wenig schneller, denn er spürte schon ihren nahenden Höhepunkt. Er kam wie eine riesige Welle über Jesse, die alles unter sich begrub. Zuckend und lustvoll stöhnend ruhte sie fest in Andrews starken Armen. Er hielt inne, küsste stürmisch ihren Nacken und knetete ihre Brüste. Seine Fingerspitzen spielten mit ihren harten Knospen, während sie allmählich wieder ruhiger zurücksank.

„Andrew …“, wimmerte sie sehnsuchtsvoll. Sie konnte kaum glauben, in welche Ekstase er sie zu versetzen vermochte.

Er antwortete ihr mit erneut einsetzenden Bewegungen. Sanft und kreisend löste er noch stärkere Wellen der Lust in ihr aus. Erneut glaubte Jesse, in seinen Armen vergehen zu müssen, während er sein Tempo beinahe unmerklich steigerte. Seine Stöße wurden drängender, fordernder. Ein Sturm der Lust braute sich in ihm zusammen und kämpfte um seine Erlösung. Und während sie zum zweiten Mal ihren Höhepunkt erlebte, ergab sich auch Andrew der leidenschaftlichen Strömung. Jesse hörte ihn an ihrem Ohr leise stöhnen, als die Anspannung von ihren Körpern allmählich abfiel und sie beide sich wieder senkten, bis sie sich in die kühlende Bettwäsche legten.

Mondlicht fiel durch das Fenster auf das Bett. Es hüllte Jesse sanft schimmernd ein. Andrew konnte nicht widerstehen. Er zog die Decke von ihr und betrachtete ihre helle nackte Haut. Grummelnd wollte sie nach dem wärmenden Stoff greifen, stieß jedoch gegen Andrews Hände. Er hob ihre Finger an seine Lippen. Ausgiebig küsste er jeden einzelnen. Dann fuhr er ihren Arm hinauf, bis er an ihrer Schulter anlangte. Seine Zunge hinterließ eine feuchte Spur an ihrem Hals. Neckisch knabberte er an ihrem Ohrläppchen.

Die Hitze kehrte mit schier unerträglicher Gewalt zurück. Er fuhr zusammen. Den quälenden Hunger hatte er an diesem Abend gut verdrängen können. Bisher! Nun bemerkte er jedoch, wie sich seine Eckzähne gierig hervorschoben. Jesses Blut rauschte in seinen Ohren. Er musste sich nähren, bevor die Nacht zur Neige ging!

Jesse war so schön und ihr Geruch betörte ihn auf ganz erstaunliche Weise. Und als sie nun die Augen aufschlug, ihn zärtlich ansah, brachte es ihn beinahe um den Verstand. Nie zuvor hatte er die Erregung so deutlich in sich gespürt. Aber er durfte sich nicht an ihrem Blut vergreifen! Er wollte sie nicht erschrecken oder sie im schlimmsten Falle verlieren.

„Was machst du nur mit mir?“

Er wusste, dass er sich nicht mehr lange zusammenreißen konnte. Wenn er bei Jesse blieb und sich von ihr verführen ließ, würde er hemmungslos über sie herfallen. Denn da gab es nicht nur den zärtlichen Liebhaber in ihm, sondern auch die animalische Seite und den Durst nach Blut. Er spürte es so deutlich, dass er eine Hand unter das Kopfkissen schob und sie krampfhaft zur Faust ballte.

„Stimmt etwas nicht?“ Natürlich entging Jesse seine Anspannung nicht. Sie richtete ihren Oberkörper auf, bot ihm die Brüste verführerisch dar. Eine Hand streckte sie vorsichtig aus und fuhr ihm durch das dichte dunkle Haar.

Sie wirkte so zaghaft und unschuldig. Andrew rang mit sich selbst.

„Mein Engel.“ Er nahm erneut ihre Hand und küsste sie. „Ich muss leider gehen.“

„Jetzt gleich?“ Die Enttäuschung legte sich wie ein finsterer Schatten über ihr Gesicht.

„Es tut mir Leid." Noch einmal beugte er sich vor. Unter enormer Selbstbeherrschung vermied er es, sich ihrem Hals oder ihrer Brust zu nähern. Er reckte das Kinn, seine Lippen berührten ihre Stirn und die Wangen, bevor er ihren Mund mit einem leidenschaftlichen Kuss verschloss.

Jesse wurde von seinem Verlangen überwältigt. Er presste sie unnachgiebig in die Kissen und raubte ihr die Luft zum Atmen. Sein Drängen erschreckte sie ein wenig, dennoch genoss sie es unheimlich. Unterwürfig ließ sie ihn gewähren.

Sie wäre ein leichtes Opfer für ihn gewesen. Letztendlich siegte aber Andrews Vernunft. Er zog sich zurück. Den Oberkörper mit den Händen abgestützt betrachtete er sie ausgiebig. Ganz ruhig lag sie da – und erwartungsfroh. Ihre Beine regten sich. Sie fuhr mit den Füßen hinauf über seinen Po. Ihr Unterleib bäumte sich ihm entgegen. Ein Flehen lag in ihren Augen.

„Ich wünschte, ich könnte bleiben." Seufzend setzte er sich auf. Seine Gier drohte die Oberhand zu gewinnen. Je aufreizender Jesse sich bewegte, umso schwerer machte sie es ihm.

„Verzeih mir. Es geht nicht anders." Er konnte sie nicht einmal mehr ansehen. Zu schmerzlich wäre es gewesen.

„Warum bleibst du nicht?" Mit enttäuschtem Blick beobachtete Jesse, wie Andrew sich ankleidete. Jede noch so kleine Bewegung seines Körpers schien vollendet. Seine kräftigen Arme griffen nach seinem Hemd. Wie ein fließender Strom hüllte es ihn ein und verbarg seine breiten Schultern.

Jesse litt unter seiner plötzlichen Kühle.

„Bleib bei mir", flehte sie. „Es ist hier so einsam ohne dich."

Andrew musste grinsen. Sie verzehrte sich nach ihm. Er mochte dieses Gefühl. Obwohl er sich am liebsten von ihr hätte umstimmen lassen, blieb er entschlossen. Er musste ganz einfach gehen, bevor er sich selbst vergaß.

„Nein, mein Engel, es geht wirklich nicht."

Ein letztes Mal für diesen Abend lehnte er sich zu ihr vor. Es kostete ihn unglaubliche Kraft. „Du verführst mich dazu, meine

Geschäfte zu vernachlässigen. Ich habe wirklich noch viel zu tun. Dabei ist die Nacht bald vorbei."

„Gibt es denn niemanden sonst, der diese Dinge für dich erledigen kann?" Nun bettelte sie. Sie hasste sich selbst dafür, dennoch tat sie es, um Andrew die Flucht zu erschweren. Ruckartig setzte sie sich auf und schlang die Arme um seinen Hals.

Wenn sie wüsste! Was würde sie wohl sagen, wenn sie erfuhr, dass Andrew sich nicht um seine Geschäfte kümmerte, sondern für seine Nahrung sorgen musste? Er biss die Zähne zusammen und befreite sich geschickt und ganz sanft aus ihrer Umklammerung.

„Quäl mich nicht", hauchte er an ihrem Ohr.

Ein Schatten legte sich über sein Gesicht. Mit einem Mal wirkte er auf merkwürdige Weise verändert. Jesse war versucht, ihn am Kragen festzuhalten. Ihm in die dunklen unergründlichen Augen zu sehen. Aber er wandte sich viel zu schnell ab. In ihr wuchs der Verdacht, er hätte etwas zu verbergen. Sie konnte sich nur nicht erklären, was es war.

Für diese Nacht musste sie einsehen, dass sie ihn nicht halten konnte. Resignierend sank sie zurück.

„Wann sehe ich dich wieder?", fragte sie.

„Komm heute zu mir nach Feierabend in den Club."

Der Gedanke ängstigte Jesse. Trotzdem nickte sie zustimmend. Enttäuscht nahm sie wahr, dass Andrew bereits im nächsten Moment verschwunden war.

Drohendes Unheil

Ein drängendes Pochen hatte von Andrew Besitz ergriffen. Der Hunger! Er raubte ihm jeglichen vernünftigen Gedanken. Blindlings streifte der Vampir durch die Nacht. Sein Weg führte ihn in ruhige schmale Gassen. Schließlich bog er in eine Straße ein, die von den schummrigen Lichtern einer Kneipe schwach beleuchtet wurde.

Das wilde Tier in Andrew kämpfte bereits um seine Vorherrschaft. Es bahnte sich durch seine Magengegend bis zu seinem Kopf hinauf und ließ seine scharfen Zähne gefährlich aufblitzen. Knurrend blieb Andrew stehen. Er hatte eine Fährte aufgenommen. Eine verlockende, menschliche Spur, die frisches Blut versprach.

Seine vor Gier glühenden Augen spähten voraus und hefteten sich schließlich auf eine Gestalt, die auf dem Bürgersteig am Außengemäuer einer Kneipe lehnte. Ein Mann in den besten Jahren von einigermaßen kräftiger Gestalt. Er roch nach Alkohol und Schweiß. Seine ungewaschenen Haare hingen ihm strähnig in das aufgedunsene Gesicht. Er war weder tot, noch schlief er. Stattdessen befand er sich im Delirium, verursacht durch zu viel Bier, Whisky und Drogen. Mehrmals versuchte er sich wieder aufzurichten. Doch in seinen Beinen steckte keine Kraft. Schlaff sackte er an der Wand zusammen.

Andrew erkannte die Gelegenheit. Der Mann war vollkommen weggetreten. Er würde nicht einmal etwas von der Anwesenheit des Vampirs bemerken. Schnell machte er einen Satz auf sein ahnungsloses Opfer zu.

Der Hunger zerriss Andrew innerlich. Viel länger hätte er sich der Qual nicht beugen können. Er erinnerte sich nicht daran, wann er das letzte Mal so dämonisch über einen Menschen hergefallen war. Das Blut strömte ihm in einem warmen, belebenden Schwall entgegen. Er lechzte danach, schluckte viel zu heftig. Der Mann unter ihm stöhnte leise auf. Sein ohnehin schwacher Körper schien noch weiter in sich einzufallen. Die schlaffe Haut nahm einen gräulichen Schimmer an und seine Augen waren nun weit geöffnet und traten hervor. Es machte ganz den Eindruck, als würde sein Herz im nächsten Augenblick aufhören zu schlagen.

Andrew stoppte abrupt. Er hatte genug getrunken. Seine Kraft kehrte zurück und seine Gedanken klärten sich allmählich. Erschrocken ließ er den Mann los. Fest hatten sich seine Finger in die Oberarme seines Opfers verkrallt. Beinahe hätte er ihm den letzten Lebensfunken geraubt. Sein Verhalten entsetzte ihn selbst. Ohne weiter über das Schicksal des Mannes nachzudenken, erhob sich Andrew und trat zurück. Er starrte den flach atmenden Menschen sekundenlang an. Dann drehte er sich um und suchte die

Gegend nach möglichen Zeugen ab. Wie hatte er nur so die Kontrolle verlieren können? Sein Innerstes wurde von einer Frau beherrscht. Einer menschlichen Frau! Sie beherrschte seine Gedanken und Gefühle, so dass er alles andere vergaß. Ein finsteres Knurren entrang sich ihm. Selbst in diesem Moment, so kurz nach ihrem leidenschaftlichen Zusammentreffen, hätte er sie am liebsten sofort wieder in die Arme geschlossen. Seine Hände wollten ihre samtige Haut streicheln und seine Lippen sehnten sich nach ihrem Geschmack.

Gewaltsam riss er sich von seinem Gefühlstaumel los. Sein Auto stand noch immer vor Jesses Hotel. Es zehrte an ihm zurückzukehren – und dabei ihre Gegenwart zu meiden.

Andrew hatte die Anwesenheit der anderen Gestalt nicht gleich wahrgenommen. In einen langen schwarzen Mantel gehüllt verschmolz sie perfekt mit der Dunkelheit. Doch nun schälte sie sich allmählich in die Sichtbarkeit hervor. Rotes Haar glänzte in der fahlen Straßenbeleuchtung auf.

Michelle lehnte sich in aufreizender Pose gegen seinen Wagen. Nun, da er sich beständig näherte, schob sie wie zufällig ein Bein unter dem Stoff hervor. Mit ihrer Fußspitze zog sie einen Halbkreis über den Boden. Sie stellte ihre nackte Haut verführerisch zur Schau.

Andrew missfiel es, dass Michelle ihm gefolgt war und den Porsche vor Jesses Hotel entdeckt hatte. Seine Miene zeigte sich versteinert, als er nun auf sie zutrat. Er bemühte sich nicht einmal, ihr freundlich zu begegnen.

„Andrew“, säuselte sie, „was treibt dich nur in diese Gegend?“

„Merkwürdig“, er musterte sie scharf, „die gleiche Frage wollte ich dir auch gerade stellen.“

Michelle ließ sich davon nicht beeindrucken. Obwohl Louis sie auf Andrews Spur geschickt hatte, gab es in ihr ein eigenes selbstsüchtiges Interesse an seinem Aufenthaltsort. Nach wie vor existierten diese starken verlangenden Gefühle in ihr. Sie sehnte sich nach Andrews Berührungen. Sie liebte ihn. Auch wenn es zur Zeit Louis war, der ihre körperliche Gier stillte, so konnte er die Gefühle für diesen Vampir doch nicht vertreiben.

„Kannst du dir nicht denken, warum ich hier bin?" Ihre Augen leuchteten den seinen auffordernd entgegen. Doch sie erntete nur Kälte.

„Du bist mir gefolgt." Ruhig betrachtete er sie. Er konnte ihr keine Wärme entgegen bringen. Alles, was er spürte, war Missachtung. Wann hatte sie die Spur zu ihm aufgenommen? Wusste sie von ihm und Jesse?

Traurig erkannte Michelle, dass er sich nicht auf sie einlassen wollte. Zumindest nicht in diesem Augenblick. Es würde sie wesentlich mehr Geschick kosten, ihn um den kleinen Finger zu wickeln. Sie beugte sich vor und legte die Handflächen auf seinen starken Oberkörper. Er fühlte sich so verdammt gut an! Dann hob sie den Kopf, reckte ihr Kinn noch höher, so dass ihre Lippen ganz nah an seine herankamen. Ein winziger Tropfen Blut glitzerte in seinem Mundwinkel.

Michelle erschrak.

„Du hast gerade …"

Andrew fuhr sich mit der Zungenspitze genüsslich über die Lippen. Er nahm den letzten Tropfen genießerisch langsam in sich auf.

„Du weißt um meine dunkle Seite", gab er ungerührt zur Antwort. Er wollte sich von ihr abwenden. Als er jedoch von ihr ließ, bemerkte er, wie kraftlos sie war.

Michelle selbst wurde von ihrem plötzlichen Schwächeanfall überrascht. Die Welt drehte sich in ihrem Kopf und ihre Knie begannen unmerklich zu zittern. Louis hatte viel Blut von ihr genommen. Sie spürte sein drängendes Saugen wie eine böse Erinnerung. Zwar hatte sie nach ihrem Liebesakt eine Weile geruht, aber offensichtlich nicht lange genug. Sie konnte kaum mehr ihr eigenes Gewicht halten.

Andrew fing sie auf. Seine Hände schlossen sich um ihre Taille. Er zog sie an sich, legte ihren Arm behutsam um seine Schultern und schaffte sie auf den Beifahrersitz seines Autos. Glückselig lächelte sie ihn an.

„Hast du Blut gegeben?"

Michelle grinste unverfänglich. Sie nahm den besorgten Unterton in seiner Stimme nicht wahr.

„Du musst es mir sagen", drängte er.

„Ja", hauchte sie leise. Dann schloss sie die Augen und kuschelte sich seufzend in den Sitz hinein.

„Du warst leichtsinnig. Ich werde dich jetzt nach Hause bringen. Dort wirst du zu allererst etwas essen und dich anschließend ausruhen."

Sie sagte nichts, sondern drehte ihm lediglich ihr friedlich wirkendes Gesicht zu.

Fluchend fuhr er los. Die Zeit lief ihm davon. Zwar hatte er sich glücklicherweise schon genährt, doch musste er sich jetzt noch um das Wohlergehen von Michelle kümmern und konnte erst anschließend zurück in den Club fahren. Er wollte zornig auf sie sein, dass sie ihn so sehr aufhielt. Als er aber ihre hübsche Gestalt betrachtete, die an diesem Abend ausgemergelter denn je wirkte, tat sie ihm leid. Offensichtlich hatte sie sich mit dem falschen Vampir eingelassen.

Andrew seufzte schwer, als er endlich wieder auf den Hof des „Club Noir" fuhr und den Motor seines Porsches abschaltete. Nachdenklich ging sein Blick für einen Moment zum Beifahrersitz, bevor er aus dem Wagen stieg. Michelle hatte ihn viel Zeit gekostet. Sie befand sich in grauenhafter Verfassung. Ihr Körper war kaum mehr als eine hübsche, kraftlose Hülle. Er konnte nur hoffen, dass sie sich ausgiebig erholen würde, ehe sie den Club das nächste Mal aufsuchte.

Sobald Andrew die Türen mit Hilfe der Funkfernbedienung verriegelt hatte und sich dem Hintereingang des Clubs näherte, befielen ihn jedoch ganz andere Sorgen. Nur allzu deutlich spürte er, dass er unter Beobachtung stand. Aufmerksame Blicke verfolgten seinen Gang. Jemand musste sehr interessiert daran sein, was er außerhalb des Clubs trieb. Ihm kam der Gedanke, dass Michelles Auftauchen vor dem Hotel kein Zufall sein konnte. Schon einen Moment später stieß er auch schon auf den Kern seiner Befürchtungen.

Louis baute sich in der Tür des Hintereingangs auf. Breitbeinig und mit verschränkten Armen stellte er sich Andrew entgegen. Die harten Züge in seinem Gesicht sprachen von Abscheu und Kampfbereitschaft. Er machte kein Geheimnis daraus, wie sehr er den anderen Vampir verachtete.

„Wo ist Jacques?“ Andrews Miene verriet nichts von seinem aufkeimenden Zorn. Er wirkte so ruhig, dass es Louis nur noch mehr in Rage versetzte.

„Krank.“ In den Augen von Louis blitzte es gefährlich auf.

„Und da hast du beschlossen, seinen Posten zu übernehmen?“ Der Spott in Andrews Stimme war nicht zu überhören. Er reizte seinen Kontrahenten. Forderte ihn geradezu heraus.

Louis atmete scharf ein und aus. „Irgendjemand musste es ja tun.“ Seine Mundwinkel zuckten und seine Zähne traten ein winziges Stück hervor. Am liebsten hätte er einen Satz nach vorne gemacht und Andrew an der Kehle gepackt. Aber der Zeitpunkt für eine Auseinandersetzung war noch nicht gekommen. Ein einfacher Kampf hätte die Rachegelüste von Louis nicht befriedigt. Er wollte dem verhassten Gegner eine viel größere Wunde zufügen. Dafür musste er sich allerdings in Geduld üben, was ihm unsagbar schwer fiel.

Andrew fixierte ihn mit den Augen. Er prüfte genau, was Louis vorhatte, bevor er sprach: „Dann bin ich ja froh, dass du diese Aufgabe übernommen hast!“

Die Anspannung löste sich auf einmal und Louis trat zur Seite. Er gab den Weg in den Club ohne Umschweife frei.

Mit einem gleichgültigen Ausdruck schritt Andrew an Louis vorbei. Ohne es offen zu zeigen, blieb Andrew jedoch wachsam. Er traute dem Vampir nicht. Der Groll stand ihm viel zu offensichtlich ins Gesicht geschrieben.

Noch eine ganze Weile verharrte Louis an den Türrahmen gelehnt. Er starrte hinauf zum Himmel. Die Dunkelheit wurde allmählich durchbrochen. Die Sonne war kurz davor, ihre hellen Strahlen über die Häuserdächer zu schicken.

Ein ungewöhnlicher Morgen. Trotz der frühen Stunde fühlte Louis sich nur wenig geschwächt. Stattdessen kam er sich mächtig vor und über alles erhaben. In kaum einer anderen Nacht hatte er sich von so viel Blut genährt wie in dieser. Michelle war nicht sein einziges Opfer geblieben. Es stärkte ihn, ließ seine Muskeln regelrecht anschwellen. Stolz und von sich selbst eingenommen warf er einen Blick in die Ecke, in die er den bewusstlosen Körper von Jacques abgelegt hatte. Eine raue und dreckige Lache entrang sich seiner Kehle.

Schließlich schloss Louis die Tür. Er marschierte durch den Flur zurück in seine Räume. Bei Anbruch der neuen Nacht würde er kräftiger denn je erwachen.

An diesem Tag schritt Jesse sehr nachdenklich durch die Räume der Galerie. Unbändige Hitze glomm in ihr auf, dachte sie auch nur für Sekunden an die vergangenen erotischen Erlebnisse. Die Bilder wollten einfach nicht von ihr ablassen. Immer wieder tauchte Andrews zärtlich lächelndes Gesicht vor ihrem inneren Auge auf. Sie glaubte, vor Schamesröte regelrecht zu glühen, sobald sie von irgendjemand auf ihr gedankenverlorenes Verhalten angesprochen wurde.

Madame Demier gelangte im Laufe des Tages sogar zu der festen Überzeugung, dass Jesse von heftigem Heimweh oder gar von einer ernsthaften Krankheit geplagt wurde. Sie ahnte ja nicht, welche Dinge ihre junge Kollegin tatsächlich beschäftigten!

Trotz allem Gefühlstaumel und den ständigen Ermahnungen durch Madame Demier bemühte sich Jesse, ihre Aufgaben folgsam und so gut wie möglich zu erledigen. Sie konnte es jedoch nicht vermeiden, dass ihr die Gedanken immer wieder entglitten. Schmerzlich pochte die Sehnsucht in ihr. Etwas Ähnliches hatte sie nie zuvor empfunden. Andrew versetzte sie in einen quälend ekstatischen Zustand. Ihr Körper schrie kläglich nach seinen Berührungen. Mit jeder Faser ihres Selbst verzehrte sie sich nach ihm. Nur eines trübte ihre Stimmung. Der unerklärliche Schatten, den sie über ihm wahrgenommen hatte.

Was verbarg er vor ihr? Und woher rührte die Kälte, die stets so plötzlich von ihm ausging? Sie war sich so sicher, dass er etwas vor ihr verheimlichte. Es machte sie rasend. Alles in ihr – sämtliche Empfindungen – waren hin und her gerissen. Das Misstrauen und die Ungewissheit. Die Sehnsucht und das Verlangen. Sie wollte zu ihm. Auf der Stelle!

„Mademoiselle Brown“, wurde sie von der freundlichen Stimme Madame Demiers abgelenkt, „hier – ich habe Ihnen einen Tee gekocht. Sie sehen so blass aus. Ich denke ja noch immer, dass Sie ins Bett gehören.“

„Danke.“ Krampfhaft lächelnd nahm sie die angebotene Tasse entgegen. „Das ist wirklich sehr nett. Der Tee wird helfen. Ganz bestimmt. Aber eigentlich geht es mir gar nicht schlecht. Ich bin nur etwas müde.“

„Das sind nur die ersten Anzeichen einer Krankheit.“ Ermahnend hob die Dame den Zeigefinger. „Glauben Sie mir, Sie sollten sich besser ausruhen.“

Jesse trank schweigend von der warmen Flüssigkeit. Sie wusste, dass es keinen Sinn hatte, Madame Demier zu widersprechen. Allerdings würde sie auf keinen Fall ins Hotel gehen. Alleine dort zu sitzen und auf den Abend zu warten, erschien ihr noch weitaus qualvoller.

Erst als sich der Arbeitstag dem Ende neigte, wurde Jesse ruhiger. Sie hatte sich in ihr kleines Büro zurückgezogen. Durch das Fenster beobachtete sie, wie sich die dunklen Wolken über den Horizont schoben. Der Abend hielt Einzug und somit würden sich auch die Pforten des „Club Noir“ wieder öffnen.

Mit wildem Herzklopfen beendete Jesse ihren Dienst, verabschiedete sich von Madame Demier und trat hinaus auf die Straße. Ganz wohl war ihr nicht bei dem Gedanken, den merkwürdig düsteren Club aufzusuchen. Sie fragte sich zum wiederholten Male, wie Andrew nur so eng damit verbunden sein konnte. Tief in ihrem Inneren spürte sie, wie sehr sie diese Tatsache störte. Doch es änderte nichts an ihren verlangenden Gefühlen für ihn. Sie musste wieder in seiner Nähe sein, koste es, was es wolle!

Ihre Schritte wurden schneller und hastiger, je näher sie ihrem Ziel kam. Sie konnte es nicht mehr erwarten, wäre am liebsten gelaufen. Erbarmungslos schlug ihr der Puls bis zum Hals. Er drohte ihr die Luft abzuschnüren. Schließlich bog sie in die Straße, die sie direkt zum „Club Noir" führte. Halb wahnsinnig durch das Chaos ihrer Empfindungen trat sie ein.

Leise, sanfte Musik strömte ihr in beruhigenden Wellen entgegen. Sogleich wurde sie deutlich ruhiger. Das Pochen in ihrem Kopf verschwand und machte freudiger Erwartung Platz.

Der Abend war noch jung. Dementsprechend hielten sich bislang wenige Gäste in dem Innenraum auf. Suchend sah sich Jesse um. Ihr wurde plötzlich bewusst, dass sie keine Ahnung hatte, wo sie nach Andrew suchen sollte. Bevor sie jedoch weiter über den Aufenthaltsort von Andrew grübeln konnte, schob sich ein bekanntes Gesicht vor ihre Nase. Die schlanke Frau bestach durch ihre sinnlichen Bewegungen und durch ihr auffälliges rot schimmerndes Haar. An diesem Abend wirkte sie jedoch ungewöhnlich blass. Ihre Wangen schienen ein wenig eingefallen und die Augen lagen tief und müde in den Höhlen. Trotzdem grinste sie Jesse auffordernd an.

„Schon wieder hier? Sie wollen wohl Stammgast werden?"

„Genau wie Sie." Jesse ließ sich von den Blicken der Frau nicht einschüchtern. Zudem hatte sie kein Verlangen nach einem Gespräch. Die Rothaarige strahlte etwas Unsympathisches aus. Jesse wollte an ihr vorbei. Doch die langen Fingernägel der Frau bohrten sich schmerzhaft in ihre Schulter und hielten sie auf diese Weise zurück.

„Au!“, fauchte Jesse, „sind Sie verrückt geworden?“

„Nein.“ Das Gesicht der Rothaarigen verzog sich zu einer fürchterlichen Grimasse. Sie sah aus wie ein Geist und der sanfte Rauch, der durch die Räume strich, verstärkte diesen Eindruck noch.

„Aber vielleicht werden Sie ja verrückt.“

Grob befreite sich Jesse von der Hand auf ihrer Schulter. Die Frau jagte ihr Angst ein.

„Lassen Sie mich in Ruhe!“

Ein schallendes Lachen durchfuhr die Rothaarige und schüttelte ihren zerbrechlich wirkenden Körper. Sie fasste sich an die Kehle. Für einen Moment glaubte Jesse, die Frau würde an ihren eigenen Lauten ersticken. Dann kam sie jedoch wieder zur Ruhe. Sie gurrte wie ein Täubchen. Sie beugte sich leicht vor, als wollte sie Jesse ein Geheimnis ins Ohr flüstern.

„Hast du dich denn noch gar nicht gefragt, warum dir dein geliebter Andrew nie bei Tageslicht begegnet?“

Jesse schüttelte die aufkeimenden Bedenken ab. Sie wollte ganz einfach nicht daran glauben, dass mit Andrew irgendetwas nicht stimmte. Und am allerwenigsten würde sie es vor dieser Person zugeben. „Er leitet einen Nachtclub und braucht tagsüber seinen Schlaf – das ist alles“, wiegelte sie ab.

Die Rothaarige lachte höhnisch.

„Du machst es dir wirklich leicht. Aber warte nur ab! Und sag hinterher nicht, ich hätte dich nicht gewarnt!“

„Wovor gewarnt?“

„Das wirst du schon noch früh genug erfahren.“ Neckisch spielte sie mit einer Strähne ihres roten Haares.

Eine Hand legte sich plötzlich fordernd um Jesses Taille. Sie nahm den vertrauten Geruch wahr, sog ihn tief ein. Glücklich lehnte sie sich gegen die starke Brust zurück. Lächelnd beugte Andrew den Kopf und küsste sanft ihre Halsbeuge. Michelle schickte er damit ein deutliches Signal. Diese Frau war sein – und nur sie allein.

Mit einem gefährlichen Blitzen in den Augen wandte Michelle sich ab. Sie taumelte ein wenig und musste sich an der nächsten Wand Halt suchend abstützen. Andrew spürte ihre Schwäche. Er bedauerte sie. Dennoch würde er es nicht zulassen, dass sie seine Beziehung zu Jesse gefährdete.

„Andrew“, hörte er seine Geliebte flüstern.

„Ich konnte es gar nicht erwarten, dich wieder in meinen Armen zu halten.“ Er strich ihr spielerisch über das Haar. Sein Atem fühlte sich auf ihrer Haut warm an. Ein vertrautes Kribbeln erfüllte sie.

„Komm mit mir.“

Es erschien ihr grausam, als er seine Umarmung löste. Er fasste sie bei der Hand und zog sie mit sich. Nichts, was um sie herum geschah, registrierte sie tatsächlich. Ihr Blick ruhte auf Andrew, der sich geschmeidig wie eine Raubkatze durch die Flure des Clubs bewegte. Das Verlangen flammte erneut mit unbändiger Wucht in ihr auf.

Schatten der Wahrheit

Andrew führte Jesse in seine privaten Räume, abgeschottet von dem exzessiven Trubel des Club-Bereiches. Hier hatten sie ihre Ruhe. Niemand würde sie stören. Und sobald die Tür hinter ihm ins Schloss fiel, hielt Andrew sich auch nicht länger zurück. Seine Hände glitten Besitz ergreifend über Jesses schlanken Körper. Er zerrte an ihrer Kleidung, wollte sie augenblicklich davon befreien und ihre nackte Haut spüren. Seine Hüfte presste sich an ihre. Jesse wurde seines harten Gliedes gewahr. Es drängte sich durch den Stoff auf ihren Schoß zu. Hitze strömte durch sie hindurch. Sie hätte vor Begierde lichterloh brennen können, doch da gab es einen winzigen Zweifel in ihr, der sie zurückhielt.

„Andrew.“ Ganz leicht entzog sie sich der wohligen Umarmung. Sie hatte alle Mühe, die Ernsthaftigkeit in ihrer Stimme nicht zu verlieren. Sie wählte einen denkbar unpassenden Moment, um ihren Geliebten mit einem Gespräch zu bedrängen. Aber die Worte der Rothaarigen gingen ihr einfach nicht mehr aus dem Kopf. Welches Geheimnis verbarg dieser attraktive Mann?

„Was hast du nur?“ Andrew wollte um nichts in der Welt von ihr ablassen. Er zog sie einfach wieder zu sich heran. Bedeckte sie mit feurigen Küssen. „Wir sind vollkommen ungestört. Du musst keine Angst haben. Ist es Louis, der dir Kummer bereitet?“

„Nein“, erwiderte sie atemlos. Er machte es ihr beinahe unmöglich zu sprechen. Aber sie wollte ihre Bedenken endlich loswerden. „Du bist es, der mir Kummer bereitet.“

Bedächtig hielt Andrew inne. Er streifte ihren Hals und ihre Schulter mit seinen Lippen, bevor er den Kopf zurücknahm und sie ungläubig ansah. Ihre Worte hatten ihn unvorbereitet getroffen. War ihre Begierde nach ihm etwa schon nach so kurzer Zeit erstorben? Er konnte sich nicht erinnern, wann er zuletzt eine ähnliche Verwirrung in sich gespürt hatte.

„Warum können wir uns nur abends sehen?“, fragte Jesse mutig weiter, als er nichts erwiderte. „Du behandelst mich wie ein leichtes Mädchen. Dabei möchte ich morgens mit dir an meiner Seite aufwachen. Mit dir frühstücken und mich von dir zum Mittagessen ausführen lassen.“

„Warum?“ Die Frage rutschte spontan über Andrews Lippen. Jesses Begehr erschien ihm merkwürdig. Er hatte bisher keine Erfahrungen mit einer Beziehung dieser Art. Niemals hatte er sich Gedanken darüber gemacht, dass seine Verführungskünste einer Sterblichen nicht ausreichen könnten.

„Weil es das ist, was Liebespaare tun, Andrew.“ Ihr Blick war fest. Sie beobachtete ganz genau, wie er auf ihre Forderungen reagierte.

Als er wieder keine Antwort gab, wurden ihre Augen allmählich traurig und feucht. Sie kämpfte mit den Tränen, weil sie glaubte, sie würde ihm tatsächlich nicht so viel bedeuten, wie sie sich eingebildet hatte. „Sag mir ehrlich, ob ich für dich nur ein Betthäschen bin.“

Andrew legte den Kopf schief. Seine Mundwinkel zuckten vor Belustigung. Er konnte nichts dagegen unternehmen – ihre Vermutungen amüsierten ihn. Aber er erlaubte sich kein Lachen. Er wollte sie nicht noch mehr verunsichern.

„Nein“, sagte er, als spräche er zu sich selbst, „das bist du nicht. Das könntest du niemals sein. Du bedeutest mir so viel mehr. Ich wollte dich nicht wie ein leichtes Mädchen behandeln. Das war nie meine Absicht.“ Sanft zog er sie an seine Brust, umfing sie mit seinen Armen und hielt sie eine ganze Weile fest. Sie beruhigte sich allmählich. Er konnte spüren, wie sich ihre Zweifel zerschlugen und den Weg für die Leidenschaft ebneten.

Wie gerne hätte er nun seine Hände erneut über ihren Körper wandern lassen. Doch völlig unverhofft spürte er eine weitere menschliche Anwesenheit. Seine Lippen glitten unkontrolliert über Jesses Hals. Er war abgelenkt und konnte sich nicht gänzlich auf sie einlassen. Lauschend hob er den Kopf. Doch nichts als Stille umfing das Paar.

„Warum hörst du auf?“ Sehnsüchtig vergrub Jesse ihre Finger in seinem dichten dunklen Haar. Geschickt ergriff er ihre Hände und brachte sie zu seinem Mund. Er hauchte einen Kuss auf ihre leicht angespannten Fäuste.

„Ich bin sofort wieder bei dir. Ich muss nur schnell etwas erledigen.“ Seine Miene verriet eine aufkeimende Nervosität. Doch er wischte sie schnell beiseite, um Jesse nicht zu beunruhigen. Lächelnd streichelte er über ihre Wange. „Hältst du es denn ohne mich aus?“

„Keine Sekunde“, neckte sie ihn. Noch immer sträubte sie sich ein wenig, ihm ihre tiefen und leidenschaftlichen Gefühle zu offenbaren.

Michelle hatte sich in einer dunklen Ecke verschanzt und glaubte, Andrew würde sie nicht bemerken. Tatsächlich spürte er ihre Anwesenheit bereits, als er den Raum betrat. Bewusst langsam schritt er auf seinen Schreibtisch zu. Mit einer Hand fuhr er über das dunkle Holz. Er wandte sich um und lehnte sich gegen die Kante. Mit verschränkten Armen starrte er auf Michelles Versteck.

Er wartete.

Heiß-kalte Schauder durchfuhren Michelle. Sie fragte sich, warum er so regungslos dastand. Zunächst glaubte sie, sie würde es sich nur einbilden. Schnell wurde ihr jedoch klar, dass Andrew sie beobachtete. Sie würde nicht ewig dort hocken können. Deshalb entschied sie, sich zu zeigen, bevor er wütend werden konnte.

Verlegen trat sie hervor.

„Ich habe auf dich gewartet", sagte sie leise.

Andrew blieb ungerührt. Sein eiskalter Blick durchdrang sie auf grausame Weise.

„Mir kam es eher vor, als hättest du mir aufgelauert."

„Nein, das stimmt nicht!" Sie hob protestierend die Hände. „Ich wollte dich überraschen!"

„So?" Er schaute interessiert drein. „Überraschen?"

„Ja. Ich dachte, du könntest mal wieder ein wenig Abwechslung brauchen." Raubtiergleich schlich sie auf ihn zu und versuchte mit gekonnten Bewegungen seine Aufmerksamkeit auf ihre wohlgeformten Schenkel zu ziehen.

„Du wirkst in letzter Zeit so abgespannt."

„Tue ich das? Ich denke, das siehst du falsch." Rücksichtslos schob er sie von sich. Er konnte ihre Berührungen nicht ertragen. Sie erzeugten in ihm nicht mehr als puren Widerwillen.

Aber Michelle blieb hartnäckig. Ein weiteres Mal drängte sie sich vor, stellte einen Fuß auf die Schreibtischkante und enthüllte so das Fehlen ihrer Unterwäsche. Ihre Finger verkrallten sich in Andrews Hemd. Sie näherte sich ihm unnachgiebig, wollte sich mit ihrer erhitzten feuchten Scham an ihm reiben.

„Michelle!" Seine Stimme erklang hart und voller Wut. Er ergriff ihre Arme und drehte sie so abrupt herum, dass sie glaubte, alle Knochen gebrochen zu haben. „Fordere mich nicht heraus!", warnte er sie zischelnd.

Ganz langsam neigte sie sich vorwärts, fiel schließlich losgelassen gen Boden auf ihre Unterarme, in denen sich sogleich ein brennender Schmerz ausbreitete. Sie fluchte.

„Geh! Und lass dich hier nicht wieder blicken!"

Andrew war so wütend, dass er ihr am liebsten den Lebensfunken aus den Pulsadern gesaugt hätte. In seinem Inneren brodelte es. Das wilde Tier schlug die Klauen in sein Herz und forderte nach Rache.

Der Vampir kämpfte darum, sich der dunklen Seite nicht hinzugeben. Würde sie doch nur endlich gehen!

Ängstlich blickte Michelle vom Boden zu ihm auf. Seine Haltung wirkte bedrohlich. Sie konnte noch immer nicht begreifen, dass sie eine derartige Wut in ihm auslöste. Warum reagierte er nicht auf ihre Reize? Was hatte sie falsch gemacht? Sie wusste sich nicht zu helfen. Bevor sie die Situation verschlimmerte, ergriff sie die Flucht. Sie würde Trost suchen – in den Armen von Louis.

Die großzügigen Räume waren kunstvoll und elegant eingerichtet. Es gab sogar einen offenen Kamin, in dem ein leise knackendes Feuer brannte. Jesse vergaß, dass sie sich im „Club Noir“ befand. Sie fühlte sich auf Anhieb wohl. Alles, was sie entdeckte, erzählte von Andrew. Seine Gegenwart und seinen verführerischen Geruch fühlte sie in jedem noch so winzigen Gegenstand. Kerzen in großen mehrarmigen Ständern tauchten die Umgebung in ein romantisches Licht.

Ein roter Samtvorhang formte Wellen, die von der Decke bis hinab zum Boden zu gleiten schienen. Gleich daneben stand ein Regal mit ordentlich aneinander gereihten Büchern. Ein liebevolles Lächeln legte sich auf ihre Züge. Sie ließ ihre Finger über die Buchrücken gleiten, atmete den Geruch der Ledereinbände tief ein.

Jesse streifte weiter durch die Räume. Sie betrat das Schlafzimmer. Auf einem riesigen Bett lag eine feine goldglänzende Überdecke. Ein kleiner runder Tisch stand daneben, der ebenfalls mit einem leuchtenden Kerzenständer geschmückt war. Außerdem entdeckte sie eine Flasche Wein in einem Kühler und zwei Gläser. Schon wollte sie verweilen, doch dann stieg ihr unverhofft ein angenehm warmer Geruch in die Nase. Sie schloss auf dampfende Aroma-Öle und wollte unbedingt den Ursprung herausfinden. Neugierig schritt sie durch das Schlafzimmer auf eine andere, nur einen winzigen Spalt breit offene Tür. Gedämpftes Licht tauchte einen weiß-roten Raum in pure Romantik. Ein herrliches Bad zeigte sich ihren erstaunten Augen. Den Mittelpunkt bildete eine riesengroße runde Badewanne. Winzige Fliesen zauberten die erstaunlichsten Mosaike auf die drei Stufen. Feine Dampfschwaden stiegen von dem Wasser in die Höhe. Ohne Zweifel verströmte dies den angenehmen Geruch, der sich so federleicht auf ihre Sinne legte. Jesse atmete tief ein. Die Atmosphäre lockte sie. Ohne zu zögern schälte sie sich aus ihrer Kleidung, die ihr plötzlich so schwer und unerträglich vorkam. Sie ließ die einzelnen Stücke achtlos auf den Boden fallen, bis sie splitterfasernackt vor dem verführerischen Badegenuss stand. Ihre Füße tapsten zaghaft über die Fliesen. Wie in Trance glitt sie in das angenehm warme Wasser. Es schloss sie ein und erfüllte sie mit einem ungeahnt erlösenden Gefühl.

Ärger und Groll verflogen, als Andrew durch die Tür ins Badezimmer trat. Mit einem verheißungsvollen Lächeln quittierte er Jesses Kleidungsstücke, die auf dem Boden verteilt lagen. Langsam, sich der Blicke seiner Geliebten bewusst, begann er die Knöpfe seines Hemdes zu öffnen und befreite seinen athletischen Körper von weiteren Stoffhüllen. Jesse war fasziniert von dem Spiel seiner Muskeln im Kerzenschein. Ungeduldig bewegte sie sich durch das Wasser auf ihn zu. Ihre Finger fuhren verspielt über den Rand der Wanne. Sie legte den Kopf auf ihren ausgestreckten Arm und beobachtete, wie Andrew seine Hose öffnete. Einem fließenden Wasserfall gleich fiel sie von ihm, bis er schließlich nackt und mit aufgerichtetem Glied vor Jesse stand. Erwartungsvoll lehnte sie sich zur Seite und ließ ihn neben sich in das Wasser eintauchen. Ein erhabenes Grinsen umspielte seine Mundwinkel, als er sie nun an sich zog. Er roch den süßen Duft ihrer Haut. Begierde regte sich brennend in ihm.

„Du hast mich viel zu lange warten lassen", beschwerte sich Jesse. Vergessen waren alle Zweifel und Bedenken. Einzig die aufkeimende Lust spürte sie in sich. Ihre Hände fuhren leicht durch das Wasser über seine Brust und verharrten in seinem Nacken. Sie fühlte die ersten nassen Strähnen seines Haares.

„Verzeih mir." Er drückte sie enger an sich. „Ich werde es wieder gut machen. Jetzt gleich, wenn du willst." Drängend bog er sich ihrem Unterleib entgegen. Jesse war seiner Forderung hilflos ausgeliefert. Sie selbst wurde beinahe verrückt vor Verlangen. Leidenschaft durchströmte ihr Inneres. Ihre Schenkel schoben sich auseinander. Das Wasser trug ihre Beine. Sie glitten aufwärts und schlossen sich um Andrews Taille zusammen.

Er neckte sie lächelnd, indem er mit den Lippen die Konturen ihres sinnlichen Mundes nachfuhr. Dann hob er sie hoch, liebkoste ihre Brüste und umspielte mit der Zungenspitze ihre harten Knospen. Seufzend beugte Jesse den Oberkörper zurück, bot sich ihm auf diese Weise vollkommen dar. Er sollte sie endlich von der Qual ihrer Lust befreien.

Unendlich langsam tauchte er in sie ein. Erregt und ungestüm wollte Jesse nachhelfen. Doch Andrew schloss sie so fest in seine Arme, dass er sie zum Stillhalten zwang. Ein Rausch der Sinne durchfloss ihren Unterleib und legte sich in ekstatischem Ausmaß auf ihren gesamten Körper. Sie verfiel in ein wollüstiges Zucken und als sie Andrew endlich ganz tief in sich spürte, stöhnte sie auf, ließ alle Hemmungen hinter sich. Ihre Finger klammerten sich Halt suchend an ihn, verfingen sich in seinem Haar. Sie presste den Mund an seine Schulter, um ihr wildes unkontrollierbares Keuchen abzudämpfen.

Noch bewegte sich Andrew kaum in ihr. Doch allein seine geringen Regungen trieben sie bereits in einen ausgereiften Gefühlswahn. Sacht fuhren seine Hände über ihren Kopf, massierten beruhigend ihre Schultern und ihren vor Anspannung zitternden Leib. Er ließ sich mit ihr durch das Wasser treiben, als gäbe es keinen Boden unter ihnen. Sie drehten sich in dem sanft aufsteigenden Dampf der Aroma-Öle.

„Andrew, bitte …" Jesse wimmerte.

Er spürte, wie sich der Druck ihrer Hände auf seiner Haut verstärkte. Sie verlor sich so sehr in der Lust, dass sie kaum noch ausharren konnte. Endlich gab er ihrem sehnsüchtigen Verlangen nach. Eng und voller Erwartung umschloss sie sein Glied. Er bewegte sich hart in ihr. Mit fordernden Stößen drang er immer und immer tiefer in sie, bis sie glaubte, zerspringen zu müssen. Es erschien ihr unmöglich, noch irgendwo einen Halt zu finden. Ihre Finger schoben sich hilflos über seinen Nacken. Ihr Oberkörper wollte sich fest an seinen pressen, doch das Wasser trieb sie jedes Mal von ihm fort. Sein Rhythmus füllte sie aus, nahm von ihrem Selbst – ihrer Seele – Besitz.

Mit einem verzückten Aufschrei erreichte sie den Gipfel der Lust. Alles in ihr bebte. Ihr Puls raste, das Herz klopfte hämmernd bis zu ihrem Kopf hinauf und das Blut rauschte in ihren Ohren. Sie ahnte nicht, wie verführerisch ihr Lebenssaft auf Andrew wirkte.

Nach dem ausgiebigen Moment des Höhepunktes sank sie wie eine körperlose Hülle in seine kräftigen Arme. Er hielt sie und streichelte über ihr Haar, bemüht, seinen wahnsinnigen Durst nach ihr zu unterdrücken. Es versetzte ihm einen brennenden Stich, der ihn beinahe lähmte. Die Gier wurde übermächtiger denn je. Jesse bemerkte nicht, wie seine spitzen Zähne einem Hauch gleich über ihren Nacken fuhren. Es kostete ihn so viel Kraft, sich nicht einfach hemmungslos in ihr zu verbeißen. Behutsam zog er sich aus ihr zurück. Er zwang sich, sein Kinn auf ihrem Kopf abzulegen, sie an seiner Brust ruhen zu lassen, während er selbst einen erbitterten inneren Kampf austrug.

Jesse wurde von Wellen der Glückseligkeit durchflossen. Nie zuvor hatte sie mit einem Mann ähnlich intensive und tiefe Erlebnisse geteilt. Sie wollte sich bis in alle Ewigkeit an Andrew klammern. Ihn nicht mehr lassen. Er löste etwas in ihr aus, das ihr bis dahin unvorstellbar vorgekommen war. Sanft schmiegte sie ihr Gesicht an seines, küsste ausgiebig jeden Zentimeter seiner Haut. Mit einem Seufzen antwortete er ihr. Er warf seinen Kopf in den Nacken, ließ sich von ihr berühren und liebkosen. Plötzlich hielt er sich so sehr zurück, wie sie es an ihm bisher nicht kennen gelernt hatte.

Andrews Zögern war jedoch nur von kurzer Dauer. Nachdem er einen festen Stand gefunden hatte, richtete er sich auf, hob sich selbst mit Jesse auf den Armen aus dem Wasser. Die Tropfen perlten von ihrer Haut, zogen verführerische Bahnen. Andrew ignorierte die Auswirkung, die sich sogleich auf sein Empfinden niederschlug. Er rang mit sich selbst. Auf keinen Fall durfte er schwach werden und von Jesses Blut kosten!

Behutsam setzte er einen Fuß vor den anderen, ging die Stufen hinab und steuerte auf die Tür zu seinem Schlafzimmer zu. Er hinterließ eine nasse Spur. Aber das kümmerte ihn nicht. Auch die feine goldglänzende Decke schob er nicht zur Seite, sondern bettete Jesse direkt darauf. Sofort sog der Stoff das Wasser auf. Dunkle Flecken bildeten sich, während das Liebespaar weiterhin nur Augen füreinander hatte.

Jesse konnte von Andrews Berührungen nicht genug bekommen. Ihre Hände glitten über seine Bauchmuskeln und schlossen sich um sein Glied, das sich im selben Augenblick wieder verhärtete. Sachte massierte sie es, lauschte, wie Andrew zufrieden seufzte. Noch immer hielt er sich zurück, konnte seine Lust jedoch nicht verbergen. Jesse spürte deutlich, wie alles in ihm nach ihr verlangte.

Mit einem leisen, quälenden Laut entzog er sich ihren Fingern. Er rollte sich auf den Rücken, schloss die Augen und fuhr sich über die Schläfen, als müsse er einen bösen Traum aus seinen Gedanken verjagen.

Jesse verstand seine Reaktion nicht. Wie hätte sie es auch verstehen können! Nicht nur seine körperliche Gier verlangte nach Erlösung, auch der Hunger – der Durst nach seinem Überlebenselixier. Ihr Blut war es, wonach er sich sehnte. Doch wie hätte er es ihr jemals verständlich machen können?

Ohne lange zu zögern richtete Jesse sich auf. Sie beobachtete seine reglose Gestalt. Selbst jetzt, wie er nur dalag, weckte er die wildesten Fantasien in ihr. Sein athletischer Körper wirkte außerordentlich anziehend. Mit dem Zeigefinger fuhr sie die Konturen seiner ausgeprägten Muskeln nach. Erst, als sie an den sanften Flaum seines Unterleibes stieß, verharrte sie kurz. Wieder betrachtete sie ihn einige Augenblicke, bevor sie ihre Scheu überwand. Ihre Lippen schlossen sich um die Spitze seines erigierten Penis.

Ein Lavastrom der Leidenschaft durchfuhr Andrew. Er bäumte sich auf, hob sich ihr entgegen, während ein Teil von ihm weiterhin gegen die losgelösten Gefühle ankämpfte. Jesse umfing seinen Penis mit der Feuchte ihres Mundes. Ihre Zunge umkreiste ihn, neckte ihn. Von Sekunde zu Sekunde wurde ihr Saugen intensiver, fordernder. Er konnte dem nicht mehr Stand halten.

„Jesse ..." Seine Hände verfingen sich in ihrem Haar. Vorsichtig zog er sie zu sich hinauf, bis ihr Gesicht ruhig auf seiner Brust ruhte. „Du bringst mich um den Verstand." Erneut hörte er das Rauschen in seinen Ohren. Ihr Puls pochte heftig vor Leidenschaft.

Sie wollte sich noch nicht zufrieden geben. Warum hielt er sie nur so hin? Wollte er ihre glühende Lust einfach nur steigern? Das war nicht nötig, denn sie brannte vor Verlangen. Sie wartete nicht darauf, dass er die Initiative von neuem ergriff. Mit einer schnellen Bewegung richtete sie sich auf. Dann brachte sie ihren Schoß langsam weiter vor, fuhr über Andrew, bis sie endlich die richtige Position erreichte. Geschickt half sie mit den Fingern nach. Er konnte es weder verhindern, noch sich wehren, denn schon im nächsten Moment tauchte er ungewollt in sie hinein. Tief versank er und spürte die Enge, die sich um ihn schloss.

Pure Wollust ergriff von seinem Körper Besitz, als Jesse begann, sich auf ihm zu bewegen. Unfähig sich von ihr zu lösen glich er sich ihrem Rhythmus an. Seine Hände glitten über ihre schmale Taille hinauf, umfassten ihre festen kleinen Brüste. Sie bog sich stöhnend zurück, schob sich immer schneller, immer drängender auf und ab.

Andrew war halb betäubt vor Anspannung. Die Spitzen seiner scharfen Zähne traten bereits über seine Lippen zum Vorschein. Doch Jesse war so sehr in Ekstase verfallen, dass sie es nicht bemerkte. Als ihr vibrierender Leib sich dem Höhepunkt ergab, sank sie kraftlos auf ihn. Mit den Händen stützte sie sich Halt suchend neben seinem Kopf ab. Andrew konnte den Blutfluss so deutlich spüren, dass er glaubte, ihn bereits auf der Zunge zu schmecken. Seine Finger schoben sich über ihren Rücken, drückten in das feste Fleisch ihres Pos. In langen Zügen atmete Andrew ein und aus. Er konnte sich unter Kontrolle halten. Er musste es ganz einfach!

Kurz darauf verfiel Jesse in einen leichten Schlummer. Andrew löste sich von ihr, entzog ihr die Wärme seines Körpers. Auch die feuchte Decke legte er zur Seite und hüllte seine Geliebte stattdessen in ein weiches Laken. Mit einem wohligen Seufzer reagierte sie auf seine sanften Berührungen. Er strich ihr eine Haarsträhne aus dem Gesicht. Ein Lächeln umspielte seine Lippen, als er sich nun aufrichtete. Wie hatte sie sich nur in sein Herz stehlen können? Es quälte ihn, dass sie um seine wahre Existenz nicht wusste. Zudem schien ihm die Ungewissheit, ob sie es jemals akzeptieren könnte, viel zu hoch. Er wandte sich ab. Je mehr Zeit er ungenährt in ihrer Gegenwart verbrachte, umso schwieriger wurde es für ihn, sich zurückzuhalten. Im Club würde er sicher ein williges Opfer finden. Nicht alle Mädchen kamen nur aufgrund ihrer sexuellen Neigungen dorthin. Mittlerweile kannte Andrew einige, denen es einfach nur um das Geld ging.

Er überließ Jesse dem Schlaf, während er sich ankleidete und die Räume verließ, um seinen Durst zu stillen.

Ein kalter Luftzug strich über Jesses nackte Haut, als sich die Tür hinter Andrew schloss. Sie fröstelte, rollte sich ganz eng zusammen. Zaghaft streckte sie mit geschlossenen Augen eine Hand vor. Sie tastete über das Bett, suchte nach dem Mann an ihrer Seite, fand ihn jedoch nicht. Blinzelnd öffnete sie die Augen.

Wo war er?

Müde erhob sie sich, gähnte und streckte sich. Kerzenlicht erfüllte das Schlafzimmer nach wie vor. Ein angenehmer Duft legte sich auf ihre Sinne. Nur Andrew fehlte.

Sie stand auf und sah sich suchend um. Ein Hemd von Andrew lag glatt über der Lehne eines Stuhles. Kurzentschlossen nahm sie es und schlüpfte hinein. Es war viel zu weit und zu lang, doch das störte sie nicht. Auf leisen Sohlen schlich sie aus dem Schlafzimmer und hinein in den Raum mit dem offenen Kamin. Das Feuer brannte noch immer und erzeugte eine angenehme Wärme. Von Andrew entdeckte sie jedoch weit und breit keine Spur.

Sie fragte sich, warum er sie schon wieder allein zurückgelassen hatte. Allerdings befand sie sich dieses Mal nicht in ihrem Hotel, sondern in seinem persönlichen Reich. In gewisser Weise sogar an seiner Arbeitsstelle. Daher redete sie sich ein, die Geschäfte hätten nach ihm gerufen. Kein Grund zur Sorge!

Gerade wollte sie wieder zurück ins Schlafzimmer, als sie ein Knarren hinter sich vernahm.

„Andrew?“ In freudiger Erwartung wandte sie sich herum. Doch er tauchte nicht vor ihren Augen auf. Stattdessen sah sie, wie das Bücherregal in Bewegung geriet. Sie hielt den Atem an und rechnete bereits mit dem Schlimmsten. Die Wand aus Büchern schwang jedoch lediglich zur Seite und gab ihr den Blick auf einen Geheimgang frei. Auch darin brannten – in Kopfhöhe an den Wänden befestigt – Kerzenleuchter.

Wollte er sie etwa erneut verführen – auf eine geheimnisvolle Art und Weise?

Jesse trat auf den Gang und erkundete ihn zögerlich. Ihr war etwas mulmig zumute. Dennoch ging sie weiter in die Ungewissheit, darauf hoffend, am Ende ihrem Geliebten in die Arme zu stolpern.

Ein roter Samtvorhang beendete ihren Weg. Durch einen winzigen Spalt gewährte er Einblick auf das Geschehen dahinter. Jesse nahm Gestalten wahr. Nicht nur eine. Mehrere Personen mussten sich dort befinden. Stöhnen – gefolgt von einem wilden Aufschrei – drang an ihre Ohren.

Sie zuckte zurück, presste sich flach atmend gegen die Wand. Offensichtlich hatte das Bücherregal den Gang nur versehentlich freigegeben. In keinem Falle konnte sie sich vorstellen, dass Andrew sie bewusst an diesen Ort gelockt hatte. Sie hätte auf der Stelle kehrt machen sollen. Allerdings keimte die Neugier in ihr auf. Sie musste ganz einfach sehen, was dort vor sich ging.

Leise bewegte sie sich auf den Spalt in dem Vorhang zu. Sie hielt die Luft an, als sie die Bilder nun in vollem Ausmaß zu sehen bekam.

Mehrere Frauen, teils in Reizwäsche, teils nackt, streiften wie selbstverständlich um die anwesenden Männer. Sie alle wirkten elegant und von unvergleichbarer Schönheit. In ihrer Mitte befand sich eine Art Bett. Eine große runde Spielwiese, auf der sich ein Paar hemmungslos seiner Leidenschaft hingab.

Jesse konnte kaum glauben, was sich dort – in unmittelbarer Nähe von Andrews Räumen – abspielte. Offensichtlich wurde sie gerade Zeugin einer Orgie.

Während die Frau vollkommen unverhüllt und offenherzig in den Kissen lag, lehnte der Mann noch beinahe in kompletter Bekleidung über ihr. Seine Hände pressten fordernd ihre Schenkel zu den Seiten. Er beugte sich zu ihrem Schoß hinunter. Nur undeutlich konnte Jesse erkennen, wie seine Zungenspitze im nächsten Augenblick über die Schamlippen der Frau spielte.

Ein wohliger Schauer durchfuhr Jesse. Obwohl es ihr unangenehm war, erregte sie dieses Spiel. Ihre Gedanken drifteten ab. Sie wünschte sich Andrew an ihre Seite. Seine forschenden Hände auf ihrer Haut, seine leidenschaftlichen Küsse.

Der Mann in dem merkwürdig rot schimmernden Raum hatte seinen Oberkörper unterdessen an der Frau hinaufgeschoben. Er küsste ihren Hals, während sein Po sich drängend vor und zurück bewegte.

In Jesses Unterleib kehrte die Hitze zurück. Sie biss sich auf die Unterlippe und rang um Selbstbeherrschung.

Die Frau bäumte sich auf, schrie vor Wollust. Ihre Augen traten hervor. Sie schien unter seinen Stößen regelrechte Qualen zu leiden.

Im nächsten Moment geschah etwas Merkwürdiges. Das Gesicht des Mannes verzog sich zu einer dämonischen Grimasse. Jesse konnte sich des Eindrucks nicht erwehren, er würde genau in ihre Richtung sehen. Seine Augen funkelten wild. Raubtiergleich knurrte er auf. Scharfe Reißzähne wuchsen aus seinem Mund. Er holte knapp aus, bevor er sich in dem Hals der Frau verbiss. Diese stöhnte nur noch lauter auf. Sie zappelte unter ihm, verkrallte sich in seiner Kleidung.

Schockiert beobachtete Jesse das Geschehen. Sie begriff nicht, was vor ihren Augen passierte. Erst, als der Mann ihr sein Gesicht mit den blutverschmierten Lippen wieder zuwandte, erwachte sie aus ihrer Starre. Wie vom Wahnsinn gepackt floh sie aus dem Gang.

Flucht

Zwei Augen leuchteten in dunkler Abgeschiedenheit des Geheimganges auf. Die Gestalt des Mannes löste sich wie ein finsterer Schatten aus seinem Versteck. Er lächelte überlegen und selbstzufrieden.

Jesse war über das Gesehene schockiert und in Rage ausgebrochen. Zufrieden konnte die Gestalt beobachten, wie die Frau mit zittrigen Fingern nach ihrer Kleidung suchte und diese überzog. Verwirrt glitten ihre Blicke immer wieder durch den Raum. Den Mann in ihrer unmittelbaren Nähe entdeckte sie jedoch nicht und Andrew war noch nicht zurückgekehrt.

Keinen Moment länger wollte Jesse an diesem Ort verweilen. Entsetzen und dann Unverständnis schlug sich bedrohlich auf ihr Gemüt. Ihr wurde übel. Sie musste ein Würgen unterdrücken.

So schnell wie möglich wollte sie fort. Es ängstigte sie, dass sie dafür die schützenden Wände von Andrews Räumlichkeiten verlassen und durch den Innenraum des Clubs musste. Inständig hoffte sie, mit heiler Haut entkommen zu können.

Sie widerstand dem Impuls, die Tür aufzureißen.

Vorsichtig drückte sie die Klinke hinunter und spähte in beide Richtungen, bevor sie hinaustrat. Die Luft war rein. Einen Moment verharrte sie, um ihren Orientierungssinn zu schärfen. Sie dachte daran, wie sie Andrew hierhin gefolgt war. Heftiges Verlangen hatte ihre Sinne benebelt.

Der Magen schien sich ihr umzudrehen. Die Gedanken an die gemeinsamen erotischen Erlebnisse zerrissen sie innerlich. Andrew war so leidenschaftlich, sexy und genau das, wonach Jesse ihr Leben lang gesucht hatte. Aber auch die Angst kämpfte sich immer deutlicher an die Oberfläche. Eiskalte Schauder schickten die Bilder des Mannes mit den blutverschmierten Lippen durch ihren Körper. Erst in diesem Moment bemerkte sie, wie stark ihre Finger zitterten.

Unbeholfen tastete sie sich an der Wand entlang durch den endlos wirkenden Flur. Sie fand den Weg in den Club-Innenbereich. Der langhaarige, attraktive Barkeeper vermittelte den Eindruck, sie über sämtliche Anwesende hinweg sogleich zu erkennen. Seine dunklen Augen blitzten verführerisch auf.

Schamesröte schoss Jesse in die Wangen. Augenblicklich senkte sie den Kopf und versuchte, sich blindlings durch die Menge zu schlagen. Jeder einzelne der Gäste stand ihr im Weg, verhinderte scheinbar absichtlich ihr Vorankommen. Sie stolperte, fiel beinahe. Im letzten Moment fand sie Halt. Ihre Hände gruben sich in den eleganten Anzugstoff eines Mannes. Jesse sah auf.

Sie kannte ihn.

Ihn hatte sie an ihrem ersten Abend im Club beim Liebesspiel auf der Damentoilette erwischt. Seine markanten Züge sprachen von gierigem Verlangen. Sie zuckte zurück, ließ ihre Finger von ihm. Doch er packte sie an den Handgelenken, küsste genüsslich ihre samtige Haut. Schockiert spürte Jesse eine aufflammende Sehnsucht in sich. Seine Berührungen waren unheimlich zärtlich und liebevoll. Tränen traten ihr in die Augen, denn ihre Sinne wurden erneut von Andrews Abbild beherrscht.

Der Mann neigte den Kopf zurück, richtete sich unheilvoll über ihr auf. Plötzlich fühlte sie sich klein und zerbrechlich. Ihren verschleierten Blick hielt sie auf sein Gesicht gerichtet. Es veränderte sich langsam. Verschwamm. Seine Mundwinkel verzogen sich zu einem diabolischen Grinsen. Er fuhr einmal mit der Zungenspitze über seine fein geschwungenen Lippen, ehe sich etwas Grauenvolles an die Oberfläche schob. Spitze Eckzähne traten hervor. Gefährlich scharf richteten sie sich auf Jesse. Er bedrohte sie in einer unglaublich ruhigen und schweigenden Art. Das Blut gefror ihr in den Adern.

Sie konnte keinen klaren Gedanken mehr fassen. Mit schier unglaublicher Kraft riss sie sich von ihm los. Panisch wirbelte sie herum und rannte davon. Sie stieß mehrere Gäste an, wäre ein weiteres Mal beinahe ins Straucheln geraten und gelangte schließlich in die erlösende Freiheit.

Ohne innezuhalten oder zurückzublicken lief sie weiter, bis sie schwer atmend das Hotel erreichte.

Andrew betrat ahnungslos seine Räumlichkeiten. Nichts ließ ihn zunächst darauf schließen, dass etwas nicht stimmen könnte. Er hatte ein williges Opfer gefunden. Eine kleine Hexe, wie er sie insgeheim nannte. Jedes Mal verlangte sie mehr Geld für ihr Blut. Sie tauchte immer an den Abenden auf, an denen keine anderen Mädchen da waren, die nur ihr Blut geben wollten. Die es nicht auf sexuelle Kontakte anlegten.

Ein raffiniertes Weibsstück. Eine geschickte kleine Feilscherin!

Er fluchte leise, als er an ihre hartnäckigen Forderungen dachte. Sie hatte keine Angst vor ihm, denn sie wusste, dass er ihr niemals etwas antun würde. Ebenso sehr konnte Andrew sich auf ihr Stillschweigen verlassen. Es war ein gutes Abkommen zwischen einem Menschen und einem Vampir.

Andrew fühlte sich zwar nicht satt, aber wenigstens so gut genährt, um einige weitere Stunden voller Leidenschaft mit Jesse zu erleben. Die Begierde flammte bereits von neuem in ihm auf, als die Tür klickend hinter ihm ins Schloss fiel. Er strich sich das seidige dunkle Haar zurück. Noch einmal fuhr er über seine Lippen, um sicher zu gehen, dass ihn kein Blutstropfen verraten würde.

Dann wollte er durch den Raum auf sein Schlafzimmer zu, wo er Jesse schlafend glaubte. Das unregelmäßige Knacken des Kaminfeuers ließ ihn jedoch wachsam werden. Er blickte sich um. Etwas stimmte ganz und gar nicht!

Sein Bücherregal lehnte sich merkwürdig schräg gegen die Wand, als hätte die Geheimtür dahinter gerade noch offen gestanden. Unmöglich – redete er sich ein. Wer den Gang nicht kannte, konnte ihn nicht von alleine finden. Es musste sich um eine Illusion handeln. Inständig bemühte er sich, an dieser Überzeugung festzuhalten, wurde sich jedoch einer lauernden Gefahr bewusst, je näher er dem Schlafzimmer kam.

Wie in Trance legte sich seine Hand auf die Klinke. Er öffnete die Tür. Seine Sinne waren zum Zerreißen angespannt. Er versetzte sich in die Lage, jedes Geräusch, jede Bewegung – mochten sie noch so gering sein – wahrzunehmen.

Diese äußerst sensible Form des Vorantastens war allerdings kaum nötig, wie er im nächsten Moment feststellte. Louis saß am Rande seines Bettes, lässig zurückgelehnt und mit einem unverschämten Grinsen im Gesicht. Seine Augen leuchteten belustigt auf. Er genoss Andrews Ahnungslosigkeit.

„Wo ist Jesse?", fragte Andrew ohne Umschweife.

„Fort." Louis tat unbekümmert. Er reizte seinen Kontrahenten.

„Wo ist sie? Was hast du ihr angetan?"

„Oh ... Ich?" Bestürzt legte Louis die Hände auf die Brust. „Ich habe ihr gar nichts angetan. Und unterstelle mir nicht, dass ich dich anlüge! Sie ist von ganz alleine gegangen, nachdem sie das Spiel am Ende deines Geheimganges beobachtet hat."

„Du hast ..." Unbändige Wut keimte in Andrew auf. Kleinen Funken gleich sprühte sie ihm aus den Augen.

„Nein, Andrew." Louis stand auf. Seine Miene wurde kalt und hart. „Du hast selbst Schuld. Du hättest sie aufklären sollen, bevor es dazu kommen konnte."

Für einen elendig langen Augenblick herrschte Stille zwischen ihnen. Sie schlichen umeinander, funkelten sich an wie zwei wilde Raubkatzen. Andrew wusste, dass sich Louis mit seiner Meinung im Recht befand. Er hätte Jesse sagen müssen, wer er tatsächlich war. Nun wollte er sich dafür verfluchen, dass er sie an diesem Abend so unbedenklich zu sich in den Club hatte kommen lassen.

„Sie ist nur eine Frau. Ein Mensch.“ Aufmerksam beobachtete Louis die Reaktion seines Gegenübers. Doch dieser ließ sich nichts anmerken. Andrew verfügte über eine perfekte Selbstbeherrschung. „Es kommen so viele Mädchen in den Club. Such dir einfach eine Neue aus.“

Damit wandte Louis sich ab. Er erweckte den Anschein gehen zu wollen, verharrte jedoch.

„Ja“, brachte Andrew hervor, seinen Groll unterdrückend. „Ich suche mir einfach eine neue Frau.“

Louis grinste. Er wartete noch. In seinen Gedanken nahmen all seine Rachegelüste Form an. Andrew sollte leiden, sich hilflos winden unter seinem Zorn. Nun schien der Moment, auf den er so lange gewartet hatte, zum Greifen nahe.

Auch Andrew wandte sich ab. Er wollte das Schlafzimmer verlassen, konnte nicht verstehen, warum Louis noch dort blieb. Es war alles gesagt. Schon überlegte er, wie er seinen Fehler wieder gutmachen könnte, denn er wollte Jesse zurückgewinnen. Für den Bruchteil einer Sekunde war er unaufmerksam. Das genügte Louis allerdings, um dem verhassten Vampir einen brennenden Schlag zu versetzen. Wild und unaufhaltsam sprang er Andrew in den Rücken. Er schlug seine Zähne in dessen Hals und saugte gierig.

Andrew wirbelte herum, versuchte den Feind abzuschütteln. Doch Louis klammerte sich fest an ihn. Er war stark. Seine Opfer mussten in den letzten Tagen zahlreich gewesen sein. Andrew hingegen litt noch immer an einer leichten Schwäche, hervorgerufen durch die ausgiebigen Begegnungen mit Jesse und dem Minimum an Blut, das er getrunken hatte. Er raste rückwärts auf die nächste Wand zu und schleuderte Louis mit voller Wucht dagegen. Der Boden unter seinen Füßen erzitterte. Wieder und wieder schlug er nach seinem Feind, bekam schließlich eine Hand von ihm zu fassen und biss hinein.

Endlich ließ Louis locker. Federleicht hüpfte er zur Seite, entwand sich Andrews Griff. Er leckte das Blut von seinen Lippen und von seiner Hand. Befriedigt stöhnte er auf. Wie unglaublich mächtig er sich doch fühlte!

Andrew spürte, wie seine Kräfte schwanden. Sein Blick verklärte sich. Ein Zustand, den er seit Ewigkeiten nicht mehr kannte. Ihm entwich sämtliche Kontrolle. Sein letzter Gedanke galt Jesse, ehe er sich der Dunkelheit ergab.

Jesses Lungen fühlten sich kalt und kraftlos an. Sämtliche Lebensenergie schien ihr abhanden gekommen zu sein. Sie hatte ihren Atem auf der Strecke vom Club in das Hotel verloren. Ihr wurde schwindlig, als sie durch die Pforte in den Eingangsbereich trat. Die warme Luft darin drückte ihren Brustkorb zusammen. Sie musste sich kurz an eine Wand lehnen und verschnaufen.

Ein besorgter Monsieur Rochelle stürmte sogleich auf sie zu und wollte sie auffangen. Doch Jesse wich seiner Berührung aus. Argwohn regte sich in ihr. Wie sehr konnte sie diesem Mann eigentlich trauen? Er war ein alter Bekannter von Andrew. Er wusste also über ihn Bescheid. Trotzdem hatte er sie ohne jegliche Warnung in diese Situation schlittern lassen.

„Mademoiselle Brown. Sie sehen aus, als wären Sie einem Geist begegnet.“ Erneut wollte er sich ihr anbieten. „Lassen Sie mich Ihnen helfen. Sie sind so blass.“

„Nein.“ Jesses Ablehnung erklang viel heftiger, als sie es beabsichtigt hatte. Ausgerechnet von ihm würde sie keine Hilfe annehmen. „Es geht schon. Ich musste nur kurz durchatmen.“ Sie drängte sich an ihm vorbei. Als sie in den Fahrstuhl stieg, wirbelte sie hektisch herum, beobachtete ihre Umgebung, aus Angst, jemand könnte ihr gefolgt sein. Doch niemand war dort, abgesehen von dem freundlichen Monsieur Rochelle.

Trotzdem beeilte sich Jesse in ihr Zimmer zu gelangen. Ihr Puls wollte sich noch immer nicht beruhigen. Er pochte laut in ihren Ohren. Alles um sie herum fühlte sich unwirklich an. Sie konnte nicht verstehen, in was sie da hineingeraten war. Welche Art von Mensch musste Andrew sein, dass er einen Club wie diesen leitete? Und was genau taten die Gäste dort? Sie hatte so viele Fragen, so vieles, was sie nicht verarbeiten konnte. Doch die nackte Angst trieb sie dazu, gar nicht auf die Idee zu kommen, nach Antworten zu suchen. Vermutlich hatte sie die ganze Zeit über in Lebensgefahr geschwebt, ohne sich dessen bewusst zu sein. Sie konnte unmöglich noch einen Tag länger in Brüssel verbringen. Ihr Arbeitgeber würde sicher Verständnis zeigen.

Sie zerrte ihren Koffer hervor und öffnete ihn. Achtlos warf sie ihre Kleidung und sämtliche weitere Utensilien hinein. Das alles geschah innerhalb von Minuten. Sie wusste nicht, ob sie irgendetwas zurückließ oder an alles gedacht hatte. Es war ihr nicht wichtig. Einzig ihr Überlebenswille zählte. Und dieser trieb sie hinaus in ein Taxi, das sie zum Flughafen brachte.

Erwachen

Ein Dröhnen erfüllte den Raum. Der widerwärtige Gestank des Bösen schlug sich wie feuchter Nebel nieder. Andrew tat einen langen, aufbegehrenden Atemzug. Schwach regte er seine Glieder. Er blinzelte, wartete, bis sein Blick klar wurde. Dann hievte er sich, mit den Händen abstützend, in eine gekrümmte Sitzposition. Ein Hämmern gesellte sich zu den durchdringenden Geräuschen um ihn herum. Es dauerte einen Moment, ehe er begriff, dass die Laute nur in ihm selbst existierten. Seine Kraftlosigkeit und sein Durst trieben ihn an den Rand des Wahnsinns. Er brauchte dringend Nahrung!

Umständlich stand er auf. Offensichtlich hatte Louis ihn achtlos allein zurückgelassen. Aber aus welchem Grund? Er hätte ihn ebenso gut töten können. Der Gedanke daran machte Andrew rasend. Wut stieg in ihm auf und verlieh ihm neue Stärke. Er würde sich rächen – und er würde nicht so gnadenvoll sein wie Louis.

Andrew erreichte seinen Schreibtisch und stützte sich an der Kante ab. Er fuhr sich durch die Haare, betrachtete seine Kleidung. Sein Anblick mochte etwas mitgenommen wirken, aber gewiss nicht ungewöhnlich. Dennoch würde er in seinem Zustand nicht einfach hinausspazieren und nach einem Opfer suchen. Das wäre viel zu leichtsinnig und gefährlich!

Kurz entschlossen griff er nach dem Hörer seines Haustelefons. Er lehnte sich weit vor, verharrte nochmals, wählte aber schließlich eine Nummer.

Ein Rauschen durchströmte die Leitung. Jemand hatte abgenommen, ohne sich zu melden.

Pascal – Andrew spürte die Ausstrahlung des anderen Vampirs ohne ihn zu hören. Pascal war knapp 200 Jahre jünger als er selbst. Er war ein schweigender Vertreter seiner Art. Oft hatte dieser seinen Anführer kritisiert, doch es nie auf einen Streit ankommen lassen. Sie waren grundsätzlich unterschiedlicher Meinung. Seltsamerweise gab es jedoch keinen anderen im Club, dem Andrew mehr Vertrauen schenkte.

„Du klingst schwach."

Andrew ignorierte den belustigten Unterton in Pascals Stimme. „Schick mir eins der Mädchen auf mein Zimmer." Es war ein Befehl, versteckt in einer freundlich klingenden Bitte.

„Nur eins? Seit wann bist du so genügsam?" Es war offensichtlich, dass Pascal auf Jesse anspielte. Er hatte den mächtigen Vampir beobachtet. Deutlich spürte er die Veränderung, die in Andrew vorging. Das wilde Tier in ihm kauerte sich im Schatten seiner Seele zusammen.

„Die Zeit für Erklärungen ist noch nicht gekommen", erwiderte Andrew ruhig. „Wirst du mir helfen?"

„Du weißt, dass ich hinter dir stehe – jederzeit."

Als Andrew den Hörer wieder auflegte, atmete er erleichtert aus. Er hatte sich nicht in Pascals Loyalität getäuscht. Der Vampir würde umgehend eines der Mädchen schicken.

Nur wenige Augenblicke später hörte er auch schon ein Klopfen an der Tür. Er rief sie herein, ohne sich auch nur einen Zentimeter vom Schreibtisch zu entfernen. Er lehnte sich dagegen, richtete den Oberkörper angespannt auf und bemühte sich, seinen gewohnten furchteinflößenden Ausdruck anzunehmen.

Zwei Mädchen betraten den Raum. Andrew musste schmunzeln. Ein nicht ernst gemeinter Fluch durchfuhr seine Gedanken. Pascal war unverbesserlich!

Die zarten schlanken Geschöpfe steckten in schwarzen Samtkleidern. Sie trugen ihre dunklen Haare lang und glatt mit leuchtend roten Strähnen. Ihre blutrot geschminkten Lippen verzogen sich lächelnd.

Trotz seiner eigenwilligen Art hatte Pascal seine Bitte besser verstanden, als Andrew es zunächst glaubte.

Die Mädchen gehörten zu der Gruppe, die sich nur aufgrund der guten Bezahlung mit einem Vampir einließen. Eine von ihnen kam unverfroren auf Andrew zu, während die andere noch zögerte. Als die Erste dicht vor ihm stand, streckte sie ihm ihr Handgelenk direkt vor die Nase.

„Können wir die Sache schnell hinter uns bringen? Ich bin noch verabredet.“ Ein solches Auftreten hatte Andrew selten erlebt. Unwillkürlich musste er leise lachen.

„Ich werde keine Zeit verlieren“, sagte er, während sich seine Zähne in ihrem Fleisch vergruben. Nervös wandte das Mädchen den Kopf zur Seite. Ihr ganzer Körper war verkrampft. Abscheu und Angst mischten sich in ihr, doch allem voran trieb sie die Geldgier. Andrew sog diese intensiven Gefühle mit ihrem Blut in sich auf. Er strich sanft über ihren Arm, als er genug getrunken hatte. Zitternd wich sie zurück.

Nun drängte sich das zweite Mädchen an seine Seite und gab ihm ihren Lebenssaft. Schüchtern senkte sie den Blick. Sie war nicht weniger ängstlich als ihre Freundin. Dennoch faszinierte sie der Anblick des attraktiven Vampirs.

Andrew spürte ihren Impuls, sich ihm an den Hals zu werfen. Lächelnd unterbrach er die Verbindung. Die Stärke kehrte in seine Glieder zurück. Sein ganzes Inneres atmete auf. Endlich ließ er von dem Schreibtisch ab und umrundete ihn. Er öffnete eine der Schubladen und zog ein Bündel Geldscheine hervor.

„Oh, wir wurden schon bezahlt.“ Die Schüchterne schenkte ihm einen verliebten Blick aus ihren großen blauen Augen. Sogleich wurde sie von der anderen warnend in die Seite geschubst. Sie zischte ärgerlich. Was fiel ihr ein, das Geld abzulehnen?

Die Situation amüsierte Andrew. Für einen Moment vergaß er die Sorgen, die ihn quälten. Pascal hatte wirklich eine merkwürdige Art von Humor.

„Nimm es! Es gehört dir!“ Leichtfertig warf er dem Mädchen das Geld entgegen.

Andrew verließ den Club durch den Hintereingang. Niemand hielt sich dort zu diesem Zeitpunkt auf oder würde ihn mit lästigen Fragen bedrängen. Denn die neue Nacht war noch jung. Das Leben spielte sich in einem anderen Teil des Clubs ab. Ärgerlich dachte Andrew daran, wie schnell die letzte Nacht für ihn vorbei war.

Jesse! Er spürte, wie sein Körper immer wieder nach ihr rief. Jede Pore seiner Haut sehnte sich nach ihrer Nähe und ihren Berührungen. Wie konnte das möglich sein? Wie konnte er so tief und leidenschaftlich empfinden? Es brachte ihn um den Verstand.

Weitaus unerträglicher war jedoch die Gewissheit, dass Jesse gesehen hatte, was im Club vor sich ging. Sie musste verwirrt sein. Panisch vielleicht. Er konnte sich ihre Reaktion nicht vorstellen. Aber er wusste, dass er sie so schnell wie möglich aufsuchen musste. Er wollte sie nicht verlieren! In seinem ganzen langen Vampir-Dasein hatte er sich nie so lebendig gefühlt wie in ihren Armen.

Wie ein Schatten verschmolz er mit der Nacht. Er schlich an den Häuserwänden entlang, entzog sich dem Blick jedes Sterblichen, der seinen Weg kreuzte. Erst, als er die Straße zu Jesses Hotel erreichte, drang er wieder in die Sichtbarkeit hervor. Er schritt über den Bürgersteig, der sich unendlich weit hinzuziehen schien.

Endlich an der Eingangspforte angekommen, nahm Andrew zum ersten Mal ein ungewohntes, merkwürdiges Gefühl in sich wahr. Es kribbelte in ihm – in der Magengegend, den Fingerspitzen und selbst im Hals, der sich plötzlich rau anfühlte. Ein erschreckendes Erlebnis für einen mächtigen Vampir wie ihn!

Marvin Rochelle beobachtete die große düstere Gestalt, die einer böswilligen Wolke gleich auf ihn zuwaberte. Er musste sich räuspern und sich um einen unbekümmerten Gesichtsausdruck bemühen. Den Grund für Andrews Besuch konnte er sich denken.

„Marvin." Freundlich lächelnd schmeichelte ihm der Vampir. Die Dunkelheit verflog aus seinen Zügen. Nichts an ihm wirkte anders als zuvor. Ganz im Gegenteil. Er machte sogar den Eindruck, ein wenig plaudern zu wollen.

„Eine schöne Nacht, nicht wahr? Wie geht es dir?"

„Hervorragend – wie immer." Marvin musterte ihn kritisch. Warum spielte er ihm etwas vor?

„Das freut mich." Andrew glich einer Marmorstatue, als er vor der Rezeption stand – ruhig und unverwüstlich. Sein wachsamer Blick glitt durch den Innenraum. „Es ist ruhig hier, wie mir scheint."

Er sorgte sich um Jesse, wollte am liebsten gleich zu ihr eilen und sie in die Arme schließen. Doch seine eigenen Gefühle jagten ihm Angst ein. Wie gelähmt verharrte er. Zwar verzehrte sich alles in ihm nach dieser einen Frau, aber er weigerte sich, eine Schwäche zuzugeben. Zudem fand er keine logische Erklärung, die er ihr hätte präsentieren können. Wie sollte er sie für sich gewinnen, ohne sie gleichzeitig mit dem zu erschrecken, was er tatsächlich war?

„Nun", begann Marvin langsam, „es ist tatsächlich etwas ruhiger geworden. Seit gestern Abend haben wir einen Gast weniger."

Andrews innere Glut flammte lichterloh auf. Seine Augen blitzten gefährlich und jagten selbst Marvin, der ihn schon so lange kannte, Angst ein. Sie konnte nicht fort sein, redete Andrew sich ein. Es musste sich um einen anderen Gast handeln!

„Mademoiselle Brown hat uns vollkommen überstürzt verlassen. Sie hat einen sehr verstörten Eindruck auf mich gemacht." Marvin stützte nun seine Hände mit gespreizten Fingern auf die Rezeptionstheke. Er beugte sich vor, starrte den Vampir an. „Du hast ihr doch nichts angetan?"

Andrews Wut kochte bei dieser Anklage nur noch mehr auf. Niemals hätte er Jesse etwas antun können! Eher hätte er die gesamte restliche Menschheit vernichtet. Diese Frau bedeutete ihm alles. Sie war wichtiger als jeder andere.

„Wie kannst du so etwas von mir denken?“

Marvin zog sich wieder zurück. Er schien nicht weniger beruhigt, doch erhob er auch keine weitere Anschuldigung.

„Sie ist gleich zum Flughafen“, erwähnte er wie beiläufig. „Mittlerweile wird sie längst zurück in London sein. Madame Demier, aus der Galerie, hat sich nach dem Mädchen erkundigt. Sie war sehr aufgelöst. Glaubte, dass Mademoiselle Brown ernsthaft erkrankt sei. Aber ihre Besorgnis ist schnell verflogen, als ich ihr von der Abreise des Mädchens berichtet habe.“

Andrew knirschte mit den Zähnen. Ihm dämmerte nur allzu deutlich, dass noch eine Weile vergehen würde, ehe er Jesse wieder in die Arme schließen konnte.

„Ich danke dir, Marvin.“ Er schenkte dem Mann ein ruhiges Lächeln. „Mach dir keine Sorgen. Ich werde das alles wieder in Ordnung bringen.“

„Das will ich doch hoffen.“

Wie ein wildes Tier, das sich unfreiwillig zurück in seinen Käfig begab, trat Andrew in seine Räumlichkeit im Club. Noch einmal war er zuvor jagend durch die Straßen gewandert, um seinen Durst zu stillen. Nie wieder würde er sich die Schwäche zugestehen, die Louis hinterhältig ausgenutzt hatte.

Durch seinen ausgiebigen Genuss an Nahrung war ihm jedoch auch kostbare Zeit verloren gegangen. Während er noch mit sich rang, was zu tun war, floss die Zeit dahin. Die Nacht rückte erbarmungslos auf ihre Grenzen zu. Andrew knurrte wild. In diesem Moment erklang ein erschrecktes Aufkeuchen.

Andrew horchte auf. Er durchquerte den ersten Raum. Die menschliche Anwesenheit versteckte sich in seinem Schlafzimmer. Seine Sinne waren aufs Sensibelste geschärft. Er spürte ganz deutlich jede Regung des Wesens.

Als er die Tür mit voller Wucht aufstieß, so dass sie sich knallend in die Wand bohrte, entdeckte er eine klägliche Gestalt. Sie saß kauernd auf seinem Bett, hielt die eigenen Glieder fest an sich gepresst. Ihre Augen wirkten kalt und doch glitzerte ein Hauch von Tränen darin.

„Michelle?“ Andrew war erstaunt. Erneut hatte sie sich in seine Nähe gewagt, obwohl sie seinen letzten unwirschen Ausbruch längst nicht vergessen haben konnte.

„Das hättest du nicht gedacht oder?“ Sie blickte ihm – plötzlich mutig geworden – direkt ins Gesicht. „So leicht lasse ich mich nicht von dir zurückweisen. Auch wenn du mich anschreist. Wenn du gemein zu mir bist ...“ Sie stockte. „Weißt du, ich kann einfach nicht anders. Ich muss in deiner Nähe sein.“ Mit einem unbeholfenen Satz glitt sie vom Bett auf ihn zu. Sie presste sich an seine muskulöse Brust, klammerte sich fest an seinen Oberkörper. „Du weißt ja nicht, wie es ist.“

Andrew wurde von dem Strom ihrer aufkeimenden Gefühle regelrecht überwältigt. Er zwang sich dazu, sie behutsam zu behandeln, obwohl er sie lieber nicht so sehr in seiner Nähe gewusst hätte. Seine Hand strich abwesend über ihr rotschimmerndes Haar, während seine Gedanken einzig und allein Jesse galten.

„Du musst dich beruhigen, Michelle. Ganz ruhig, hörst du mich? Alles wird wieder gut.“ Seine Stimme klang monoton und vollkommen abwesend.

Erst, als er Michelles Hand bemerkte, die langsam an seinen Bauchmuskeln hinabfuhr, zuckte er alarmiert zusammen. Bevor sie die Stelle zwischen seinen Beinen erreichen konnte, schob er sie grob von sich.

„Dir scheint es nicht so schlecht zu gehen, wie du vorgibst“, funkelte er sie ungehalten an. „Du solltest endlich begreifen, dass ich für deine Annährungsversuche nicht empfänglich bin.“

Michelle kämpfte sich frei. „Du bist in sie verliebt, habe ich Recht?“, schrie sie voller Wut. In ihren Augen konnte Andrew jedoch eine tiefe Traurigkeit erkennen. Sie fühlte sich verletzt und zurückgewiesen. Warum er sie abwies, konnte sie nicht verstehen.

„Michelle.“ Seine Stimme wurde weich. Er legte beruhigend einen Arm um ihre Schultern. In diesem Moment brach alles Unglück und jeglicher Kummer aus ihr hervor. Sie sank an Andrews starke Brust und ließ ihren Tränen freien Lauf. Immer wieder schniefte sie. Ihre Versuche, sich zusammenzureißen, schlugen allesamt fehl. Es dauerte eine ganze Weile. Andrew wiegte sie wie ein Kind in den Armen.

„Sei nicht traurig, kleine Michelle.“ Er streichelte ihr sanft über den Rücken. „Wir beide waren nie füreinander bestimmt.“

Sie schnaufte verächtlich.

„Ich bin mir sicher, dass dir früher oder später jemand begegnen wird, der dich so sehr liebt, wie du es verdienst. Aber dieser Jemand bin nicht ich. Das musst du verstehen.“

„Also, doch.“ Michelle löste sich von ihm und wischte mit dem Handrücken die Tränen aus ihren Augen. „Ich habe es gewusst. Du bist in sie verliebt! ... Andrew – der größte Casanova von Brüssel hat sein Herz an eine gewöhnliche kleine Engländerin verloren.“

Andrew lächelte.

„Nein, Michelle. Ich kann niemanden wirklich lieben. Das weißt du. Dazu bin ich nicht fähig.“

„Oh.“ Sie betrachtete ihn mit einem kritischen Blick. Ganz offensichtlich verweigerte er sich seiner eigenen Gefühle.

„Dann beunruhigt es dich ja auch sicher nicht, dass deine Ex-Geliebte in diesem Moment wahrscheinlich in Lebensgefahr schwebt.“

„Was sagst du da?“ Andrew sprang zurück und starrte Michelle wild an.

„Ich dachte, du bist zu solchen Gefühlen nicht fähig?“

„Was ist mit Jesse? Sag schon – oder muss ich erst andere Methoden anwenden, um es aus dir herauszubekommen?“

Michelle ließ die Schultern hängen. Ohne es zu wollen hatte Andrew gerade seine wahren Gefühle für Jesse bekundet. Auch, wenn er sie selbst bislang nicht anerkennen wollte. Michelle hatte verloren – wurde ausgestochen von einer Frau, die sich nie mit dem Club-Leben angefreundet hatte und es wohl auch in Zukunft nicht tun würde. Sie seufzte schwer, als sie ihm nun abermals in die Augen blickte. Hass und Besorgnis paarten sich darin. Es musste ihm schwer fallen, seine Gefühle im Zaum zu halten.

„Louis ...“, begann Michelle leise, brach jedoch sofort ab. Sie fürchtete sich so sehr, die Wahrheit über die Lippen zu bringen. Schritt um Schritt wich sie zurück, als würde sie sich bereits auf ihre Flucht vorbereiten.

„Was ist mit Louis?“

„Er hat ...“ Sie räusperte sich, blickte sich nervös im Raum um. Er würde sie doch nicht hören können? „Der Geheimgang. Louis hat ihn für Jesse freigegeben. Er ist dafür verantwortlich, dass sie jetzt die Wahrheit kennt.“

Diese Offenbarung überraschte Andrew nicht im Geringsten. Schon vom ersten Moment an vermutete er, dass Louis seine Finger im Spiel gehabt hatte. Aber das war noch nicht alles. Michelle fuhr fort. Sie rang um jedes Wort, das sie nun sprach.

„Er will sich an dir rächen. Er sagte, du hättest ihm Unrecht getan. Wegen dieser Jesse.“

Andrew erinnerte sich an den Abend, an dem Louis sich gewaltsam an Jesse hatte vergreifen wollen. Er stieß einen verächtlichen Laut aus.

„Er ist ihr gefolgt. Nach London.“

„Wann?“ Jetzt glitzerten Andrews Augen gefährlicher auf, als Michelle es je zuvor gesehen hatte.

„Gestern schon. Gleich, nachdem du ...“ Ihr versagte die Sprache. Sie fühlte die Wut des Vampirs auf sich einpeitschen. Hilflos hob sie die Hände über ihren Kopf, einen vermeintlichen Angriff abwehrend.

Doch Andrew berührte sie nicht einmal mit dem kleinen Finger. Er streifte sie lediglich und schritt ungehalten durch den Raum. Ruhelos. Wild. Voller Vergeltungssucht.

London

Zurück in ihrer Heimatstadt fühlte Jesse eine unglaublich schwere Last von ihren Schultern fallen. Sie hatte Glück gehabt und innerhalb kürzester Zeit einen Flug nach London ergattert. Dennoch spürte sie bis zuletzt einen grauenhaften Schatten in ihrem Nacken sitzen. Einen Verfolger, der sich nicht abschütteln lassen wollte. Erst als sie am Londoner Flughafen angekommen in ein Taxi stieg, das sie zu ihrer kleinen Wohnung brachte, schien sich auch diese Bedrohung aufzulösen – verschwand einfach mit den ersten Strahlen der Morgensonne.

Jesse nahm die vertraute Umgebung ganz bewusst in sich auf. Tief sog sie die Luft ein. Sie roch nach Menschen, Schweiß, Autos – doch nicht zuletzt auch nach Lebensfreude. Nach Großstadt. Nach London.

Glücklich drückte sie dem Taxifahrer sein verdientes Geld in die Hand. Er lächelte, nachdem er die junge hübsche Frau eingehend gemustert hatte. Dann wandte er sich ab und fuhr fröhlich pfeifend davon.

Jesse war so unsagbar glücklich und erleichtert, sich wieder in ihrer geliebten Heimatstadt zu wissen, dass sie hätte jubeln können. Keine Gefahr oder unheimliche Erlebnisse gingen von dort aus. Alles schien so viel friedlicher zu sein. Beinahe zu friedlich, gestand sie sich mürrisch ein. Wie sehr wünschte sie sich einen Mann an ihre Seite, der sie nun mit offenen Armen zu Hause willkommen heißen konnte! Doch nichts als kalte Leere schlug ihr aus ihrer Wohnung entgegen. Der Gedanke an Andrew schmerzte sie.

Wehmütig hievte sie ihr Gepäck in den Flur hinein. Sie durchstreifte die Räume, kontrollierte alles peinlich genau. Nichts hatte sich verändert. Nichts – bis auf ein stummes Aufleuchten der Digitalanzeige ihres Anrufbeantworters.

Jesse drückte sogleich auf den Knopf zum Abspielen. Für einen kurzen Augenblick hoffte sie darauf, Andrews Stimme zu hören, schob diesen Gedanken allerdings gleich wieder beiseite. Wie albern sie doch sein konnte!

„Lowman hier“, erklang die tiefe, eindringliche Stimme ihres Arbeitsgebers. „Ich erwarte Sie in meinem Büro. Unverzüglich!“

Jesse sank in sich zusammen. Sie hatte die Tatsachen verdrängt. Ihre überstürzte Flucht aus Brüssel würde berufliche Konsequenzen nach sich ziehen. Vor wenigen Stunden war sie noch der festen Überzeugung gewesen, ihr Arbeitgeber würde ihr Verständnis entgegen bringen. Nun war sie sich da aber gar nicht mehr so sicher! Wie sollte sie ihm ihr Handeln erklären, geschweige denn entschuldigen? Sie sah sich bereits vor ihm stehen, ohne dabei ein Wort über die Lippen zu bringen. Sie war vor einem Mann davongelaufen. Sie hatte gesehen, wie er das Blut einer Frau getrunken hatte. Und nun glaubte sie, ihr Geliebter würde nach ihrem Leben trachten. Wie irrsinnig diese Erklärungen klangen!

Jesse massierte sich die Schläfen. Ihr Kopf begann bedrohlich zu dröhnen. Sie wollte nur noch fliehen – am liebsten aus ihrem eigenen Körper. Aber es würde alles nichts helfen! Schnell wusch sie sich und zog sich frische Kleidung über. Sie wollte keine Zeit verlieren und das unangenehme Gespräch mit Mr. Lowman unnötig aufschieben.

Äußerlich wirkte Mr. Lowman ruhig und gefasst. In seinem Inneren brodelte es jedoch. Er musste sich sehr zusammennehmen, um nicht sofort wütend loszupoltern. Mit einem Ruck, viel heftiger als beabsichtigt, richtete er sich auf und bot Jesse einen Platz vor seinem Schreibtisch an.

„Bitte, setzen Sie sich doch.“

„Danke.“

Jesse ließ sich auf den Stuhl sinken. Sie fühlte sich elend und genau diesen Eindruck vermittelte sie auch. Ihr gesenkter Blick war auf ihre Finger geheftet, die sich wie zum Gebet auf ihren Oberschenkeln ineinander legten.

„Bitte keine Kündigung“, ging es ihr immer und immer wieder durch den Kopf.

Mr. Lowman setzte sich zurück in den ledernen Bürosessel, der beinahe doppelt so breit war wie die schmale, von Stress verzehrte Gestalt des Geschäftsführers. Räuspernd rückte er seine Brille zurecht. Er griff nach einer Akte und schlug sie auf, nur um sie im nächsten Augenblick wieder zu schließen. Der Aufruhr in seinem Inneren ergriff allmählich auch von seiner äußeren Erscheinung Besitz.

„Ich will nicht lange um den heißen Brei herumreden, Miss Brown", begann er. „Madame Demier rief mich heute früh an. Sie teilte mir mit, dass Sie sich bei der Galerie nicht einmal abgemeldet haben. Nur der Hotelmanager wusste anscheinend von Ihrer Rückkehr nach London. Sie können sich sicher vorstellen, dass ich darüber nicht begeistert bin."

Nervös knetete Jesse ihre Finger. „Es tut mir Leid. Es gab einen Notfall", log sie, ohne zu wissen, wie sie sich da wieder herausreden sollte.

„Ein Notfall also", wiederholte er.

„Ja, meine Mutter. Sie ist ... krank, müssen Sie wissen. Ich wollte Sie wirklich nicht enttäuschen." Jesse kam sich wie eine Kriminelle vor. Ihr Arbeitgeber zog sie geradewegs in ein Verhör, mit dem einzigen Ziel, die Wahrheit aus ihr herauszupressen. Aber wer glaubte ihr die tatsächlichen Ereignisse schon? Blut trinkende Männer. Wilde Orgien. Von ihrer leichtsinnigen Affäre mit Andrew ganz zu schweigen.

„Miss Brown, was haben Sie sich nur dabei gedacht? Unsere Galerie hat sich auf Sie verlassen. ICH habe mich auf Sie verlassen. Wie soll ich das dem Künstler erklären – und vor allem unseren Freunden in Brüssel? Unsere erste Ausstellung dort …" Er seufzte vorwurfsvoll.

„Ich ... es tut mir Leid." Jesse hasste sich selbst für den weinerlichen Unterton in ihrer Stimme. Doch so sehr sie sich auch bemühte, sie schaffte es nicht, sich dagegen zu wehren.

„Sie werden die nächste Maschine nach Brüssel nehmen und die Angelegenheit in Ordnung bringen."

„Aber …"

„Das sind Sie unserem Unternehmen und dem Künstler schuldig!"

„Aber, Mr. Lowman, ich kann nicht …"

„Es ist mir vollkommen egal, welche familiären Schwierigkeiten Sie haben." Seine Gesichtszüge verhärteten sich. Die Wut brach aus ihm heraus und spiegelte sich nun in seinen Augen wieder. „Haben Sie überhaupt eine Vorstellung, welchen Verlust uns eine abgebrochene Ausstellung einbringt? Wir müssen das Ansehen unseres Hauses wahren. Sie werden sich darum kümmern, dass unser Ruf nicht in den Schmutz gezogen wird. Oder ich werde mich darum kümmern, dass Sie nie wieder einen Fuß in irgendeine Galerie setzen."

Jesse zuckte zusammen. So hatte sie Mr. Lowman noch nie erlebt. Ihr blieb keine Wahl. Sie musste sich seiner Forderung unterwerfen.

„Natürlich", gab sie leise zur Antwort. „Ich werde die Angelegenheit wieder in Ordnung bringen." Mit hängendem Kopf verließ sie das Büro von Mr. Lowman. Wie sollte sie sich aus dieser Lage nur wieder hinausmanövrieren? Sie hatte keine Ahnung! Um keinen Preis wollte sie zurück nach Brüssel. Dort schien ihr das Unheil wie eine wilde Bestie aufzulauern. In London bleiben und nichts unternehmen konnte sie ebenso wenig. Die Situation bot ihr keinerlei Ausweg.

Gedankenverloren wanderte Jesse durch die Straßen. Sie kam an ihrem Lieblingscafé „Melinda" vorbei und beschloss hineinzugehen. Nach einer großen Tasse heißer Schokolade würde die Welt sicher schon ganz anders aussehen. Abwesend nahm sie an einem freien Tisch am Fenster Platz und gab ihre Bestellung auf. Nur flüchtig bedankte sie sich bei der freundlichen Bedienung. Die Frau kannte Jesse bereits von vielen früheren Besuchen. Sie hatten schon oft geplaudert. Jesses ungewöhnlich stille und in sich gekehrte Art fiel ihr gleich auf. Allerdings sagte sie nichts, sondern wandte sich nur seufzend ab.

Jesse sah hinaus auf die belebte Straße. „Ihr" London vermittelte den gewohnt bunten und lebenslustigen Eindruck. Doch sie konnte sich an diesem Tag nicht dafür erwärmen. Auch die heiße Schokolade trug nicht dazu bei, dass sich ihre Stimmung wieder hob.

Sie musste zurück nach Brüssel, kam es ihr immer wieder in den Sinn. Aber wie sollte sie das ertragen? Alles in dieser Stadt würde sie an Andrew erinnern. Vor allem das Hotel von Monsieur Rochelle. In keinem Falle konnte sie wieder dorthin.

Nicht enden wollende Schauer der Lust strömten durch ihren Körper, als sie an die gemeinsamen erotischen Stunden dachte. Wie gut sich Andrews Berührungen angefühlt hatten! Seine athletische Gestalt und seine perfekten Bewegungen! Er hatte eine heftige Ekstase in ihr geweckt. Insgeheim sehnte sie sich nach ihm. Sie verzehrte sich nach seinen Händen, seinem Mund.

Seufzend lehnte sie sich in dem Stuhl zurück. Kopfschüttelnd verdrängte sie diese intensiven Gedanken. Wie schaffte Andrew es selbst nach alledem und trotz der Distanz, ihr Innerstes zu beherrschen?

Sie würde sich in Brüssel eine andere Bleibe suchen müssen. Noch immer steckte der Reiseführer in der Seitentasche ihres Koffers. Ganz sicher standen darin Adressen und Übernachtungsmöglichkeiten. Sie spielte gar mit dem Gedanken, ihren Aufenthaltsort des Öfteren zu wechseln. Nur für den Fall, dass sie von irgendjemandem verfolgt wurde.

Allmählich gelang es Jesse, sich mit der Situation abzufinden. Sie würde erneut nach Brüssel reisen und die Ausstellung von Joaquin Worthing zu einem guten Abschluss bringen. Tatsächlich schämte sie sich sogar ein wenig für ihr kindisches Verhalten. Sie hatte sich von ihrer Panik überrumpeln lassen. Nun fasste sie nach und nach neuen Mut. Anscheinend hatte ihr nur die Ruhe gefehlt, um ihre Gedanken zu ordnen.

Sie verließ das Café „Melinda“ und trat hinaus auf die belebten Straßen von London. Ihre geliebte Stadt hüllte sie wie ein schützender Mantel ein. Schon fühlte sie sich viel wohler in dieser Umgebung. Die Menschenmenge tat ihr gut. Sie konnte sich in ihr verlieren, in sie hineinwachsen. Eine ganze Weile streifte sie so herum, bis ein kleiner Laden mit Silberschmuck ihre Aufmerksamkeit auf sich zog. Ketten mit Kreuzanhängern in den verschiedensten Varianten waren in der Auslage zu bestaunen. Jesse erinnerte sich nicht daran, diesen Laden je gesehen zu haben. Sie trat ganz dicht an die Scheibe und betrachtete die Stücke eingehend. Durch einen Spalt konnte sie auch einen Blick in den Innenraum werfen. Ein älterer Mann saß dort hinter einer provisorischen Theke. Er hielt eine Tasse an seine Lippen und trank einen Schluck des dampfenden Inhalts. Freundlich lächelte er Jesse zu.

Im nächsten Augenblick verschwamm seine Gestalt vor ihren Augen. Sie zuckte zusammen, als sich in der Scheibe ein anderes Wesen formte. Eine Hand legte sich von hinten auf Jesses Schulter. Zuerst wirkte die Peson unklar, doch nach und nach traten die Konturen immer deutlicher hervor.

„Louis!“, durchfuhr es sie. Es war ohne Zweifel sein Gesicht, das sie dort höhnisch grinsend erblickte. Aber wie konnte das sein? War er so besessen, dass er sie tatsächlich verfolgte? Oder wurde er am Ende sogar von Andrew geschickt?

Ganz deutlich spürte sie nun den Druck auf ihrer Schulter. Seine Augen fixierten sie und im nächsten Moment schoben sich spitze Eckzähne aus seinem leicht geöffneten Mund hervor.

Panisch wirbelte Jesse herum. Fest entschlossen, ihm die Stirn zu bieten, hob sie ihre geballten Hände. Doch von Louis war weit und breit keine Spur. Lediglich einige Passanten liefen an ihr vorbei. Allesamt warfen ihr erstaunte Blicke zu.

Das konnte doch nicht sein!

Jesse sah nach allen Seiten und warf auch einen Blick zurück in das Schaufenster. Aber Louis blieb verschwunden.

Vielleicht eine Halluzination, redete sie sich ein. Ganz sicher sogar. Sie hatte die Erlebnisse der letzten Tage bisher nicht verarbeiten können. Ihre Verdrängungstaktik hatte nun wahrscheinlich dazu geführt, dass sie umso heftiger von den Bildern der Erinnerung heimgesucht wurde.

Sie schüttelte sich.

Es musste einen Weg geben, das alles möglichst schnell zu vergessen. Sie wusste nur noch nicht welchen.

Vorerst würde sie nach Hause gehen und sich ein heißes, entspannendes Bad gönnen.

Jesse vergaß das furchteinflößende Erlebnis vor dem Schmuckgeschäft schnell. Als sie wieder in ihrer Wohnung war, ließ sie heißes Wasser in die Wanne laufen. Sie gab Öle in das dampfende Bad hinzu. Mühsam verdrängte sie die Gedanken an Andrews Räumlichkeiten im Club, sein exklusives Badezimmer und ihre Erlebnisse darin. Sie konzentrierte sich ganz auf sich selbst, streifte die Kleidung bewusst langsam ab und steckte die Haare mit einer großen Spange auf ihrem Oberkopf fest. Dann ließ sie sich in die Wanne gleiten. Die angenehme Wärme umfing sie, hüllte sie vollständig ein. Beruhigend legten sich die Düfte auf ihre Sinne. Jesse schloss die Augen und entspannte sich. Alle negativen Einflüsse fielen von ihr ab. Einzig die Geborgenheit blieb zurück. Das Wasser streichelte samtig über ihre Haut. Ein Moment von unschätzbarem Wert.

Jesse musste sich in ihm verloren haben, denn ihr Bewusstsein kehrte erst wieder zurück, als sie zu frösteln begann. Das Wasser hatte sich abgekühlt. Schnell richtete sie sich auf und ließ es abfließen. Sie griff nach einem Handtuch, wickelte sich darin ein und knotete den flauschigen Stoff über ihrer Brust zusammen.

Wie viel Zeit war vergangen?

Sie ging hinüber in ihr Wohnzimmer und blickte aus dem Fenster. Es war noch heller Tag. Ihre Befürchtung, der Abend könne bereits anbrechen, zerschlug sich. Sie verdrängte ihre aufkeimende Angst vor der Dunkelheit. Stattdessen suchte sie nach dem Reiseführer über Brüssel. Wie sie richtig vermutet hatte, steckte er noch in der Seitentasche ihres Koffers. Zunächst blätterte sie die Seiten voller Unlust durch. Ohne weiter zu grübeln ging sie als nächstes zum

Telefon und ließ sich von der Auskunft mit dem Flughafen verbinden. Sie erkundigte sich nach einem Brüsseler Flug.

„Morgen früh, 10.35 Uhr hätte ich etwas für Sie. Oder lieber nachmittags?"

„Nein", entschied Jesse. „10.35 Uhr ist mir recht."

Nachdem sie dies erledigt hatte, trocknete sie sich ab und schlüpfte in einen bequemen Hausanzug. „Schon besser", flüsterte sie, während sie auf ihr Sofa sank. Sie stellte den Fernseher an, um gegen die unerträglich werdende Stille anzukämpfen. Dann nahm sie erneut den Reiseführer zur Hand und suchte nach Übernachtungsmöglichkeiten. Das Gebäude sollte möglichst weit vom „Club Noir" entfernt liegen. Zwar wäre es somit etwas umständlicher die Galerie jeden Morgen zu erreichen, aber das nähme sie in Kauf. Sie wollte sich nicht in der Nähe von Andrew und seinen merkwürdigen nächtlichen Geschäften wissen. In dem Führer fand sie mehrere Hotels, die sie sich auf einem Zettel notierte. Gleich nach ihrer Ankunft in Brüssel würde sie sich für eines davon entscheiden.

Als nächstes widmete sich Jesse ihrem Koffer. Die Kleidungsstücke lagen grauenhaft durcheinander und waren zerknittert. Sie hob die Bluse hoch, die sie an ihrem ersten Abend im Club getragen hatte. Zwei Knöpfe hingen noch daran. Der Stoff war an einer Stelle eingerissen. Jesse hatte diese Bluse immer sehr gerne getragen. Nun aber war sie ruiniert und untrennbar mit einer unliebsamen Erinnerung behaftet. Kurzerhand wanderte sie in den Müll.

Jesse tauschte den Inhalt des Koffers gegen neue, frische Kleidung aus. Sie drückte die Kofferverschlüsse zu und stellte ihr Gepäck abfahrbereit in den Flur. Als sie nun einen erneuten Blick aus dem Wohnzimmer warf, schien ihr der Tag nicht mehr so hell entgegen. Es dämmerte. Dunkle Wolken schoben sich über den Himmel. Eine entsetzliche Kälte legte sich auf Jesses Gemüt.

Die Zeiger ihrer Uhr wanderten bereits auf Mitternacht zu, als Jesse plötzlich ein Geräusch an ihrer Wohnungstür hörte. Sie richtete sich auf. Lauschte angespannt. Doch schon im nächsten Augenblick herrschte wieder vollkommene Stille.

Hatte sie sich das gerade nur eingebildet?

Nervös stand sie auf. Sie schaltete überall in der Wohnung Licht an, untersuchte jeden Winkel und sah aus jedem Fenster. Die Erinnerungen an die vergangenen Tage ließen ihr Blut in Wallung geraten. Ihr Puls raste und ihre Gedanken überschlugen sich. Sie hielt inne. Wartete.

Womöglich war es auch nur der Schlaf, der ihr fehlte. Schon seit zwei Stunden gähnte sie ununterbrochen. Immer wieder fielen ihr die Augen zu. Trotzdem hatte sie sich jedes Mal tapfer in ihrem Sessel aufgerichtet und sich bemüht, das Fernsehprogramm zu verfolgen.

Wenn sie am nächsten Tag ausgeschlafen in Brüssel ankommen wollte, würde sie nun allmählich ihr Bett aufsuchen müssen. Ganz egal, wie sehr ihre Angst sie davon abzubringen versuchte. Sie redete sich ein, dass sie endlich diese unsinnigen Gedanken abstellen musste. Schließlich befand sie sich momentan nicht in Brüssel, sondern in London. In Sicherheit.

Sie schaltete das Licht wieder aus, ließ nur die kleine Nachttischlampe neben ihrem Bett brennen. Während sie den Reißverschluss ihres Oberteils zu öffnen begann, wandte sie sich leise summend um.

Ein Blitzschlag der Gefühle durchfuhr sie.

„Jesse, mein hübsches Kind." Louis tauchte wie ein Gespenst aus dem Schatten des Zimmers hervor. Fahles Mondlicht fiel durch die Fenster und umschmeichelte seine harten Züge, die ein überhebliches Lächeln zeigten. Seine Augen glänzten. Begierde und unstillbares Verlangen spiegelten sich darin.

Jesse durchfuhr es eiskalt, als er ganz nahe vor sie trat. Er durchbohrte sie mit seinen Blicken.

„Was wollen Sie von mir? Verfolgen Sie mich etwa?", setzte sie ihm unfreundlich entgegen.

„Nun ja“, begann er gemächlich, „man könnte sagen, dass ich Sie verfolge. Aber das ist so ein unschönes Wort. Ich will Ihnen doch nichts Böses. Ganz im Gegenteil.“

Er streckte eine Hand aus und berührte Jesse vorsichtig an der Wange. Mit aller Zärtlichkeit, die er aufbringen konnte, streichelte er ihre samtene Haut.

Zu ihrem eigenen Entsetzen spürte Jesse, wie sie es zu genießen begann. In ihr tobte ein wilder Tanz der Gefühle. Sie sehnte sich nach Liebkosungen dieser Art und weitaus mehr. Allerdings brachte Louis sie dabei vielmehr dazu, an Andrew zu denken. Denn er war es, nachdem sie sich eigentlich verzehrte.

Unvermittelt zuckte sie zurück.

„Hören Sie auf damit! Sofort!“

„Aber, aber.“ Er hielt tatsächlich inne, wollte jedoch keinen Zentimeter von ihrer Seite weichen. Nun setzte er seinen ganzen Charme ein, um sie für sich zu gewinnen.

„Jesse, ich habe Sie doch nur hierher verfolgt, weil mir Brüssel ohne Sie so leer erschien. Sie fehlen mir. Verstehen Sie das nicht? Ich weiß, dass wir beide keinen sehr glücklichen Start hatten. Aber das gehört der Vergangenheit an. So bin ich nicht mehr. Ich habe mich geändert – und ich brauche Sie!“

Er sah ihr so eindringlich in die Augen, als wollte er sie hypnotisieren. Das würde Jesse aber auf keinen Fall zulassen! Sie schubste ihn von sich – zumindest glaubte sie das. In Wahrheit trat er selbst einen Schritt nach hinten, um sie nicht noch mehr zu erschrecken.

„Sie können mir nichts vormachen! Gehen Sie zurück nach Brüssel. Sie und Andrew – ihr seid doch beide gleich!“

„Nein, Sie irren sich. Ich bin nicht wie er.“ Beschwichtigend hob er die Hände. „Ganz und gar nicht. Ich würde Sie niemals so sehr verletzen, wie er es getan hat.“

Jesse glaubte ihm kein Wort. Was wusste er schon von Andrew und ihr? Widerwillig schüttelte sie den Kopf.

„Geben Sie es doch zu! Sie sind auch einer von denen. Sie treiben diese grausamen Spiele im Club, trinken Blut und all solche

Sachen." Sie redete sich in Rage. „Sie bedrohen *unschuldige* Mädchen!"

Sie betonte „unschuldig" so sehr, dass Louis anfangen musste zu lachen. Das verärgerte Jesse nur umso mehr. Ihr Gesicht verfärbte sich rosa. Wütend schob sie sich an ihm vorbei. Sie wollte ihn einfach stehen lassen und Hals über Kopf aus ihrer Wohnung flüchten. Aber so schnell wollte Louis sie nicht entlassen. Seine freundliche Miene verzerrte sich zu einer Grimasse, als er sie nun am Arm packte.

„Ich habe dir die Möglichkeit gegeben, dich freiwillig für mich zu entscheiden", knurrte er wie ein wildes Tier, „aber ich kann dich genauso gut zwingen. Glaubst du, ich hätte nicht die Macht dazu? Du bist ein törichtes Mädchen, dich mir zu widersetzen."

Jesse wollte aufschreien, ihre Nachbarn auf sich aufmerksam machen, aber sie brachte keinen Laut hervor. Irgendwie war es Louis gelungen, sie zum Schweigen zu bringen, ohne dafür auch nur einen Finger zu rühren.

Ängstlich sah sie ihm in die Augen. Ein gefährliches Feuer loderte darin. Sie erkannte, dass sie sich aus dieser Lage nicht alleine befreien konnte.

Louis zerrte Jesse in die Küche. Er setzte sie auf einen Stuhl und zauberte scheinbar aus dem Nichts einen Strick hervor. Geschickt band er ihr die Hände auf dem Rücken zusammen, als würde er genau das jeden Tag machen. Er verknotete den Strick mit dem Stuhl. Als Jesse den Versuch wagte, mit den Füßen nach ihm zu treten, knebelte er auch diese. Hilflos saß sie nun vor ihm.

Wie eine Raubkatze beugte Louis sich über sie. Er fuhr seine Klauen aus. Jesse versteifte sich. Mit geschlossenen Augen wandte sie den Kopf zur Seite. Doch entgegen ihrer Befürchtung strich Louis ganz sanft mit seinen Fingerspitzen über ihre Haut. Es prickelte. Der wohlige Schauer durchdrang Jesse nur allzu deutlich.

Die Flamme des Verlangens züngelte in ihr auf, verlockte sie Dinge zu tun, gegen die sie sich zu wehren versuchte.

Sein Gesicht näherte sich dem ihren. Sie konnte seinen Atem wie einen warmen Lufthauch spüren. Ganz leicht öffneten sich seine Lippen. Kurz kostete er mit der Zunge ihren Geschmack, bevor er sich wieder zurücklehnte.

„Warum siehst du mich nicht an?“, fragte er. Im Gegensatz zu ihr musterte er sie vollkommen unverblümt. Der halb geöffnete Reißverschluss ihres Oberteils entblößte die verführerische Spalte zwischen ihren Brüsten. Durch ihren heftigen, unkontrollierten Atem hob und senkte sich ihr Oberkörper in reizvoller Weise. Gierig sog sich Louis an diesem Anblick fest.

„Warum sollte ich? Ist das wichtig?“ Jesse war bemüht, ihre Stimme so kraftvoll wie möglich klingen zu lassen. Das Feuer in ihr breitete sich aus. Es ergriff ihre Brust, die sich scheinbar ohne ihr eigenes Zutun um ein winziges Stück aufbäumte. Ihre Kehle war rau und ihr Kopf so unsagbar leer. Sie widerstand dem Impuls, sich Louis darzubieten.

„Du bist widerspenstig. Das gefällt mir.“ Er grinste. „Aber das wird dir nicht helfen.“ Erneut schob er sich ganz dicht auf sie zu. Seine Hände glitten über ihre Taille, fuhren an ihren Seiten hinauf. Er entfachte einen Strom der Leidenschaft, der gegen Jesses Vernunft ankämpfte. Dann öffnete er das letzte Stück des Reißverschlusses und senkte seinen Kopf auf ihre Brust. Jesse spürte, wie etwas Spitzes über ihre Haut glitt. Louis verbarg seine Eckzähne nicht länger. Er knabberte an ihr, küsste ihre Brüste.

Entsetzt presste Jesse die Oberschenkel ganz fest zusammen. Er war im Begriff, sich das zu nehmen, wonach es ihm schon länger verlangte. Doch weitaus schlimmer war die verräterische Hitze, die allmählich in ihrem Schoß aufstieg. Inständig hoffte sie, dass er nichts von ihrer eigenen Lust bemerken würde. Warum berührte er sie auch auf diese Weise? Seine Hände waren geschickt und sie drangen weiter und weiter vor.

Dieses Mal würde kein Andrew aus dem Schatten des Raumes auftauchen, um Jesse zu beschützen. Sie wimmerte kläglich auf.

„Warum machst du es dir so schwer?“ Beinahe zärtlich strich Louis über ihr Haar. Er richtete seinen Blick so lange und eindringlich auf sie, bis sie endlich nachgab und ihn ansah. Seine düsteren Züge waren fein geschnitten. Ein amüsiertes Lächeln umspielte seine Lippen und seine Augen funkelten magisch. Er war ohne Zweifel ein attraktiver Mann. Jesse konnte die aufkeimenden verlangenden Gefühle kaum unterdrücken.

„Wir könnten viel Spaß haben – zusammen. Du hast keinen Grund, dich vor mir zu fürchten.“

Sie keuchte. Das konnte er unmöglich ernst meinen! „Ich bin an einen Stuhl gefesselt!“

„Doch nur zu deiner eigenen Sicherheit“, winkte er ab. „Du musst erst verstehen, wer ich bin. Was ich bin. Du wehrst dich immer noch dagegen, obwohl du es schon lange ahnst. Warum hast du Angst?“

„Ich habe keine Angst!“ Das war eine offensichtliche Lüge. Aber sie würde diesem Mann keine weitere Angriffsfläche bieten.

„Du zitterst.“ Überheblich lächelnd fuhr er mit den Fingern durch ihr langes Haar. Er öffnete die Spange, von der es zusammengehalten wurde. Wie weiche Wellen floss es nun an Jesses Rücken hinunter. Er konnte nicht ahnen, wie sehr sie von diesem Spiel erregt wurde. Doch sie zwang ihre Gedanken in eine andere Bahn.

„Wer oder was bist du?“, hakte sie nach.

„Ich bin ein Untoter. Ein Blutsauger.“ Er spielte mit ihrem Haar, wickelte eine Strähne um seinen Finger. „Ein Vampir.“

Jesse musste lachen, so grotesk kam ihr das Ganze vor. Aber Louis meinte es tatsächlich ernst. Ruckartig fasste er sie hart im Nacken und brachte sie zum Stillschweigen. Sie starrte ihn an.

„Es gibt keine Vampire“, stellte sie mutig fest.

„Was meinst du – bin *ich* dann?“

„Nur ein Mensch, der gerne Blut trinkt. Vielleicht betest du ja auch den Teufel an. Was weiß ich!“

Ihre Halsstarrigkeit belustigte Louis immer mehr. Sie wollte die Wahrheit unter keinen Umständen anerkennen. Bis zuletzt würde sie dagegen ankämpfen. Vampire passten einfach nicht in ihre Welt.

Louis fühlte sich herausgefordert. Es würde ihm eine wahre Freude sein, ihren Willen zu brechen und sie mit sich in die Dunkelheit zu ziehen.

„Und wie erklärst du dir meine ungewöhnlich spitzen Zähne?“ Er öffnete den Mund, ließ Jesse einen ausgiebigen Blick auf die scharfen Eckzähne werfen.

„So was kann man machen lassen. Es gibt Zahnärzte, die das können.“

Ein gefährliches Funkeln trat in die düsteren Augen von Louis. Er konnte sich nicht länger zurückhalten. Unter einem leisen Keuchen von Jesse versenkte er seine Zähne in ihrem Hals. Er sog an ihr und gab sich dabei keine Mühe, sein gieriges Schmatzen zu unterdrücken.

Jesse verlor die Kontrolle über ihre Gedanken. Verwirrung und Unverständnis breiteten sich in ihr aus. Dieser Mann hatte sie gerade gebissen und wollte nun nicht mehr von ihr ablassen! Sie konnte nicht fassen, dass er tatsächlich ihr Blut trank.

Als er jedoch für einen kurzen Moment innehielt und sie mit einem blutverschmierten Grinsen und wild funkelnden Augen anblickte, hatte sie Gewissheit darüber.

Das Leben schien Jesse zu entweichen. Sie versuchte sich zu wehren. Doch vergebens! Louis lehnte sich viel zu kräftig auf sie. Ihre Fesseln waren zu eng und fest. Sie konnte nicht einmal mehr laut aufschreien, als sie nun von einem unerträglichen Schwindelgefühl ergriffen wurde.

Louis spürte ihre stumme Abwehr. Er genoss sie mit jedem Blutstropfen, den er ihr nahm. Erst, als sie in eine erschöpfte Ohnmacht versank, löste er sich wieder von ihr.

Jesse befand sich in einem dämmrigen Zustand. Sie fühlte sich so ausgemergelt, als hätte sie seit Tagen nichts gegessen. Ihre Atmung war flach und unendlich langsam. Ein stechender Schmerz zerriss sie innerlich. Sie öffnete die Augen, kämpfte um einen klaren Blick. Doch alles blieb merkwürdig verschwommen. Ihre Umgebung flimmerte, drehte sich um sie, sobald sie sich ein wenig mehr anstrengte.

„Hallooo …?“, brachte sie schwach hervor. Sie räusperte sich. Mit der Zungenspitze fuhr sie über ihre trockenen Lippen. Ihr ganzer Mund fühlte sich spröde und rau an.

„Hast du nach mir gerufen, meine Hübsche?“ Das widerwärtig grinsende Gesicht von Louis schob sich in ihr Gesichtsfeld. Wie sehr sie ihn doch verabscheute! Warum quälte er sie auf diese Weise?

Erneut kam er auf sie zu, kniete vor ihr und strich langsam über ihre Glieder. Seine Lippen zogen eine gierige Spur entlang ihres halbnackten Oberkörpers. An ihrem Hals verharrte er und küsste die kleinen Wunden, die seine Zähne hinterlassen hatten. Jesse sträubte sich gegen seine Liebkosungen, spürte aber auch die Wellen der Lust, die sie zu überwältigen drohten. Sie stöhnte auf.

„Mach mich los. Lass mich aufstehen“, bat sie schwach.

„Hast du es dir anders überlegt? Willst du es jetzt auch?“ Seine gedämpfte Stimme troff vor Überheblichkeit. Er war sich seiner sicher.

Für den Bruchteil einer Sekunde wurde Jesse von dem Gedanken gepackt, ihm einfach nachzugeben. In ihrem Kopf tummelten sich Bilder, wie sie sich mit Louis vergnügte. Doch sie schob alles weit von sich.

„Ich muss ins Bad“, murmelte sie, als Louis langsam begann, ihre Hände unter Küssen zu befreien.

Er widersprach ihr nicht, sondern befreite sie. Zu ihrem eigenen Entsetzen war Jesse kaum in der Lage alleine aufzustehen und sich auf den Beinen zu halten. Sie taumelte, hielt sich schließlich an Louis’ Arm fest. Er begleitete sie zu ihrem Badezimmer und ließ ihr genügend Zeit, sich frisch zu machen und ihre Notdurft zu verrichten.

Verwirrt klammerte Jesse sich an den Rand des Waschbeckens. Das Blut pochte schwach in ihren Adern. Sie erschrak vor ihrem eigenen kalkweißen Spiegelbild. Obendrein brummte ihr Kopf schmerzhaft. Hilfe suchend durchforstete sie das Zimmer. Es musste doch irgendeine Möglichkeit geben, sich aus dieser Lage zu befreien! Zwar wies ihr Bad ein Fenster auf – allerdings befand sich an der äußeren Hauswand nichts als purer, nach unten abfallender Stein. Eine solche Flucht wäre eine Flucht in den Tod.

Sie zuckte zusammen, als sie Louis plötzlich an die Tür klopfen hörte. „Warum brauchst du so lange, meine Hübsche?"

Sie antwortete nicht, sondern klammerte sich weiterhin stumm an dem Waschbecken fest. Es dauerte nicht lange und Louis kam wütend herein.

„Geh weg!", keuchte Jesse. „Lass mich in Ruhe!"

Er kam auf sie zu, schlang einen Arm um ihre Taille und hob sie vom Boden auf. Sie war viel zu schwach, um sich zu wehren. Ohne Umschweife trug er sie zurück in die Küche, setzte sie auf den Stuhl und band Jesse erneut daran fest.

„Du widersetzt dich mir also noch immer?"

Am liebsten hätte sie ihn lautstark angebrüllt. Doch im selben Augenblick bemerkte sie, wie ihr die Stimme bereits im Keim erstickte. Nicht mehr als ein heiseres Stöhnen kam über ihre Lippen. Sie verfluchte sich dafür, dass sie die Gelegenheit nicht genutzt und von dem Leitungswasser getrunken hatte.

„Ich habe Durst." Sie klang leise und schwach. Es war für sie unerträglich, dass sie ihn um etwas bitten musste, aber sie hatte keine andere Möglichkeit. Louis warf sich in die Brust. Er ritzte mit seinen scharfen Zähnen über die Kuppe seines kleinen Fingers und leckte an dem kleinen roten Schwall, der sogleich an die Oberfläche trat. Gier flammte in ihm auf. Er seufzte hemmungslos, kniete sich schließlich nieder und bot Jesse seine Hand dar.

Nie zuvor hatte Jesse Blut auf diese Weise gerochen. Es stieg ihr in die Nase, setzte sich darin fest.

„Sieh genau hin." Louis umgarnte sie mit seinen ruhigen hypnotischen Worten. „Ist das nicht köstlich? Möchtest du nicht davon probieren?"

Jesse wandte den Kopf so weit zur Seite, wie es ihre verkrampfte Haltung ermöglichte. Er konnte doch nicht wirklich glauben, dass sie sein Blut trinken würde! Sie schüttelte sich. Der bloße Gedanke entsetzte sie. Dennoch konnte sie sich der verführerischen Wirkung seines Lebenssaftes nicht entziehen. Etwas daran faszinierte sie.

„Ich spüre, dass du es willst. Du bist unsagbar durstig. Du brauchst mein Blut, um zu überleben", redete er ihr ein. Sie wehrte sich dagegen. Niemals wollte sie so sein wie er!

„Nur ein Glas Wasser."

„Wasser?" Er lachte schallend auf. „Das ist nichts für uns. Wir ernähren uns nicht von Wasser. Daran solltest du dich gewöhnen."

Sie schüttelte den Kopf. Noch trug sie die Kraft in sich, ihm nicht in die Dunkelheit zu folgen. Ein zweites Mal nahm er *ihr* Blut. Bei seinem ersten Saugen hatte sie sich entsetzlich unter seinen Berührungen gewehrt. Mit fortschreitender Zeit verlor Jesse aber beständig an Kraft. Dieses Mal ließ sie alles einfach geschehen. Sie fühlte nicht mehr, wie sich seine Zähne in ihr Fleisch gruben. Regungslos nahm sie wahr, wie er sich von ihr nährte. Ihr Körper starb von innen heraus ganz langsam ab. Es würde nicht mehr lange dauern und einzig eine leblose Hülle bliebe von ihr zurück.

Louis entzog sich ihrer Gegenwart, sobald der Morgen seine ersten Vorboten durch die Nacht schickte. Instinktiv hatte Jesse gewusst, dass er sich zur Ruhe begeben würde, sobald die Sonne am Himmel auftauchte. Es war die perfekte Gelegenheit für eine Flucht. Sie musste nur diese verdammten Fesseln irgendwie lösen! Halb betäubt rieb sie ihre Hände gegeneinander. Sie drückte gegen den festen Strick. Mittlerweile war sie allerdings so schwach, dass sie ihre Arme nicht einmal mehr für mehrere Sekunden anheben konnte. So blieb ihr nichts anderes übrig, als erneut im Schlaf der Erschöpfung zu versinken und den Tag ungenutzt verstreichen zu lassen.

Louis weckte Jesse am nächsten Abend, indem er sacht über ihre Wange strich. Sie wirkte eingefallen und unterkühlt. Ihre Augen lagen tief in den Höhlen. Die lebendige Farbe hatte sie verlassen. Ihre Züge sahen grau und krank aus.

Jesse spürte ihren steifen Körper nur noch undeutlich. Sie öffnete die Augen einen winzigen Spalt und schloss sie sogleich wieder. Zum Sprechen war sie nicht in der Lage, geschweige denn dazu, sich zu wehren.

„Ich könnte dich sehr schnell aus dieser Lage befreien." Die Finger von Louis fuhren ihren Hals entlang und verweilten einen Moment an der Stelle, wo er sich an ihr genährt hatte. Deutlich traten die zwei kleinen Wunden auf ihrer hellen Haut hervor.

„Du musst es nur wollen. Bitte mich darum, dir das Leben zu retten." Seine Forderung drang tief in ihr Bewusstsein ein. Sie hörte seine Stimme in ihrem Kopf immer und immer wieder. Wie ein grauenhaftes Echo des Bösen.

Jesse wollte ihm einfach nicht zuhören. Ihren Geist wollte sie vor ihm verschließen. Aber selbst dazu fehlte ihr die Kraft. Es gab keine Hoffnung für sie. Sie würde sterben.

„Nein."

Fordernd glitten die Finger von Louis über ihren Körper. Er küsste ihren Hals, fuhr mit der Zunge über ihre Brüste. „Du musst nicht sterben. Ich biete dir die Ewigkeit an meiner Seite. Hör endlich auf, dich gegen mich zu wehren."

„Lass mich", presste sie schwach hervor. Sie erschrak über ihre eigene gebrochene Stimme. „Ich will die Ewigkeit nicht. Geh … Lass mich …"

Erschöpft sank sie wieder in sich zusammen. Allein diese Worte hatten sie ein erhebliches Maß an Kraft gekostet. Sie wusste, dass sie sich nicht lange wach halten konnte. Womöglich würden auch bald die Lungen den Dienst versagen. Schon jetzt brannte jeder Atemzug in ihrer Kehle. Zudem war da wieder dieser Geruch nach Blut. Er stieg ihr so eindringlich in die Nase, dass es sie wahnsinnig machte. Sie wollte heulen. Ihr Körper schüttelte sich krampfartig. Doch keine Träne rann über ihre Wange, als wären selbst ihre Augen bereits ausgetrocknet.

„Jesse, meine Hübsche." Er umgarnte sie. „Ich brauche dich. Das weißt du. Du kannst dich mir doch nicht einfach so entziehen."

„Und ob sie das kann."

Louis fuhr herum. Mit einem extrem schnellen Satz sprang er über Jesses Beine – hinein in seine Angriffsposition. Er fauchte den Eindringling an. „Was fällt dir ein?"

„Das sollte ich wohl eher dich fragen." Andrew stand mit versteinerter Miene vor ihm. Es schmerzte ihn, Jesse in dieser Verfassung zu sehen. Er ließ sich jedoch nichts anmerken, sondern konzentrierte sich voll und ganz auf Louis.

Dieser wich zurück. Er fühlte sich nicht annähernd so stark, wie bei ihrem letzten Zusammentreffen. In dieser Nacht hatte er sich noch nicht genährt. Innerlich verfluchte er seine eigene Leichtsinnigkeit. Er hatte geglaubt, die Dunkelheit für sich zu nutzen und Jesse zu seiner Gefährtin machen zu können, bevor Andrew auftauchte. Nun stellte er allerdings fest, dass sein Zeitplan nicht aufgegangen war.

„Deine Jesse gehört jetzt mir! Du hast hier nichts verloren!"

Andrew schenkte ihm ein überlegenes Grinsen. „Es tut mir Leid, wenn ich dich enttäusche. Aber ich sehe die Sache doch etwas anders. Jesse gehört dir nicht."

„Ach, du glaubst, dass sie dir gehört?"

„Nein. Sie gehört sich selbst."

Louis schnaufte spöttisch. Er konnte diese ruhige, alles beherrschende Art von Andrew nicht ausstehen. „Das ist ausgemachter Blödsinn! Ich werde sie zu meiner Gefährtin machen – und du wirst mich nicht daran hindern!"

„Das werden wir ja sehen."

Wie zwei wilde Tiere umkreisten sich die Männer. Hitze erfüllte den Raum. Andrew suchte nach einem geeigneten Angriffspunkt, ohne Jesse dabei in Gefahr zu bringen. In jedem Falle wollte er weiteres Leid von ihr abwenden. Sie seufzte, als sie schwach seine Anwesenheit spürte. Doch sie hatte ihr Bewusstsein beinahe verloren. Sie nahm nichts mehr tatsächlich wahr. Nur ihr Unterbewusstsein registrierte die Schatten der beiden Vampire.

Louis hingegen kannte keinerlei Skrupel, das Leben des Mädchens zu opfern. Er schoss auf sie zu, krallte sich in ihren Haaren fest und richtete seine Zähne bedrohlich auf ihr zartes Fleisch. Mit einem selbstzufriedenen Lachen registrierte er das Aufblitzen in Andrews Augen.

„Du wirst ihr kein Haar krümmen!"

„Versuch es doch zu verhindern", zischte Louis. Er streifte ihren Hals bereits mit seinen Zähnen, um sich zum wiederholten Male von ihr zu nähren. Ein kläglich aufkeuchender Laut verließ Jesses Lippen, als er sich in ihr verbiss. Dieser Angriff von ihm würde tiefe Spuren auf ihrer Haut hinterlassen. Er trank ohne zu zögern. Das Leben entwich ihrem Körper. Ihre Atmung versiegte in ein kaum wahrnehmbares Minimum.

Andrew machte einen Satz nach vorne. Er packte Louis hart an der Kehle, würgte ihn, so dass er das Blut wieder ausspucken musste. Einige Tropfen landeten auf Jesses Gesicht und verursachten einen grotesken Anblick. Sie wirkte bereits wie tot. Alles in Andrew schrie nach Vergeltung. Am liebsten hätte er von Louis gelassen und stattdessen Jesse auf seine Arme gehoben. Es drängte ihn danach, sie an einen sicheren Ort zu bringen. Ihr zu helfen. Sie irgendwie wieder ins Leben zurückzurufen.

Unter seinem Gefühlschaos wurde sein Griff so stark, dass Louis sich wie von Sinnen zu befreien versuchte. Seine langen Fingernägel kratzten über Andrews Hände und hinterließen blutige Striemen. Er schaffte es, trotz des Würgegriffes auf die Beine zu kommen. Mit aller Gewalt schlug er seine Arme unter die von Andrew und befreite sich so aus der misslichen Lage.

Knurrend wich er zurück. Seine dunkle Aura blitzte bedrohlicher auf, als Andrew es je bei einem anderen Vampir gesehen hatte. Dieser Feind war nicht zu unterschätzen.

Louis streckte seine Arme seitlich aus. Wütend fauchte er seinem Kontrahenten entgegen. Er hätte ihn bereits in Brüssel vernichten sollen! Da hatte er noch geglaubt, Andrew einen viel tieferen Stich versetzen zu können. Wäre diese Frau nicht so verdammt widerspenstig gewesen, hätte er es auch geschafft, sie Andrew als seine Gefährtin zu präsentieren – das hatte er eigentlich bezweckt. Der mächtige Vampir sollte leiden. Wenn nicht auf die geplante Weise, dann auf eine andere.

Erneut wagte er einen Vorstoß auf Jesse zu. Dieses Mal ließ Andrew es allerdings gar nicht erst so weit kommen. Er stellte sich zwischen Louis und seine Geliebte. Beschützend – wie eine steinerne Mauer – verharrte er. Der Angriff prallte an ihm ab. Louis wollte seine Zähne in ihm versenken. Doch Andrew war schneller. Er packte seinen Gegner am Handgelenk und biss so kraftvoll hinein, dass Louis gequält aufschrie. Wimmernd zog er sich zurück und barg seinen geschundenen Arm im Schatten seiner Gestalt.

„Du kannst ihr nichts antun, solange ich hier bin und sie beschütze."

„Das ist lächerlich!" Spott mischte sich in die Stimme von Louis. „Sieh dich doch an! Du beschützt eine gewöhnliche Sterbliche. Wie tief bist du nur gesunken!"

Andrew ignorierte die Beleidigung. Unbekümmert schritt er weiter auf Louis zu. Jesses Körper erzitterte plötzlich hinter ihm. Erbarmungslose Kälte griff nach ihrem Herzen. Er musste sich beeilen! Louis schnell zur Strecke bringen, um sich Jesse widmen zu können.

Andrews Gestalt schien sich gewaltig über Louis aufzubauen. Er trieb ihn aus der offen stehenden Küchentür hinaus in das Wohnzimmer. Kein Licht brannte dort. Es war vollkommen dunkel. Louis wollte die Gelegenheit ausnutzen und sich in einer Ecke verschanzen. Im selben Moment sprang Andrew auf. Fledermausgleich durchbrach er die Luft und landete direkt vor Louis' Füßen. Er zischte gefährlich.

Die beiden Männer prallten mit unheimlicher Wucht aufeinander. Der Boden unter ihnen erbebte und von der Decke bröckelte Putz.

Louis schlug mit seinen klauenartigen Fingern immer wieder zu. Er fletschte die Zähne, grunzte wie ein wildes Tier, schnappte jedoch ins Leere, weil Andrew diesen Attacken geschickt auswich, indem er sich mit federleichten Bewegungen unter den Schlägen wegduckte. Schließlich erhob sich Louis in die Luft, um mit den Füßen treten zu können. Mitten im Sprung wurde er jedoch zurückgeschleudert. Andrew fasste seinen Fuß und verdrehte ihn mit voller Wucht. Ein unschönes Knacken war zu hören. Louis schrie schmerzerfüllt auf. Seine Gestalt geriet ins Schwanken. Er fand keinen festen Halt mehr auf seinen Füßen. Stolpernd fiel er nach hinten und schlug mit dem Kopf hart gegen die Wand. Knurrend sah er auf. Er kauerte neben einem Sessel am Boden.

Andrews Schatten warf sich über ihn. Er war mächtig und voller Zorn. Das Blut rauschte in seinen Ohren. In ihm schien sich etwas zu verändern – seine Selbstbeherrschung. Er wollte Louis vernichten!

Dieser grinste trotz seines jämmerlichen Anblicks. Er bemühte sich, sein verletztes Bein so aufzustellen, dass er darauf treten konnte. Aber es wollte ihm nicht ganz gehorchen. Unmerklich prüfte er die Kräfte, die ihm geblieben waren. In dem Bruchteil einer Sekunde vollführte er dann seine entscheidende Handlung. Mit einem markerschütternden Aufschrei rollte er zur Seite und umklammerte mit weit ausgebreiteten Armen den Sessel. Er schleuderte ihn mit unmenschlicher Gewalt von seinem Platz hinauf und auf Andrew zu.

Damit traf er seinen Gegner überraschend. Andrew duckte sich noch, konnte dem Möbelstück allerdings nicht ausweichen. Er fing ihn keuchend ab. Seine Beine knickten ein und sein Gesicht verzog sich vor Schmerz. Mit unbändiger Wut warf er den Sessel zurück. Louis rollte sich über den Boden zur Seite und sprang – so gut er konnte – auf.

Das Möbelstück traf mit der oberen Kante das Fenster. Es zerbrach klirrend, hinterließ jedoch große scharfkantige Bruchstücke im Rahmen. Sie glitzerten im Mondlicht und entlockten Louis ein boshaftes Grinsen.

Nun war Andrew endgültig nicht mehr zu halten. Er stürzte sich vor, landete mit Louis verkeilt am Boden. Sie versuchten sich gegenseitig in Stücke zu reißen. Knurrend und grunzend balgten sie durch das Wohnzimmer. Mehrmals krachten sie gegen die herumstehenden Möbelstücke und verursachten somit noch weitaus mehr Lärm. Sie verschwendeten keinerlei Gedanken an die Menschen, die noch in diesem Haus lebten. Es war ihnen gleichgültig, ob sie deren Aufmerksamkeit auf sich zogen. Erst, als es von unten heftig gegen den Boden pochte, wurde es ihnen bewusst. Jemand schrie erboste Beschimpfungen hinauf.

Keuchend gelang es Louis, sich dem festen Griff seines Kontrahenten zu entziehen. Sein Körper schmerzte. Es brachte ihn um den Verstand. Jahrhunderte lang hatte er nicht solche Schmerzen erleiden müssen. Er hatte längst vergessen, wie es war.

Andrew ergriff ihn am Kragen. Mit ungebrochener Kraft wirbelte er den Feind durch die Luft. Ein weiterer Schlagabtausch folgte und ein schwacher Versuch von Louis, sich in Andrews Kehle zu verbeißen. Dann ließ Andrew mit einem Mal von ihm ab. Losgelöst strauchelte Louis zurück. Er lachte, weil er sich im Vorteil glaubte. Schließlich waren auch die Kräfte seines Gegners nicht unermesslich. Doch dann traf ihn ein ungewöhnlich heftiger Lufthauch. Er fiel zurück, spürte den Sessel hinter sich. Ehe er allerdings das ganze Ausmaß der Situation realisieren konnte, bohrte sich bereits eine scharfe Glasscherbe mitten durch sein schwarzes Herz.

Kein Laut kam über seine Lippen. Nur ein überhebliches Grinsen zuckte in seinen Mundwinkeln. Dann starrte er hinaus in die Nacht und sah ein letztes Mal zum Mond hinauf.

Die blutüberströmte und durchbohrte Gestalt von Louis versetzte Andrew einen schmerzhaften Stich. Er hatte tatsächlich einen seiner Art in den Tod getrieben. Welches Monster musste von ihm Besitz ergriffen haben? Obwohl Louis ihm so übel mitgespielt hatte, empfand Andrew Mitleid. Er wurde von diesem Gefühl regelrecht überwältigt und fragte sich, ob er schon immer so empfunden hatte. Kopfschüttelnd wandte er sich von dem widerwärtigen Anblick ab.

„Jesse“, flüsterte er in die nun entstandene Stille hinein. Sie war der Grund für seine Empfindungen – für seine Gefühle, die so sehr verrückt spielten. Er sehnte sich nach ihrer Berührung, der Wärme ihres Körpers, ihrer nackten Haut an seiner – und ihrem verführerisch süßen Geruch.

Nichts sollte ihn nun wieder von ihr trennen. Inständig hoffte er, dass sie ebenso empfand. Doch zuallererst musste er um ihr Leben kämpfen. Sie bot ein grauenhaftes Abbild ihrer selbst, als er nun die Küche betrat. Behutsam löste er den Strick, der sie an den Stuhl fesselte. Sogleich sank sie kraftlos in seine Arme. Sie war so unglaublich schwach! Er fühlte einen tiefen Schmerz in sich aufsteigen. Es raubte ihm die Luft zum Atmen.

Seine Arme fuhren unter ihren Körper. Er hob sie auf und trug sie aus dem kalten Raum in ihr Schlafzimmer. Ganz vorsichtig ließ er sie auf das Bett gleiten. Liebevoll deckte er sie zu und strich mit einem Lächeln die zerzausten Strähnen aus ihrem Gesicht. Sie stöhnte auf, schien ihren Kopf recken zu wollen, sank jedoch wieder zusammen.

Andrew fühlte sich hilflos. Louis hatte ihr viel zu viel Blut genommen. Ihr Inneres zerfiel bereits. Die Entwicklung wäre mit gewöhnlichen medizinischen Maßnahmen nicht mehr aufzuhalten. Es gab nur eine Möglichkeit, ihr Leben zu retten. Sie musste von ihm trinken. Von dem Lebenssaft eines Vampirs. Er musste das Risiko eingehen, dass sie ihn hinterher dafür verfluchen würde. Doch er wollte sie nicht aufgeben!

Er öffnete sein Handgelenk. Blut trat hervor, das er ihr sogleich darbot. Seine andere Hand schob sich unter ihren Kopf und hob ihn ein Stück an.

„Trink, mein Engel. Trink.“

Ganz vorsichtig schoben sich ihre Lippen über sein Handgelenk. Ihre Zunge berührte zaghaft seine Haut und kostete deren Geschmack. Sie fühlte Andrews vertraute Anwesenheit, doch sie konnte ihn nicht sehen. Ihre Augen flimmerten schwach auf, nahmen jedoch nicht mehr als eine verschwommene Gestalt an ihrer Seite wahr.

Auch seine Haut schmeckte ihr vertraut und löste einen wohligen Schauer in ihrem gequälten Leib aus. Sie spürte die angenehme Nähe, auf die sie schon nicht mehr zu hoffen gewagt hatte. Von seiner Ausstrahlung überwältig ergab sie sich ihm. Ihre Zungenspitze umkreiste das Blut, nahm die ersten Tropfen zaghaft auf. Doch dann schlossen sich ihre Lippen gänzlich um die Wunde und saugten. Das Leben kehrte mit dem heilsamen Blutschwall in ihren Körper zurück. Es erfüllte sie mit neuer Kraft, die sie im Laufe der nächsten Stunden gesunden lassen würde.

Andrew gab ihr nur so viel zu trinken, um ihr Überleben zu sichern. Die Verwandlung würde noch nicht erfolgen. Erste Spuren in ihren Wahrnehmungen ließen sich nicht vermeiden, doch sie tauchte noch nicht vollkommen in die Dunkelheit des Vampir-Daseins ein. Jeder andere an seiner Stelle hätte vermutlich die Gelegenheit genutzt, um sie zu seiner unsterblichen und ewigen Gefährtin zu machen.

Er nicht.

Er konnte es nicht über sich bringen, ihr die Entscheidung komplett zu entziehen. Sie sollte ihm freiwillig folgen. Ob ihm dieses Glück allerdings vergönnt war – darauf konnte er nur hoffen.

Flammende Gefühle

Andrew blieb noch eine Weile schweigend an Jesses Seite. Er folgte seinen Gefühlen und legte sich kurz neben sie. Sein Arm wanderte vorsichtig über ihre Taille. Sanft massierte er mit einer Hand ihren Rücken. Sie seufzte im Schlaf. Ob sie seine Berührungen tatsächlich spürte, vermochte er nicht zu sagen. Doch es beruhigte ihn.

Er hätte bis zum Morgen dort verweilen können. Nicht einmal sein Durst nach Blut wurde übermächtig genug, um ihn aus ihrer Nähe zu treiben. Ein Empfinden voller Glück füllte ihn aus. Er konnte noch nicht ganz glauben, dass die Gefahr gebannt und Jesse gerettet war.

Schließlich musste Andrew sie doch für kurze Zeit verlassen. Er hauchte einen Kuss auf ihre Stirn, bevor er sich erhob und die Tür zu ihrem Schlafzimmer von außen schloss. Der Anblick des leblosen Körpers von Louis empfing ihn erneut. Allerdings würde er nicht mehr lange dort sein. Bereits jetzt hatte der Verwesungsprozess eingesetzt und die Haut stellenweise zerfressen. Er würde sich Stück um Stück ins Nichts auflösen. Die Haare von Louis waren ergraut und teils ausgefallen. Seine Glieder fielen wie ausgetrocknet ineinander. Bald würde nur noch Asche von ihm übrig bleiben. Die aufgehende Morgensonne würde den Rest besorgen und die Welt von diesem Vampir unwiderruflich befreien. Bevor der Körper, der ein Stück weit aus dem Fensterrahmen herausragte, von irgendjemand entdeckt werden könnte, wäre er längst Vergangenheit. Dafür war die Nacht zu dunkel und die Wohnung lag zu hoch.

Andrew rückte lediglich den Sessel an seinen Platz zurück, bevor er sich für diese Nacht aus Jesses Wohnung entfernte. Er hinterließ eine Nachricht in Form eines Briefes, den er unter der Wohnungstür des Hausmeisters durchschob. Darin schrieb er, dass ein unglückliches Missgeschick das Fenster in Jesses Wohnung zerstört habe. Sie selbst läge krank im Bett und sei nicht in der Lage, sich um die Reparatur zu kümmern. Dazu legte er ausreichend Geld, um für den Schaden und das Schweigen zu bezahlen. Er vertraute darauf, dass der Hausmeister ein ehrlicher Mann war und die Angelegenheit erledigte, ehe Jesse aus ihrem erholsamen Schlaf erwachen würde. Andrew würde in der kommenden Nacht zurückkehren und sich davon überzeugen. Jesse musste lange ruhen. Das wusste er. So blieb ihm genügend Zeit, noch eine weitere Aufgabe zu erledigen.

Jesse erwachte mit ungeahntem Elan. Ihre Glieder fühlten sich viel stärker an, als sie vermutete, denn die letzte Erinnerung, die sie hatte, war eine lähmende Schwäche gewesen. Sie hatte in ihrer Küche gefesselt auf einem Stuhl gesessen. Das schien bereits unendlich lange zurückzuliegen, weil sie sonst an ihren Handgelenken Abdrücke des festen Stricks hätte finden müssen. Doch sie entdeckte keine Spur davon.

Ein einigermaßen funktionierendes Zeitgefühl fehlte ihr ebenfalls. Sie fragte sich, welcher Tag es war. Ihr Kalenderblatt an der Wand zeigte lediglich eine Seite mit sämtlichen Tagen des Monats. Wie sollte sie auf diese Weise erfahren, an welchem genau sie gerade aufgewacht war? Doch gleichgültig wischte sie den Gedanken beiseite.

Sie wurde sich ihrer trockenen Kehle bewusst, stand auf und wollte in die Küche, um sich ein Glas Wasser zu holen. Dabei stellte sie fest, wie wackelig sie auf den Beinen war. Sie tastete sich von ihrem Bett zu dem Türrahmen vor und setzte langsam und bedächtig einen Fuß vor den anderen.

Als sie durch das Wohnzimmer auf ihre Küche zuging, erschauderte sie. Der Raum kam ihr merkwürdig grell vor, obwohl sie nichts Ungewöhnliches darin entdecken konnte. Sie betrat schließlich die Küche, drehte den Wasserhahn auf und ließ ein frisches Glas voll laufen. Gierig schluckte sie das kühle Nass hinunter. Zweimal füllte sie noch auf und trank, aber das Wasser wollte einfach nicht ihren Durst stillen. Sie verlangte nach etwas anderem, etwas, das sie selbst nicht bestimmen konnte.

Plötzlich fragte sie sich, wann sie zuletzt etwas gegessen hatte. Sie konnte sich nicht daran erinnern. Trotzdem verspürte sie keinen Hunger. Ihr Magen machte einen satten und zufriedenen Eindruck.

Das alles verwirrte sie. Ihr Inneres litt unbeschreibliche Qualen. Lebte sie in zwei Welten? Sie war zerrissen. Nie gekannte Wellen der Gefühle schwappten über ihr zusammen. Die Nacht erschien ihr mit einem Mal reizvoller denn je. Allein der Gedanke an einen kühlen Lufthauch auf ihrer Haut versetzte sie in wahre Verzückung. Die Sonne hingegen verlor ihren Glanz.

Als Jesse zurück in das Wohnzimmer trat und durch das Fenster auf die Straße sehen wollte, erschrak sie. Das helle Licht brannte in ihren Augen. Es verursachte einen bunt tanzenden Funkenreigen. Sie konnte kaum erkennen, was sich draußen abspielte. Ihre Haut prickelte. Alles fühlte sich anders an. Alle ihre Empfindungen schienen sich neu definieren zu wollen.

Schwer atmend lehnte sich Jesse mit dem Rücken gegen die Wand. Sie fasste sich an die Kehle. Selbst das einfache und so selbstverständliche Luftholen kam ihr merkwürdig vor. Ihre Lungen blähten sich gewaltig auf, saugten sich viel zu heftig voll. Eindringlich hämmernd schlug das Herz gegen ihre Brust. Ihr Zustand glich der Raserei – als würde sie sich über irgendetwas schrecklich aufregen. Womöglich tat sie das auch unbewusst. Noch vor kurzem hatte sie sich in der Gewalt eines widerwärtigen Mannes befunden. Eines Vampirs, wie er von sich selbst behauptete. Aber konnte das tatsächlich der Wahrheit entsprechen?

Sicher – er hatte ihr Blut getrunken – genau wie Jesse es bei dem Mann im Brüsseler „Club Noir" beobachten konnte. Machte ihn das allerdings gleich zu einem Vampir? Vielleicht waren die Männer einfach nur verrückt und der Club ihr Treffpunkt für all die widerwärtigen Orgien, in die sie sich ergaben. Jesse erschauderte.

Sie musste an Andrew denken. Aus einem ihr unerfindlichen Grund spürte sie seine Nähe. Sie glaubte, ihn gesehen zu haben – in der Nacht, bevor Louis verschwunden war.

Nachdenklich lehnte sie den Kopf gegen die Wand zurück. Wo war Louis? Und warum hatte er sie so einfach wieder verlassen?

Die genauen Geschehnisse entzogen sich ihrem Bewusstsein. Nach Stunden der Qual hatte sie ihre Wahrnehmungen verloren. Sie war nicht mehr in der Lage gewesen, sich gegen Louis zu wehren.

Ihr wurde übel, als sie an seine Hände auf ihrem Körper dachte. Vergewaltigt hatte er sie trotz allem nicht. Bruchstücke seiner eindringlichen Stimme klangen noch immer in ihren Ohren. Er hatte sie gebeten und gefordert, dass sie sich ihm freiwillig anschließen und mit ihm in die Dunkelheit eintauchen sollte. Aber was hatte das alles zu bedeuten?

Sie fragte sich, wohin er verschwunden war – und ob er zurückkehren würde. Dann war da noch die schwache Erinnerung an einen ohrenbetäubenden Lärm. Hatte sie sich diesen nur eingebildet? Es mochte ebenso gut ein Traum gewesen sein. Eine Halluzination, hervorgerufen durch ihren geschwächten Zustand. Resignierend fuhr Jesse sich durch die Haare. Es war anstrengend, darüber nachzudenken. Ihr fehlte ganz einfach die Kraft, die Dinge logisch zu betrachten. Eine Müdigkeit, die sie schwanken ließ, ergriff von ihr Besitz. Auch der Tag war für sie viel zu hell und unfreundlich. Sie schob die Vorhänge vor das Fenster und sperrte somit das Licht aus. Die einkehrende Dunkelheit gefiel ihr schon viel besser. Sie war beruhigend. Jesse atmete schon wesentlich langsamer, als sie sich nun erneut in ihr Bett kuschelte.

Das aufdringliche Klingeln des Telefons weckte Jesse, kurz nachdem sie die Augen geschlossen hatte. Grummelnd richtete sie sich auf. Sie widerstand dem Impuls, ihr Kopfkissen nach dem lärmenden Apparat zu werfen. Widerwillig stand sie auf und schleppte sich durch die Wohnung. Im Zeitlupentempo hob sie den Hörer an ihr Ohr und meldete sich mit ihrem Namen.

„Miss Brown, welche Freude Ihre Stimme zu hören. Ihnen scheint es also besser zu gehen?“ Ihr Arbeitgeber, Mr. Lowman, war am anderen Ende der Leitung. Er klang sehr aufgeregt und offensichtlich freute er sich tatsächlich, sie am Telefon zu haben.

Voller Schreck musste sie daran denken, dass sie eigentlich in Brüssel sein sollte. Wieder fragte sie sich, welcher Tag eigentlich war. Ihren Flieger musste sie verpasst haben. Da machte sie sich gar keine falschen Hoffnungen. Allein die Zeit in der Gewalt von Louis hatte sich endlos hingezogen.

„Mr. Lowman“, begann sie stotternd. „Ich muss mich bei Ihnen entschuldigen. Die Ausstellung in Brüssel … Ich kann natürlich verstehen, wenn Sie mir jetzt kündigen.“

„Kündigen?“ Ein amüsiertes Lachen erklang in der Leitung. „Aber wo denken Sie hin, meine Liebe? Eine Gehaltserhöhung werde ich Ihnen geben. Das haben Sie sich wirklich verdient.“

Jesse war ratlos. Die Ereignisse erschienen ihr immer merkwürdiger. Was war nur geschehen, während sie selig im Bett geschlummert hatte? Ein leichter Anflug von Ärger stieg in ihr auf. Sie konnte es nicht ausstehen, so wenig Bescheid zu wissen.

„Wie meinen Sie das? Sie machen sich doch nicht etwa über mich lustig?"

„Keineswegs", erwiderte Mr. Lowman ruhig. „Unsere Galerie ist sehr stolz darauf, eine so fähige Mitarbeiterin wie Sie zu beschäftigen. Wie haben Sie es nur geschafft, dass die Ausstellung in Brüssel ein solcher Erfolg wurde?"

„Es tut mir Leid, Mr. Lowman, aber ich bin ein wenig verwirrt. Vielleicht erklären Sie mir, was ich so Außergewöhnliches geleistet habe."

„Ach, nun seien Sie mal nicht so bescheiden." Sie hörte ihn mit der Zunge schnalzen. „Ihr Kontakt mit Mr. McCloud hat sich wirklich ausgezahlt. Die Bilder von Joaquin Worthing wurden zu ausgesprochen hohen Preisen verkauft. Zudem gab es einen großen Bericht in der Brüsseler Zeitung. Der Künstler ist Ihnen sehr dankbar, wissen Sie das? Heute Morgen erreichten uns schon unzählige Anfragen nach weiteren Gemälden von ihm. Außerdem soll es eine neue Ausstellung in Paris geben. Viel größer als in Brüssel. Das sollten Sie unbedingt übernehmen. Was meinen Sie?"

Jesse war sprachlos. Sie brauchte einen kurzen Moment, um eine Antwort formulieren zu können. „Ich bin überrascht", sagte sie nur.

„Heißt das, Sie übernehmen den Auftrag mit Paris?"

Ihr fiel auf, dass sie seine Euphorie ungewollt angekurbelt hatte. Sie musste die Situation erst einmal für sich selbst verarbeiten, ehe sie eine Entscheidung treffen würde. „Habe ich noch Bedenkzeit?"

„Natürlich … obwohl mir das gar nicht recht ist." Er seufzte. „Ich sehe ein, dass Sie durch Ihre Krankheit immer noch ein wenig geschwächt sind. Mr. McCloud erzählte uns davon. Wir alle bewundern es, wie Sie die Geschäfte trotzdem zum Abschluss gebracht haben. Also, sobald Sie wieder hergestellt sind, werden Sie sich doch sicher gleich melden?"

„Ja. Sofort." Verblüfft und verwirrt sprach sie noch einen kurzen Abschiedsgruß aus, bevor sie den Hörer wieder auflegte. Welch ein merkwürdiges Gespräch!

Sie ließ die Worte von Mr. Lowman noch einmal durch ihre Gedanken ziehen. Mr. McCloud hatte sich um alles gekümmert. Andrew! Demnach hatte sie mit ihrer Annahme richtig gelegen. Er hielt sich in ihrer Nähe auf.

Jesse fühlte sich hin und her gerissen. Das Chaos in ihrem Inneren schien keine Grenzen mehr zu kennen. Ihr Herz schlug schnell und heftig und ihr Puls steigerte sich ins Unerträgliche. Sie lehnte sich atemlos gegen die Wand, da sie glaubte, im nächsten Augenblick ohnmächtig zu werden. Mit geschlossenen Augen rang sie um ihre innere Ruhe.

Was ging da nur in ihr vor? Sie konnte sich nicht daran erinnern, jemals so sehr in Rage geraten zu sein.

Sie versuchte langsam durchzuatmen und als sie es geschafft hatte, dass das wilde Pochen in ihrer Brust etwas nachließ, kehrte sie zurück in ihr Schlafzimmer. Sie ließ sich bäuchlings auf das Bett fallen, griff nach ihrem Kissen und presste es ganz eng an sich. Die Vorstellung, dasselbe mit Andrew zu tun, löste erneutes Herzklopfen in ihr aus.

Inständig bemühte sie sich den Schlaf zu finden. Sie wollte Andrew aus ihren Gedanken vertreiben. Aber sein Antlitz tauchte immer wieder vor ihrem geistigen Auge auf. Es brannte sich in ihr Bewusstsein, wollte einfach nicht von ihr lassen. Selbst, als sie endlich in einen leichten Schlummer fiel, verschwand er nicht. Sie spürte ganz deutlich, wie seine Hände über ihren nackten Körper strichen. Mit der Zungenspitze umspielte er die aufgerichteten Knospen ihrer Brüste. Seine Liebkosungen waren unendlich zärtlich. Es versetzte ihr einen wohligen Schauer, der sie leise aufstöhnen ließ. Ihre Finger krallten sich in den Stoff ihres Bettbezuges. Sie lag plötzlich flach auf dem Bauch. Andrew über ihr, ihren Nacken küssend. Ein Erlebnis, das die Hitze in ihrem Schoß weckte.

Wäre er tatsächlich bei ihr, könnte sie sich wohl kaum gegen seine Verführungskünste wehren. Sie wollte sich fallen lassen. Für den Moment ganz in ihren erotischen Träumen versinken. Doch eine unangenehme Erinnerung schob sich in ihre Gedanken: Zwei kleine scharfe Spitzen zogen ihre Bahnen über Jesses Schulterblätter. Spielerisch knabberte Andrew an ihrer Haut.

Sie geriet in Panik. Mit einem erstickten Schrei fuhr sie aus ihrem Bett hoch. Schweißperlen schimmerten auf ihrer Stirn und ihrem Dekolleté. Augenblicklich war sie hellwach. Ihr Herz klopfte zum Zerspringen. War Andrew tatsächlich wie Louis? Ihr Verstand sträubte sich dagegen, die Existenz von Vampiren anzuerkennen. Sie musste sich Gewissheit verschaffen. Keine Sekunde länger wollte sie ungenutzt verstreichen lassen. Sie musste etwas tun!

Hektisch schlüpfte sie in ihre Lieblingsjeans und in einen graumelierten langen Pullover. Ihr Haar band sie zu einem wirren Knoten zurück. Sie war fest entschlossen hinauszugehen und nach Andrew zu suchen.

Doch als sie schließlich vor die Tür trat, taumelte sie gleich wieder entsetzt zurück. Die Sonne brannte auf ihr. Schlimmer noch – sie verursachte eine ungekannte Übelkeit in Jesse. Ihr Körper sträubte sich mit jeder Faser dagegen, sich dem Licht auszusetzen.

Jesse zweifelte an sich selbst. Die Gefangenschaft durch Louis konnte nicht das Einzige sein, was ihr wiederfahren war. Hatte tatsächlich eine Krankheit an ihren Kräften gezehrt? So sehr, dass sei sich gar nicht mehr daran erinnern konnte?

Sie ging zurück in ihre Wohnung. Langsam und bewusst atmete sie ein und aus. Nein, entschied sie, so leicht wollte sie sich nicht geschlagen geben!

In ihrem Schrank hing ein Mantel mit langen Ärmeln und einer großen Kapuze. Sie wusste nicht recht, warum sie sich je ein derart schreckliches Kleidungsstück zugelegt hatte. Für diese Situation schien es allerdings perfekt und sie tauschte ihre taillierte Lederjacke dagegen aus. Die Kapuze zog sie sich weit in die Stirn. Außerdem kramte sie eine Sonnenbrille hervor. So würde sie ausreichend vor dem Einfluss der grellen Sonne geschützt sein.

Mr. Lowman fuhr zusammen, als er Jesse in ihrem ungewöhnlichen Aufzug bemerkte. Zuerst hatte er sie gar nicht erkannt. Dann nahm sie jedoch die Sonnenbrille von der Nase und schob die Kapuze in den Nacken. Schwer atmend stand sie in der Eingangstür zum Ausstellungsraum. Die Schweißperlen glitzerten durch das künstliche Licht der Räume auf ihrem Gesicht. Sie wirkte bleich und krank. Ihr Anblick war jämmerlich. Dann hielt sie sich auch noch Halt suchend am Türrahmen fest.

Mr. Lowman schritt ohne weitere Umschweife auf sie zu. Er wollte sie mit einem Arm stützen, doch sie wehrte ihn lächelnd ab. Es überraschte ihn, wie sie in ihrem Zustand noch dazu in der Lage war, so zu strahlen.

„Miss Brown." Er bedachte sie mit einem besorgten Blick. „Meine Güte, ich hatte ja keine Ahnung, wie schlecht Ihr Zustand ist. Wie konnten Sie nur so leichtsinnig sein und das Bett verlassen? Sie haben hier wirklich nichts zu suchen."

Doch seine Vorwürfe prallten ungerührt an ihr ab. Sie redete sich ein, dass sie sich gar nicht so schlecht fühlte, wie Mr. Lowman glaubte. Tatsächlich bedrückte sie das künstliche Licht der Galerie weitaus weniger als das der Sonne. Sie atmete ruhig und versuchte sich gerade aufzurichten.

„Mir geht es schon viel besser", log sie. „Sie müssen sich wirklich keine Sorgen machen. In ein, zwei Tagen bin ich wieder so gut wie neu und kann meine Arbeit aufnehmen."

„Das kommt gar nicht in Frage!" Er schüttelte energisch den Kopf. „Sie sehen totenbleich aus. Ein Wunder, dass Sie sich überhaupt auf den Beinen halten können."

„Sie übertreiben." Jesse gelang es, fest und von ihrer Aussage überzeugt zu klingen. In ihrem Inneren spürte sie jedoch die Schwäche, die sie zu zerreißen drohte.

Die junge Frau setzte Mr. Lowman immer mehr in Erstaunen. Bisher hatte er sie unterschätzt, dessen war er sich nun bewusst. Doch ihm lag nicht daran, ihre Gesundheit noch weiter zu gefährden. Er musste sie nach Hause schicken, aber er durfte dabei nicht zu forsch vorgehen.

„Miss Brown, ich weiß Ihren Einsatz wirklich zu schätzen." Er war bemüht, ihr zu schmeicheln. „Aber im Moment gibt es hier nichts zu tun. Die Geschäfte mit Brüssel sind abgewickelt. Ich kann Ihnen für diesen Erfolg gar nicht genug danken. Am Telefon war ich vielleicht etwas voreilig, als ich sagte, Sie sollten sich so schnell wie möglich wieder bei mir melden. Eigentlich ist es viel eher so, dass es noch etwas dauern wird, ehe die Formalitäten für neue Projekte abgeschlossen sind. Deshalb habe ich mit dem Gedanken gespielt, Ihnen einige Tage frei zu geben."

Jesse starrte ihn verwirrt an. Ihr wurde bewusst, dass er den eigentlichen Grund für ihren Besuch gar nicht kannte. Er musste sie für vollkommen arbeitswütig halten. Dabei hatten sie die starken Gefühle und die Sehnsucht nach Andrew in die Galerie getrieben. Sie musste unvermittelt schmunzeln. Es wäre ihr nur recht, einige Tage frei zu bekommen.

„Sie sind sehr aufmerksam." Lächelnd betrachtete sie ihren Arbeitgeber. Die gewöhnlich eher strenge Miene war aus seinem Gesicht verschwunden. „Ich nehme Ihr Angebot gerne an."

„Das freut mich." Erleichtert atmete er auf. Er konnte es wirklich nicht verantworten, dass sie ihre Gesundheit weiterhin so sehr strapazierte. „Soll ich Ihnen ein Taxi rufen, das Sie nach Hause bringt?"

„Nein, das ist nicht nötig." Sie winkte ab. „Aber Sie könnten mir einen anderen Gefallen tun."

Mr. Lowman hob interessiert eine Augenbraue.

„Vielleicht könnten Sie mir verraten, wie ich Mr. McCloud erreichen kann? Wir wollten uns treffen und einige Dinge besprechen, aber leider weiß ich nicht, wie ich ihn hier in London erreichen kann."

„Oh." Er rieb sich nervös mit einer Hand an der Schläfe. Wie gerne hätte er ihr den Gefallen getan, ihr wenigstens in dieser Weise geholfen. „Es tut mir wirklich Leid, aber ich kann Ihnen nicht sagen, wie Sie Mr. McCloud erreichen können."

Jesse stutzte. „Aber ich dachte, er hätte sich wegen der Geschäfte mit Ihnen in Verbindung gesetzt."

„Nun ja, das ist richtig. Er hat sich einmal telefonisch bei uns gemeldet und gestern Abend ist er sogar hier gewesen, um alles abzuschließen. Allerdings hat er mir nur eine Kontakt-Adresse in Brüssel dagelassen."

„Verstehe." Jesse fühlte sich elend. Ihre Kraft reichte kaum noch aus, um sich auf den Beinen zu halten. Vollkommen umsonst hatte sie sich auf den Weg in die Galerie gemacht. Ebenso gut hätte sie zu Hause im Bett bleiben können! Sie fluchte innerlich.

„Trotzdem danke", fügte sie knapp hinzu.

„Ich wünschte, ich könnte mehr für Sie tun." In seinem Blick lag ehrliches Bedauern. Jesse schenkte ihm ein weiteres Lächeln, um ihn zu beruhigen.

„Sie versprechen mir doch, dass Sie auf sich Acht geben?"

„Ja." Sie nickte. „Ich gehe jetzt gleich wieder in meine Wohnung und werde mir eine ordentliche Auszeit genehmigen."

Tatsächlich fühlte sich Jesse nicht mehr in der Lage, den Weg zu ihrer Wohnung zu bewältigen. Ihr Herz und ihre Seele begehrten in qualvoller Weise auf. Dazu gesellte sich nun auch noch ein merkwürdiges Rauschen in ihren Ohren. Ein verlockendes Geräusch, doch sie wusste es nicht einzuordnen.

Nach wie vor empfand sie die Sonne grell und bedrohlich. Sie fühlte sich unwohl dabei, alleine im Freien durch die Straßen zu gehen.

Mühsam schleppte sie sich voran. Als sie das Café „Melinda" sah, machte ihr Herz einen Satz. Dies war ein Ort, an dem sie sich bisher immer wohl gefühlt hatte. Ein Unterschlupf. Sie ging hinein, steuerte jedoch nicht auf ihren üblichen Fensterplatz, sondern auf eine dunklere Ecke zu.

Die Bedienung kam sogleich zu ihr. Sie strahlte Freundlichkeit und Wärme aus. Jesse kannte die Frau seit Jahren.

„Wie immer? Eine heiße Schokolade?“, fragte diese.

„Gerne.“ Jesse hatte nicht geahnt, wie schwer es ihr fallen würde, sich ein Lächeln abzuringen. Doch es gelang ihr. Sie plauderte kurz mit der Frau, erzählte ihr von ihrer Krankheit.

Als die heiße Schokolade schließlich vor ihrer Nase stand, wollte Jesse den süßen Geruch aufnehmen. Sie lehnte sich über die Tasse und sog an dem Duft. Entsetzt stellte sie fest, dass eine neuerliche Übelkeit in ihr emporstieg. Verkrampft rutschte sie in ihrem Sitz zurück. Sie liebte dieses Getränk. Nichts konnte ihr bisher den Genuss daran verderben. Also nahm sie nochmals die Tasse in die Hände. Ganz langsam näherten sich ihre Lippen dem Getränk, bis sie endlich den ersten Schluck nahm. Sie beließ ihn eine Weile im Mund, kostete ausgiebig davon, ehe sie ihn mit verzerrter Miene hinunterwürgte. Etwas Ähnliches hatte sie nie zuvor geschmeckt. Sie wollte ihn am liebsten gleich wieder ausspeien.

Verunsichert schob sie die Tasse zur Mitte des Tisches, um den Geruch nicht länger in der Nase zu haben. Ihre Reaktionen waren einfach nicht mehr wie früher. Irgendetwas stimmte nicht mit ihr.

Schrecklicher Durst plagte sie, doch es schien nichts zu geben, womit sie ihn stillen konnte. Ganz gleich, an welches Getränk sie auch nur dachte, nicht eines war darunter, das ihr keine Übelkeit verursachte.

Sie wollte in ihre Wohnung. In ihr Bett. Doch sie fühlte sich nicht imstande aufzustehen und zu gehen. Nicht, solange die Sonne so grell am Himmel stand. Wenn doch nur Andrew da wäre …

Erlösende Momente

Die Bedienung im Café „Melinda“ wunderte sich, wie viel Zeit Jesse an diesem Tag dort verbrachte. Von der heißen Schokolade trank die junge Frau nur einen winzigen Schluck. Danach starrte sie so lange auf die Tasse, bis das Getränk vollkommen abgekühlt war. Auch das später bestellte Glas Wasser leerte sie nicht einmal zur Hälfte.

Sie war nur noch ein Schatten ihrer selbst. Bedauernd sah die Bedienung ihr hinterher, als sie am frühen Abend das Café verließ.

Jesse fragte sich noch immer, wie sie Andrew erreichen könnte. Es drängte sie danach, ihn zu sehen. Nun, da der Himmel sich verdunkelte und es Abend wurde, fühlte sie sich schon erheblich wohler. Ihre verwirrten Gedanken klärten sich. Sie spürte die Sehnsucht nach diesem Mann, auch wenn er von Geheimnissen umgeben war. Der dunkle Schatten über seinem Antlitz gab ihr Rätsel auf. Wer war er tatsächlich?

Die kühle Luft des Abends verlieh ihr neue Kraft. Nun hätte sie ewig durch die Straßen wandern können. Doch sie kehrte in ihre Wohnung zurück. Sie ahnte nicht, dass sie dort bereits erwartet wurde.

„Du bist hier." Atemlos betrachtete sie Andrews markantes Gesicht.

„Natürlich bin ich hier. Nirgends auf der Welt möchte ich lieber sein, als in deiner Nähe." Er kam auf sie zu und wollte sie in die Arme schließen. Ein Teil von ihr sehnte sich ebenso sehr danach, ihn ganz nahe bei sich zu spüren. Doch die Angst und das Misstrauen in ihr schoben ihn weit von sich fort. Enttäuscht trat er einen Schritt zurück.

„Du vertraust mir nicht."

„Nein, das ist es nicht", warf Jesse erschrocken ein, als sie erkannte, wie er sich abwandte. Er durfte jetzt nicht wieder gehen! „Es ist nur ..." Sie stammelte, suchte nach den richtigen Worten. „Ich verstehe das alles nicht. Ich habe das Gefühl, ich kenne dich gar nicht wirklich. Du kommst hierher und löst alle meine Probleme. Einfach so. Und dann die Sache mit Louis. Ich weiß immer noch nicht, was da eigentlich passiert ist."

Andrew konnte ihre Verwirrung so deutlich spüren, dass es ihn selbst schmerzte. Sein Blut floss durch ihre Adern. Die

Auswirkungen dessen mussten sie vollkommen aus der Bahn geworfen haben. Ihre Augen hatten einen merkwürdigen Glanz angenommen und ihre Stimme zitterte vor Anspannung. Auf ihrer Stirn bildete sich eine tiefe Falte, die von den Fragen erzählte, die ihr Innerstes quälten.

„Ich möchte es dir so gerne erklären, mein Engel." Sein sanfter Blick streichelte ihren Körper. „Aber du wirst mir vielleicht nicht glauben wollen."

„Warum lässt du es nicht einfach drauf ankommen?" Mutig reckte sie das Kinn vor. Sie ließ sich nicht mehr so leicht einschüchtern oder von seinen sinnlichen Umgarnungen ablenken. Es schauderte sie wohlig, als sie an seine Berührungen dachte. Seine bloße Anwesenheit verführte sie zu den wildesten Fantasien. Aber dieses Mal würde sie nicht schwach werden. Sie wollte endlich die Wahrheit wissen!

„Jesse, ich weiß nicht, wie du in den Club gekommen bist. Normalerweise verlaufen sich gewöhnliche Menschen nicht einfach dorthin. Es ist kein Treffpunkt für sie."

„Für wen dann?"

„Vampire."

„Es gibt keine Vampire!", beharrte sie. Wut keimte in ihr auf. Warum versuchte er ihr genau die gleichen Märchen wie dieser Louis aufzutischen! Sie wollte an ihm vorbei. Doch er hielt sie am Arm fest. Er drehte sie zu sich, packte sie mit beiden Händen an den Schultern.

„Nein, hör mir zu!" Sein eindringlicher Blick schüchterte sie ein. Sie leistete keinerlei Widerstand. „Ich kann nicht ändern, was ich bin. Und du kannst nicht länger vor der Wahrheit fliehen. Hast du denn heute keine Veränderungen an dir bemerkt? Hat es dir nichts ausgemacht, dich dem Sonnenlicht auszusetzen?"

Voller Unglauben ließ sie den Tag noch einmal vor ihrem inneren Auge Revue passieren. Natürlich hatte sie an sich selbst gezweifelt, an ihren Reaktionen. Aber sie wollte es auf ihre angebliche Krankheit schieben.

„Es ist mein Blut, das dich so durcheinander bringt. Louis hat sich an dir genährt. Er hat dir beinahe das Leben aus den Adern gesaugt. Ich gab dir mein Blut, damit du überlebst. Wie hätte ich es auch ertragen können, dich zu verlieren?"

Deutlich erkannte sie, dass Andrew die Wahrheit sagte und dies brachte sie beinahe um den Verstand. Andrew war tatsächlich ein Vampir und sie trug sein Blut in sich. Sie veränderte sich. Ihr ganzes Leben geriet plötzlich aus der Bahn. Und Andrew trug die Schuld daran.

„Heißt das …" Sie konnte es kaum aussprechen. „Werde ich jetzt auch zu einem Vampir? Wie konntest du mir das antun? Ich kann doch nicht … Ich werde ganz bestimmt nicht in einem Sarg schlafen!"

Andrew musste lächeln. Ihr aufbrausendes Wesen schlug ihn in den Bann. Es machte sie sexy und anziehender denn je. Doch er wusste auch, dass ihr ganz und gar nicht zum Lachen zumute war.

„Nein, du musst nicht zu einem Vampir werden."

„Was heißt das – ich muss nicht? Welche Wahl habe ich denn jetzt noch?"

„Du wirst dich nicht in einen Vampir verwandeln." Andrew seufzte schwer. Er wünschte sich so sehr, Jesse bis in alle Ewigkeit an seiner Seite zu wissen. Aber er würde sie nicht zwingen. „Dafür reicht das Blut nicht aus, das ich dir gegeben habe. Es hat dir nur ein paar kleine Illusionen beschert. Die gehen vorbei."

Er spürte, wie sich ihr angespannter Körper unter seinem Griff allmählich lockerte. Sie war erleichtert.

„Und …" Jesse musste sich räuspern. Blinzelnd sah sie zu Andrew auf. Sein Mund war dem ihren so verführerisch nahe. Sie musste sich wirklich sehr zurückhalten, um ihn nicht einfach zu küssen.

„Was passiert jetzt?", flüsterte sie. „Wie geht es weiter?"

Er fuhr ihr mit einer Hand über das Haar und strich eine Strähne hinter ihr Ohr. „Zwei oder drei Tage wird es schon dauern, bis sich deine Sinne wieder normalisieren. Deine Geschmacksnerven kehren zurück. Du wirst essen und trinken können, wie die anderen

Menschen auch. Und du kannst wieder in die Sonne gehen, ohne dass sie dir schadet."

„Aber was ist mir dir?"

„Ich kann nicht zurück in die Sonne, mein Engel. Ich bin auf ewig an die Dunkelheit gebunden."

Jesse unterdrückte die aufsteigenden Tränen. Sie barg ihr Gesicht an Andrews Brust. Ihre Hände schlangen sich fest um ihn. Liebevoll presste sie sich an ihn und streichelte über seinen Rücken. Er konnte kaum glauben, welche Zärtlichkeiten sie ihm mit einem Mal entgegenbrachte. Sein inneres Feuer flammte auf. Er verzehrte sich nach ihr.

„Bevor ich dir begegnet bin, gab es für mich nur die Dunkelheit", flüsterte er an ihrem Ohr. „Ich habe nur existiert. Ich bin dem Ruf der animalischen Instinkte eines Vampirs gefolgt. Aber seit ich dich kenne, habe ich wieder angefangen das Leben zu spüren. Du hast mir die Liebe gezeigt. Und jetzt kann ich sie nicht mehr vergessen."

Andrew bedeckte Jesses Gesicht mit Küssen. Sie wusste nicht, wie ihr geschah, doch sie ließ ihn einfach gewähren. Seine Liebe erfüllte sie vollkommen. Nichts wünschte sie sich sehnlicher, als seine Hände auf ihrer nackten Haut zu spüren. Er hob sie auf seine Arme, trug sie durch den Raum zu ihrem Schlafzimmer. Dort stellte er sie wieder auf die Füße. Seine Finger schoben sich unter ihren Pullover. Er streifte ihren Bauch, berührte ihre Brüste und knetete sie leicht. Dann befreite er sie von dem Stoff. Sie beugte ihren Oberkörper zurück und ließ Andrews ausgiebige Blicke über sich gleiten.

Ihre Hände spielten mit der Knopfleiste seines Hemdes. Mit einem Grinsen auf den Lippen öffnete sie es. Sie fuhr einmal neckisch in seine Hose, dann lehnte sie sich wieder vor und berührte mit ihrer Zungenspitze seine Brustwarzen.

„Hör auf damit, mich verrückt zu machen", sagte er lachend.

„Das gleiche könnte ich zu dir sagen." Sie stellte sich auf die Zehenspitzen und schlang ihre Arme um seinen Nacken. Er beugte sich ein Stück hinunter. Seine Lippen trafen die ihren. Sanft streichelte er sie mit seiner Zunge, bevor er sich weiter vortastete, um ihren Mund vorsichtig zu erkunden. Jesse seufzte glücklich. Der intensive Kuss fachte die Leidenschaft in ihr nur noch mehr an. Sie drängte ihren Schoß an seinen, spürte seine verräterische Härte.

Er fuhr mit den Händen über ihren Körper, der vor verlangender Hitze zu glühen begann. Ihr linker Fuß zog sich an seinem Bein hinauf. Sie legte ihn um seine Hüfte, zwang ihn noch enger an sich. Leidenschaft strömte aus all ihren Poren. Andrew sog ihren süßen Geruch tief ein. Er streifte mit den Lippen über ihr Haar und küsste sie in der Halsbeuge.

Instinktiv zuckte sie zurück. „Du wirst doch nicht …?“ Sie gestand sich ein, dass sie keine Angst vor einem Biss von ihm hatte. Es war nur die Erinnerung an die gewaltsamen Berührungen von Louis, die sie noch immer beunruhigten.

„Ich werde dir niemals wehtun. Das darfst du nicht vergessen.“ Seine Hand legte sich sanft gegen ihre Wange. Seine Streicheleinheiten ließen sie ruhiger werden.

„Du wirst mich also nicht beißen und mir das Blut aussagen?“

„Weißt du eigentlich, wie verführerisch dieser Gedanke für mich ist?“ Lächelnd beobachtete er ihre Reaktion. Sie wirkte ein wenig erschrocken, ließ sich jedoch nicht gänzlich einschüchtern. „Dein Blut ist ganz bestimmt köstlich. Eine Delikatesse.“ Er schob seine Zähne vor und fuhr mit den Spitzen ganz leicht über ihre samtene Haut.

Sie fürchtete sich nicht. Beinahe sehnte sie sich nach seinem erlösenden Kuss. Der Gedanke, die Ewigkeit an seiner Seite zu verbringen, übte einen gewissen Reiz auf sie aus. Allerdings würde sie nicht mehr zurück können, wenn sie sich erst einmal dafür entschied. Sie wollte jetzt nicht darüber nachdenken. Seine Berührungen wurden intensiver. Er öffnete ihre Jeans und streifte sie von ihren Hüften. Eindringlich pressten sich seine Hände gegen ihre festen Pobacken und dann schob er Jesse direkt auf sich zu.

Jesse seufzte verzückt. Sie wollte ihn endlich in sich spüren. Ihre Finger tasteten sich begierig weiter vor. Das Hemd fiel von seinem

Oberkörper auf den Boden. Er half Jesses Bemühungen nach und befreite sich von seiner Hose. Sie beobachtete ihn dabei. Sein erigiertes Glied kam zum Vorschein, zog sie verlockend an. Sie konnte gar nicht genug von ihm bekommen. Voller Leidenschaft massierte sie seine athletische Brust, seine Bauchmuskeln. Sie wollte noch weiter vordringen, doch Andrew fasste ihre Hände und zog sie an seine Lippen. Er küsste sie ausgiebig. Dann presste er ihren Körper mit sanfter Gewalt zurück, so dass sie langsam auf das Bett sank.

Sie genoss die angenehme Kühle der Bettwäsche.

Unter stetigen Küssen befreite Andrew sie von ihrem Slip. Seine Hände fuhren die Innenseiten ihrer Schenkel entlang. Er spreizte sie mit seinem Oberkörper auseinander und senkte sein Gesicht auf ihren Schoß. Seine Zunge kostete die zarte Haut ganz in der Nähe ihrer Scham. Ungeduldig bäumte Jesse sich ihm entgegen. Ihre Finger tauchten in sein dichtes schwarzes Haar. Stumm flehte sie um Erfüllung ihrer Sehnsüchte. Sein Zögern war für sie die reinste Folter.

Nach schier endloser Qual spürte sie, wie seine Zungenspitze über ihre Schamlippen fuhr. Er küsste sie und sog an ihnen, bevor er in Jesses Feuchte eintauchte. Seine kleinen fordernden Bewegungen durchströmten ihren Körper. Von Leidenschaft trunken verfiel sie in einen ersten schwachen Höhepunkt. Und während sie sich allmählich wieder entspannte, zog Andrew mit den Lippen eine feuchte Spur ihren Bauch hinauf zu ihren Brüsten. Diese waren noch immer vom Stoff des BHs bedeckt.

Andrew legte Jesses Arme über ihren Kopf zurück. Er fuhr mit einer Hand unter ihren Oberkörper und löste den Verschluss des BHs.

Jesse richtete sich auf. Sie streifte den Stoff von sich, glitt mit den Händen begierig über Andrews ausgeprägte Brustmuskeln und brachte sich ihm ein Stück näher. Sie spürte sein hartes Glied. Er konnte sich nicht mehr länger zurückhalten. Zu stark ergriff ihn die Erregung. Er presste sich an sie, schob eine Hand unter ihren Po und drang schließlich behutsam in sie ein. Die Lust bemächtigte sich seiner mit ungeheurer Stärke. Sie raubte ihm die Sinne. Er begann sich zu bewegen. Tief füllte er ihr Inneres aus.

Jesse glich sich seinem Rhythmus an. Sie hob und senkte genüsslich ihr Becken, während sie ihren Oberkörper noch immer mit den Armen abstütze. Ihre Ellenbogen verfielen in ein unmerkliches Zittern. Sie hatte kaum noch die Kraft, sich selbst so sehr unter Kontrolle zu halten.

Andrew hielt für einen unerträglich langen Moment inne. Er liebkoste ihren Hals mit seiner Zunge, fuhr über ihre Brüste und knabberte zärtlich an ihren Knospen. Ohnmächtig vor Lust stöhnte sie auf.

Ganz sanft fasste er sie im Nacken und legte sie zurück in die Kissen. Er ließ seine Hüfte kreisen – langsam und eindringlich. Nur allmählich steigerte er sein Tempo. Seine Stöße wurden fordernder, bis Jesse ihn plötzlich ganz tief in sich spürte und einen verzückten Schrei ausstieß.

Sie verging vor Lust. Wie heißes Wachs floss sie in seinen Händen dahin. Ihr Körper erschauderte – bebte - immer und immer wieder. Sie steigerte sich in eine alles durchbrechende Ekstase. Stöhnend bäumte sie sich auf, presste den Kopf wie in einem Krampf zurück auf die Matratze. Ihre Muskeln umschlossen Andrews Glied. Er spürte die Enge, die Feuchte und ihre grenzenlose Wollust. Er zögerte nicht länger, sondern trieb mit ihr davon – in einen heftigen Strudel der Leidenschaft.

Ewige Gefährten

Einige Momente lagen ihre Körper regungslos und eng miteinander verschlungen da. Dann richtete Andrew sich auf und zog sich vorsichtig aus ihr zurück. Deutlich fühlte Jesse die Nachwehen der Lust wie kleine, angenehm kribbelnde Blitze durch ihren Unterleib zucken. Sie drehte sich auf die Seite und schlang einen Arm um Andrews Taille. Ganz dicht wollte sie bei ihm liegen und seine Nähe und Wärme spüren. Sie roch den männlichen Duft seiner Haut. Niemals würde sie von ihm genug bekommen.

Sanft streichelte er ihre Wange, als er sich nun aufrichtete. Er bedeckte sie erneut mit Küssen, vermittelte ihr dieses Mal jedoch einen zurückhaltenden Eindruck. Gerade so, als gebe es noch etwas, dass er vor ihr verheimlichte. Sie drehte den Kopf unter seinen Berührungen und sah ihn misstrauisch an.

„Was stimmt nicht?"

„Nichts." Er liebkoste ihre Lippen mit den seinen, flüsterte die Worte ganz dicht an ihrem Mund: „Zum ersten Mal stimmt alles. Ich wünschte, ich könnte bis in alle Ewigkeit hier bleiben. Genauso neben dir liegen, wie ich es jetzt tue."

„Aber das kannst du doch …"

„Nein." Er hatte einen gequälten Gesichtsausdruck, als Jesse ein wenig von ihm zurückwich. „Es tut mir so Leid, aber ich kann nicht. Ich muss noch heute Nacht zurück nach Brüssel."

Nun setzte auch sie sich auf. Sie zog die Beine dicht an ihren Oberkörper und umschlang sie mit den Armen. „Warum? Du könntest bei mir leben."

„Das weiß ich doch." Er strich über ihr Haar. „Aber der Club braucht mich. Die anderen Vampire ebenfalls. Ich muss die Kontrolle wieder übernehmen, bevor es jemand anders für mich tut."

„Was wäre so schlimm daran?"

„Louis ist tot, Jesse."

Deutlich konnte Andrew beobachten, wie sich ihre Miene vor Schreck verzerrte. Sie hatte tatsächlich geglaubt, Louis wäre einfach nur geflohen.

„Er hatte Freunde und Verbündete. Ich bin ihnen eine Erklärung schuldig. Und ich muss mich ihnen stellen. Ohne Anführer würden sie töten – vollkommen wahllos. Die wenigsten von ihnen sind sanftmütig oder haben irgendwelche Skrupel. Viele von ihnen sind wie Louis."

Sie sah ihn einen Augenblick lang schweigend an. Allmählich verstand sie, warum es den Club gab und Andrew an ihn gebunden war.

„Du beschaffst ihnen also das Blut? Die Mädchen, die ich gesehen habe – sie kommen da hin, um Blut zu spenden?"

„Sie werden gut dafür bezahlt", erklärte er wie ein Geschäftsmann. Doch dann schlich sich ein Grinsen in sein Gesicht. „Aber die meisten kommen noch wegen ganz anderer Dinge in den Club."

Nun machte Jesse wirklich große Augen.

„Du würdest mir wohl nicht widersprechen, wenn ich behaupte, dass wir Vampire eine gewisse sexuelle Anziehungskraft haben."

Sie musste unwillkürlich lachen. Ein Glucksen unterdrückend schlang sie ihre Arme um seinen Oberkörper. Ihre Wange schmiegte sich an seine starke Brust. Er übte ohne Zweifel diese Anziehungskraft auf sie aus. Andrew küsste sie aufs Haar, bevor er seinen Kopf an ihren schmiegte.

„Komm mit mir nach Brüssel", bat er.

„Ja", hauchte sie zur Antwort und begann im gleichen Moment, ihre Hand auf Erkundungsfahrt zu schicken. Noch einmal wollte sie ihn in dieser Nacht spüren, bevor sie aus diesem schönen Traum erwachen musste.

Andrew schob sie in die Kissen zurück. Sie öffnete sich ihm hemmungslos und ungeduldig. Ihre Beine verschränkten sich auf seinem Rücken und drängten ihn. Seine Fingerspitzen zogen verführerische Linien über ihre Haut. Es hatte beinahe den Anschein, als wollte er sie hinhalten, während sie vor Lust entflammte. Sie hob den Kopf, suchte seine Lippen, die so leidenschaftlich küssen konnten. Er verschloss ihren Mund im gleichen Moment und ließ sie in einen atemlosen Rausch fallen. Vorsichtig drang er in sie ein, bewegte sich in einem langsamen, tiefen Rhythmus.

Als sie sich in ihrem Höhepunkt verlor, glaubte Jesse, dass die Welt für einen Augenblick still stand, in dem es nur sie und Andrew gab.

Die Abreise aus London erfolgte hektisch. Jesse fiel es schwer, sich aus Andrews wohliger Nähe zu lösen und wieder in ihre Kleidung zu schlüpfen. Ihr gepackter Koffer stand noch immer im Flur. So konnten sie frühzeitig die Wohnung verlassen. Ein Taxi brachte sie dann zum Flughafen.

Nervös dachte Jesse an den Club und die Vampire und Menschen, die sich dort aufhielten. Wie sollte sie ihnen nun begegnen, da sie um die Wahrheit wusste? Doch Andrew beruhigte sie. Er zog sie immer wieder an sich, legte seinen Arm um sie und bedeckte ihr Gesicht mit zärtlichen Küssen. Die Vorstellung, ihre Zweisamkeit von den anderen Vampiren stören zu lassen, gefiel Jesse nicht.

Sie kamen weit nach Mitternacht in Brüssel an. Als sie den „Club Noir" erreichten, ließ der Morgen nicht mehr lange auf sich warten. Andrew zog Jesse mit sich zu dem Hintereingang. Niemand bewachte die Tür. Sie lag verwaist dort. Jacques war nach dem Angriff von Louis nicht mehr zurückgekehrt. Trotzdem spürte Andrew die Anwesenheit der anderen Vampire. Die meisten hatten sich bereits in ihre Kammern und Verstecke zurückgezogen. Nur einer wusste von der Ankunft des Paares und wartete auf sie.

Pascal hatte es sich in Andrews großem Bürosessel gemütlich gemacht. Seine Füße ruhten auf der Kante des Schreibtisches. Er setzte eine verwegene Miene auf, als Andrew und Jesse sich ihm nun näherten. Seine stahlblauen Augen blitzten. Umrahmt wurde sein feinkantiges Gesicht von seinen langen blonden Haaren, die ihm offen auf die Schultern fielen. Er wirkte auf Jesse wie ein schöner, unberechenbarer Racheengel. Sie traute ihm nicht über den Weg. Doch Andrew blieb vollkommen ruhig und entspannt.

„Sieh an, du hast dein kleines Spielzeug also wieder mitgebracht." Pascal bedachte Jesse mit einem geringschätzigen Blick.

„Ich freue mich auch, dich wieder zu sehen", gab Andrew belustigt zur Antwort. „Aber Jesse ist nicht nur das kleine Spielzeug, für das du sie hältst." Er legte Besitz ergreifend einen Arm um ihre Taille. „Sie ist meine Gefährtin."

Jesse wollte etwas sagen – sich einmischen. Doch als ihre Augen die von Pascal trafen, senkte sie den Blick und schwieg.

„Du hast dich entschieden?"

Andrew nickte.

Pascal nahm die Füße vom Tisch und erhob sich. Er streifte seinen Anzug glatt, bevor er auf das Paar zuging und Jesse eingehend musterte. Ihre Haut schien plötzlich zu brennen. Sie fühlte sich unwohl dabei, auf diese Art betrachtet zu werden. Er konnte sie nicht ausstehen – da war sie sich ganz sicher. Im nächsten Moment überraschte Pascal sie jedoch mit einem freundlichen Lächeln. Dann wandte der Vampir sich erneut an Andrew.

„Und Louis?"

„Tot."

„Hm." Pascal legte den Kopf schief. „Du wirst den anderen einiges erklären müssen. Aber sei versichert – ich stehe hinter dir."

„Das weiß ich zu schätzen. Eines Tages werde ich es wieder gut machen."

„Ich werde dich daran erinnern." Pascal zwinkerte. „Aber jetzt solltest du deine Kräfte sammeln. Die anderen ruhen bereits. Dir droht also im Moment keine Gefahr." Mit diesen Worten verschwand der Vampir und ließ Andrew und Jesse allein.

„Du kannst ihm trauen." Andrew war Jesses Unbehagen nicht entgangen. Er zog sie an sich und küsste sie neckisch auf die Nasenspitze. Sie vertraute Andrew und das genügte. Endlich konnte sie seine Nähe wieder ganz genießen. Ihre Finger fuhren über seinen Nacken und tauchten in sein Haar. Es überfiel sie beinahe wie eine Sucht. Sie wollte ihn nie wieder loslassen.

Andrew lächelte, als er bemerkte, wie drängend sie sich an seinen Körper presste. Am liebsten wäre auch er auf der Stelle über sie hergefallen. Er musste sich allerdings zurückhalten.

„Die Sonne geht bald auf“, sagte er, während er sanft über ihren Rücken streichelte. „Ich muss ruhen. In der nächsten Nacht werde ich meine Kräfte brauchen.“

Jesse verzog schmollend den Mund. „Du legst dich jetzt in deinen Sarg?“

Er schüttelte den Kopf. „Ich bleibe bei dir, wenn du es möchtest. Aber ich werde dir wie tot erscheinen, wenn ich neben dir im Bett liege.“

Dieser Gedanke verursachte ihr Unbehagen. Dennoch wollte sie in seiner Nähe bleiben und so teilte sie zum ersten Mal den Tag mit einem Untoten an ihrer Seite. Sie versuchte ebenfalls zu schlafen, zumal sie die ganze Nacht auf den Beinen gewesen war. Dennoch hatte sie damit ihre Schwierigkeiten. Immer wieder setzte sie sich auf und betrachtete Andrews leblosen Körper. Sie streckte eine Hand nach ihm aus und berührte seine kalte Haut. In diesem Augenblick verschwand auch der letzte Zweifel in ihr – Vampire existierten wirklich! Wie würde es sich wohl anfühlen, so zu sein wie er?

Schließlich legte sie sich auf die Seite, ganz dicht neben ihn, die Hand auf seinem Brustkorb ruhend. Ohne es zu bemerken, fielen ihr nach einer Weile ganz von selbst die Augen zu.

Sanfte Küsse auf ihre Schulter und die Halsbeuge weckten sie nach Einbruch der Nacht. Sie rollte sich seufzend auf den Rücken. Glückselig schlug sie die Augen auf und erblickte Andrew. Er fuhr mit dem Zeigefinger die Konturen ihres Gesichtes nach. In sein Lächeln mischte sich jedoch ein Funke Wehmut.

„Du musst gehen“, stellte sie fest.

„Ich werde schnell wieder zurück sein. Mach dir keine Sorgen.“

Erst da fiel ihr auf, dass er sich bereits angekleidet hatte. Sie sah ihm traurig nach, als er das Schlafzimmer verließ.

„Du kommst spät. Sie hält dich zu sehr auf." Pascal erwartete Andrew bereits im Flur. Dieser ignorierte die Anspielung schlichtweg.

„Wie ist die Lage?"

„Die Vampire sind unten im Büro. Sie erwarten dich."

„Gut." Andrew wollte keine Zeit verschwenden und die Angelegenheit so schnell wie möglich hinter sich bringen. Er rechnete bereits mit Aufruhr und Widerstand. Womöglich würden sie sogar versuchen, seine Autorität zu untergraben.

Pascal betrat hinter ihm das Büro und schloss die Tür. Angespannte Gesichter empfingen Andrew. Die Luft roch merkwürdig. Es brodelte regelrecht von aufgebrachten Gefühlen. Doch Andrew ließ sich nicht beirren. Festen Schrittes trat er hinter seinen Schreibtisch, setzte sich jedoch nicht, sondern stützte sich mit den Händen auf der Tischoberfläche vor.

„Ihr habt sicher Gerüchte gehört", begann er. „Ich werde euch die Wahrheit nicht vorenthalten. Aber ich werde auch keine vorschnellen Urteile hinnehmen. Ich bin Louis nach London gefolgt, um meine Gefährtin vor ihm zu beschützen. Louis ist tot."

„Du hast ihn umgebracht", zischte eine Stimme aus dem Schatten einer Raumecke. Es war Pierre, der Barkeeper, der hervortrat und Andrew angriffslustig anfunkelte. Zeit seines Daseins hatte er sich stets mit Louis verschworen.

Andrew hielt seinem eindringlichen Blick stand. „Ich habe mich ihm im Kampf gestellt und war ihm überlegen."

„Das ändert nichts an den Tatsachen!" Pierre sprang wie eine Wildkatze auf den Schreibtisch zu. Seine langen Haare flogen durch die Luft. Mit beiden Händen packte er Andrew am Kragen und wollte ihn von den Füßen reißen. Doch dieser wehrte Pierres Angriff mit Leichtigkeit ab. Er entzog sich mit einem Ruck dem Griff und trat einen Schritt zurück. Pierre lag halb auf dem Tisch und starrte wütend zu ihm auf.

„Fordere mich nicht heraus." Es sollte keine direkte Drohung sein. Allerdings würde Andrew einem Kampf nicht ausweichen und seine Macht ein weiteres Mal unter Beweis stellen, wenn es nötig war.

Pierre knurrte. Seine spitzen Zähne traten gefährlich hervor. Andrews Warnung zum Trotz wand er sich schlangengleich herum und geriet sogleich wieder auf die Beine. Niemand – ausgenommen Pascal – bemerkte, wie Andrews Hand in eine der Schreibtischschubladen glitt.

In einem zweiten Angriff warf Pierre Andrew zu Boden. Er lag zunächst auf ihm und wollte sich in seiner Kehle verbeißen, wurde aber schnell auf den Rücken geschleudert. Andrew platzierte die Spitze eines Dolches auf Pierres Brust direkt über seinem Herzen.

Pierre keuchte.

Eine eisige Stille legte sich über den Raum. Pascal verharrte aufmerksam – jeden einzelnen der Anwesenden beobachtend – bereit, seinen Anführer zu unterstützen. Aber keiner der Vampire wagte einen neuerlichen Vorstoß. Sie warteten, bis Pierre locker ließ und sich geschlagen gab. Andrew hatte nicht die Absicht, ihn zu töten. Er vertraute darauf, dass er auch diesen Vampir unter Kontrolle halten konnte. Ganz langsam und mit einem letzten drohenden Blick erhob er sich von Pierre.

Ein zweiter Vampir trat vor und stellte sich an Pierres Seite. Auch Vincent hatte sich immer sehr mit Louis verbunden gefühlt. Louis war, was seine Unersättlichkeit in Bezug auf die Mädchen im Club anging, beinahe eine Art Vorbild für ihn gewesen und ebenso gierig nach den fleischlichen Genüssen und dem aufgeregt pochendem Blut war auch Vincent. In Andrews Gegenwart hingegen spürte er stets die Verachtung für sein Handeln.

„Was sind das für neue Sitten? Eine Gefährtin?“ Vincent schleuderte ihm seinen Spott direkt ins Gesicht.

„Wirst du am Ende schwach und wirst die Club-Geschäfte aufgeben? *Ich* werde mich nicht auf nur *eine* Frau beschränken!“

„Das habe ich auch nie von dir verlangt.“ Andrew war die Ruhe selbst. Er stand da wie in Stein gemeißelt. Sein ganzes Erscheinungsbild nahm immer mehr Ausdruck an. Stärke und Macht gingen von ihm aus und verströmten sich im Raum. Pascal hob überrascht eine Augenbraue, als er bemerkte, wie Andrew die

Gedanken aller Anwesenden mit scheinbarer Leichtigkeit gefangen nahm. Etwas Ähnliches hatte er nie zuvor gesehen.

„Der Club wird bestehen bleiben wie zuvor. Die Geschäfte gehen weiter und die Mädchen werden hier nach wie vor ein- und ausgehen. Aber es gibt Regeln, an die sich jeder halten wird, der das Schicksal von Louis nicht teilen möchte."

„Ich werde mich dir nicht unterwerfen – wie ein Sklave", knurrte Pierre. Er richtete sich wieder auf. Seine Augen glühten vor Zorn.

„Es steht dir frei, zu gehen."

Pierre warf Vincent einen auffordernden Blick zu. Doch der wandte sich ab. Er würde nicht gehen und er wusste auch, dass er es niemals mit Andrew aufnehmen konnte. Ihm genügte die Gewissheit, dass er seine Gelüste auch weiterhin im Club ausleben konnte. Mit einem weiteren Knurren quittierte Pierre die Ergebenheit von Vincent. Er war längst nicht besänftigt. Doch er fügte sich – für dieses Mal.

Die Vampire blieben noch lange zusammen, um ihre Gespräche über den Club und Verhandlungen über die Regeln fortzusetzen. Mit jeder weiteren Minute wuchs jedoch auch Andrews Verlangen nach Jesse. Er dachte ununterbrochen an sie und konnte sich am Ende kaum noch konzentrieren. Seine machtvolle Ausstrahlung versiegte allmählich. Pascal war es schließlich zu verdanken, dass sich die Zusammenkunft auflöste. Er kannte Andrew gut und ahnte um seinen Zustand, auch wenn er ihn nicht recht verstehen wollte.

Jesse sprang vom Bett, als sie die Tür aufgehen hörte. Sie hatte sich ein knielanges Trägerhemd aus Seide übergezogen, das ihre Kurven verführerisch betonte. Andrew grinste, als er sie sah.

„Ich habe mir Sorgen gemacht", hauchte sie.

„Das musst du nicht.“ Er kam auf sie zu, nahm sie behutsam in die Arme. „Ich bin da. Ich werde immer da sein.“ Genau diese Tatsache beunruhigte Jesse noch um einiges mehr. Er war unsterblich. Sie allerdings nicht. Dennoch schaffte Andrew es, sie abzulenken. Ehe sie protestieren konnte, hatte er die Träger des Hemdes über ihre Schultern geschoben. Der Stoff fiel wie ein sanfter Hauch von ihrem Körper ab.

Während Andrew sie leidenschaftlich zu küssen begann, entledigte auch er sich seiner Kleidung. Jesse fühlte sich ihm hilflos ausgeliefert. Sie sank rückwärts auf das Bett und überließ ihm die Kontrolle. Die Haare fielen ihr wild ins Gesicht, als sie sich zurücklegte. Ruhig blieb sie liegen und wartete, bis Andrew sich auf ihre Höhe geschoben hatte.

Er strich ihr lächelnd das wirre Haar aus dem Gesicht. So friedlich und rein, wie sie unter ihm lag, sah sie tatsächlich aus wie ein Engel. Er musste sie einfach immer wieder berühren, ihre wundervoll weiche Haut streicheln. Seine Hände legten sich schließlich um ihre Brüste, umfassten sie Besitz ergreifend. Er beugte sich vor, küsste sie ein ums andere Mal.

„Wie ist sie?“, fragte Jesse plötzlich. Ihre Worte wehten wie ein samtener Hauch über seine Brust.

„Wer?“ Er nahm den Kopf zurück, legte ihn neben den ihren auf das Kissen und betrachtete sie aufmerksam.

„Die Ewigkeit.“

„Sie ist kalt und dunkel.“ Seine Finger spielten mit den Strähnen ihrer langen Haare. „Und schrecklich einsam ohne dich.“

„Aber wie konntest du das bisher aushalten? Es muss grausam gewesen sein – immer allein! Dazu die Dunkelheit! Hast du denn jemals den Tag gesehen?“ Sie machte sich tatsächlich Gedanken um seine Vergangenheit. Seine Existenz. Sie war neugierig und wollte wissen, wie es sich anfühlte, so zu sein.

„Früher einmal habe ich den Tag gesehen.“ Andrew musste über ihre Frage schmunzeln. „Ich war ein Mensch wie du. Bis ich meinem Mentor begegnete. Seine Ausstrahlung hat mich gefangen genommen. Er war unglaublich stark – würdevoll – elegant. Ich wollte sein wie er. Nichts auf der Welt schien mir erstrebenswerter. Bis er mich schließlich mit sich in die Dunkelheit zog."

„Hast du es je bereut?"

„Jetzt nicht mehr." Er küsste sie auf die Stirn. „Ich habe die Jahrhunderte damit verbracht, auf dich zu warten. Wie könnte ich es bereuen? Ich wäre dir nie begegnet." Seine Hände ließen von ihren Brüsten ab und fuhren über ihre Taille. Jesse spürte, wie sich sein Penis verhärtete. Und auch in ihr regte sich die Lust.

„Andrew." Ihre Stimme klang wie ein lustvolles Stöhnen. Sie befreite sich aus seiner Umklammerung, neckte ihn mit der Zungenspitze an seinem Kinn. „Jetzt möchte ich *es*."

Er betrachtete sie nachdenklich, zog die Augenbrauen zu einer beinahe durchgehenden Linie zusammen. Es fiel ihm schwer, ihre knappen Andeutungen zu verstehen.

„Was möchtest du jetzt?"

Sie fuhr mit ihren Lippen über die seinen. Ganz leicht sog sie daran, leckte verspielt über sie. Er öffnete den Mund für ihre Erkundungen. Auffordernd stieß ihre Zunge gegen seine spitzen Zähne.

„Dein Blut", hauchte sie. „Lass mich davon trinken. Lass mich ewig mit dir zusammen sein. Ich kann nicht mehr ohne dich sein."

„Bist du dir sicher?" Die Lust drohte ihn zu übermannen. Jesses Finger tasteten die harten Konturen seiner Bauchmuskeln entlang. Sie erreichten sein erigiertes Glied und massierten es eindringlich. Ihre Schenkel öffneten sich weiter. Sie schob ein Bein über seinen Po. Er wollte in sie eindringen. Jetzt gleich! Doch sie hielt ihn zurück, verweigerte sich seinem Drängen.

„Ich war mir noch nie in meinem Leben so sicher, Andrew." Sie sah ihn ernst an. „Ich möchte immer an deiner Seite sein, ganz egal, was mich da erwartet – die Dunkelheit – das Blut. Ich will dich nicht anlügen. Mir ist nicht sehr wohl bei dem Gedanken daran. Aber ich möchte dich auch nicht verlieren."

„Das wirst du nicht." Er streichelte über ihr Haar, küsste ihre Stirn. Sie gab ihm so viel. Nicht nur allein der Sex, sondern alles an ihr erfüllte ihn. „Ich lasse dich nie wieder los. Ich liebe dich, mein Engel.“

Dann zog er sie mit sich in eine sitzende Position. Ihre Beine legten sich um seine Hüften. Sie rutschte vor, bis sie sein hartes Glied an ihren empfindlichen Schamlippen spürte. Leidenschaftlich seufzte sie auf.

Im nächsten Moment konnte sie beobachten, wie Andrew mit den Zähnen über sein eigenes Handgelenk ritzte. Blut quoll ganz leicht hervor. Er brachte es an Jesses Lippen. Sie zögerte, starrte sekundenlang darauf, ehe sie einen vorsichtigen Vorstoß mit der Zunge wagte. Ohne den Geschmack tatsächlich aufgenommen zu haben, verzog sie bereits die Mundwinkel. Sie fühlte sich nicht wohl dabei, sein Blut zu trinken – obwohl sie es tun wollte, um mit ihm die Ewigkeit zu teilen.

„Ganz ruhig.“ Seine andere Hand strich über ihren Nacken. Durch seine intensiven Berührungen fühlte sie sich sogleich viel entspannter. Auch das beständige Vordringen seines Gliedes nahm sie wahr. Sie musste lächeln.

„Es ist nur ein kurzer Moment. Dann wirst du es genießen.“

Jesse vertraute ihm. Endlich ließ sie all ihre Bedenken hinter sich. Sie senkte ihre Lippen auf sein Handgelenk und leckte zaghaft das Blut auf. Es kostete sie einiges an Überwindung, den Leben spendenden Saft hinunterzuschlucken. Doch schon nach dem ersten zaghaften Genuss wurde sie mutiger. Sie sog leicht, trank sein Blut, als handelte es sich um ein köstliches Getränk. Gleichzeitig spürte sie, wie er in sie eindrang. Sie umfing ihn mit ihrer Enge, nahm ihn tief in sich auf. Sein Rhythmus versetzte sie in Verzückung. In ihr braute sich ein gewaltiger Strom der Gefühle zusammen. Wie stark sich ihre Empfindungen in diesem Moment noch steigern konnten, hätte sie nie zu träumen gewagt. Während sie ihn vollkommen in sich ließ – mit seinem Blut und seinen fordernden Stößen – veränderte sich etwas in ihr. Plötzlich riss sie den Kopf zurück, stieß einen Schrei der Wollust aus. Andrew drang wieder und wieder fest in sie ein, tiefer, als sie es für möglich hielt. Sie spürte, wie er sie ganz ausfüllte. Ihr Körper wurde in einen Orkan der Leidenschaft geschleudert. Halt suchend klammerte sie sich an Andrew. Fest presste sich ihre Brust an seine.

Er stöhnte an ihrem Ohr. Auch ihn riss der ekstatische Strom mit sich. Er verlor sich darin. Nun endlich konnte er sie so nehmen, wie es seinen Instinkten entsprach. Sie wusste um seine animalische Seite, hatte sie anerkannt und sich mit ihm verbunden. Es gab keinen Grund mehr, sich zurückzuhalten. Unheimliche Erleichterung machte sich in ihm breit. Er öffnete seinen Mund und ließ ihn sachte auf ihren Hals sinken. Seine Zähne drangen in ihr Fleisch. Jesse umarmte ihn noch drängender. Sie wollte es ebenso sehr wie er. Als er schließlich ihr Blut in sich aufsog, erreichte sie den Gipfel der Lust. Ihr Körper vibrierte. Sie atmete schwer und war selig über die Schauder, die sie so eindringlich durchfuhren.

Bis in alle Ewigkeit sollte es anhalten.

Ende

Emilia Jones ist das Pseudonym der Autorin Ulrike Stegemann. Die Autorin, Jahrgang 1978, ist bis heute wohnhaft in der niedersächsischen Kleinstadt Gronau (Leine). Sie ist gelernte Rechtsanwalts- und Notarfachangestellte. Seit September 2000 ist sie in der technischen Abteilung einer Zeitung tätig. Bisher veröffentlichte sie ihre Kurzgeschichten in diversen Anthologien, Zeitschriften, der lokalen Zeitung sowie als eBooks. 2004/2005 erschienen in Zusammenarbeit mit Kerstin Dirks zwei Heftromane in der „Sirius"-Reihe des Mohlberg Verlages. Seit März 2004 ist sie außerdem die Herausgeberin des phantastischen Literaturheftchens „Elfenschrift" (www.elfenschrift.de).
Website von Emilia Jones: www.emilia-jones.de

Weitere Bücher von Emilia Jones:

BLUTNÄCHTE
ISBN 978-3-938281-39-0
€ 14,90 (D)

Andrew McCloud, dem bislang die Führung der Brüsseler Vampir-Bar „Club Noir" oblag, übergibt die Leitung des Clubs dem mächtigen Vampir Pascal. Insgeheim belächelt Pascal Andrews Liebe zu einer Frau, denn er selbst hält sich Frauen gegenüber für gefühlskalt. Das ändert sich allerdings, als die temperamentvolle Psychologie-Studentin Isabella auf den Spuren des Vampir-Mythos im „Club Noir" auftaucht. Sie gerät in die Fänge des verräterischen Vampirs Pierre, der Andrews Abwesenheit für seine düsteren Spiele nutzt. Nicht genug, dass Isabella plötzlich zum Auslöser eines Machtkampfes wird, obendrein muss sie sich eingestehen, wie sehr sie sich doch von der Nacht – vor allem aber von Pascal – angezogen fühlt ...

ENGEL DER SCHATTEN
ISBN: 978-3-938281-20-8
€ 14,90 (D)

Astrid Martini, „Engel der Schatten": Als Cecile den attraktiven Nicholas kennenlernt, ist nichts mehr so, wie es einmal war! Entgegen ihrer Prinzipien lässt sie sich von ihm verführen und gerät vollkommen in seinen Bann. Sie ahnt nicht, dass Nicholas ein Bewohner des Schattenreiches ist - ein gefallener Engel - der Ceciles Lust wecken unde Seele ins Verderben stürzen will ...

Emilia Jones, „Michelles Verführung": Einsamkeit ist Michelles einziger Begleiter. Gelegentlich verdient sie sich im Vampir-Nachtclub „Club Noir" mit ihrem Blut etwas Geld - auf sexuelle Kontakte mit den Vampiren lässt sie sich jedoch nicht ein. Ihr abweisendes Verhalten verleitet einige Vampire zu einer Wette. Einer von ihnen - Raoul - soll Michelle umgarnen, ihr Vertrauen gewinnen und ihre Lust erwecken. Gesagt, gewettet! Raoul verfolgt sein Ziel mit sämtlichen Facetten der Verführungskunst. Er lässt ihr keine Ruhe, bis sie ihm endlich nachgibt ....

Sowie zwei weitere sinnlich-romantisch-düstere Novellen.